AF194311

Die Autorin

Susi Ischli nutzt für ihre anrührenden Liebesromane ein Pseudonym. Als Neuling in dem Genre Liebesromane ist sie darauf bedacht, in ihrer liebenswürdig leichten Schreibweise spannend zu unterhalten und ihr Publikum teilhaben zu lassen an tiefen Gefühlen und an glücklichen Momenten.

Aber auch Seelenschmerz, wie ihn jeder von uns kennt, und sicher auch schon zig-Male selbst durchlitten hat, kann in ihren Texten nachempfunden werden.

Die Autorin schildert einfühlsam, wie die Protagonistinnen und Protagonisten ihrer Geschichten auch dunkle Lebensphasen tiefster Hoffnungslosigkeit überwinden und nicht selten dennoch den Zauber hinter dem Leid für sich entdecken können. Dann nämlich, wenn das Schicksal angenommen werden kann und der Sinn des Geschehens erkennbar wird.

Und genau darum geht es Susi Ischli. Oft genug passiert es ja auch, dass im allergrößten Schmerz schon der Same für neues Glück angelegt sein kann.

Susi Ischli

Vielleicht nur CHEMIE

Diese Geschichte handelt von zwei Liebenden, die fest daran glauben, dass sie zusammengehören und alle Hürden, die sich ihnen entgegenstellen, überwinden können.

IMPRESSUM

Bibliografische Information der
Deutschen Nationalbibliothek:
verzeichnet diese Publikation in der
Deutschen Nationalbibliothek,
detaillierte bibliografische Daten
sind im Internet über
www.dnb.de abrufbar.

Herstellung und Verlag
BoD - Books on Demond, Norderstedt
ISBN: 9783755781356

Roman

Vielleicht nur Chemie

„Langsam werde ich alt!" so konstatiere ich etwas wehleidig. Ich, Constantin Fehringer, habe mich tatsächlich schon frischer gefühlt und eine durchfeierte Nacht ohne Schlaf leichter weggesteckt, als mir das heute gelingen will. Ich bin wohl mit meinen erst 36 Jahren nicht mehr ganz so jungendfrisch, wie ich mich eigentlich eingeschätzt hatte.

Klar, die Nacht war feuchtfröhlich gewesen und zugegebenermaßen ein Riesenspaß. Aber danach nun bin ich doch reichlich groggy. Vielleicht hätte ich das Angebot meines Freundes Julius annehmen und eines seiner Gästezimmer frequentieren sollen, bevor ich meinen Heimweg von Stuttgart nach München antreten würde.

Aber irgendwie hatte ich das Bedürfnis, das mit allen den gut gelaunten Freunden und Freundinnen übermütig verursachte „Schlachtfeld" eilig räumen zu müssen, denn ich hatte jetzt stark das Gefühl, leer gefeiert zu sein. Ich wollte einfach nur weg. Wäre ich geblieben, hätten mich die Freunde nach wenigen Stunden Schlaf doch wieder eingesammelt und die Party hätte auch für mich ihre feuchtfröhliche Fortsetzung gefunden. Damit wäre ich in eine Endlosschleife eingestiegen, wie ich nach unzähligen Erfahrungen aus der Vergangenheit mit Sicherheit befürchten musste.

Alleinsein hingegen würde mir jetzt guttun. Frische Luft und das ohne Menschengetümmel, genau danach sehnte sich mein vernebeltes Hirn. Dafür wollte ich mich in mein Automobilchen setzen und gemütlich heim schaukeln. Es würde diesem, meinem flotten Sportflitzer zwar wenig behagen in derart gemächlichem Tempo gen Heimat zuckeln zu müssen, aber genau das dürfte dringlich erforderlich sein. Wenn ich nämlich ehrlich zu mir selbst sein wollte, musste ich eingestehen, dass Körper und

Verstand wohl noch eine tüchtige Portion Restalkohol zu verarbeiten hatten, bevor meine Fahrtüchtigkeit wieder vollständig hergestellt sein würde. Also sollte ich es wohl oder übel gemächlich angehen lassen, wenn ich heil nach Hause kommen wollte. Erst aber musste der dösige Kopf einer Klärung unterzogen werden. Vernünftigerweise war ich in der vergangenen Partynacht nur bei Champagner geblieben, und hatte den Verlockkungen widerstanden, mich an den Coctailrunden gütlich zu tun, die derzeit die großen Partyverführer waren und den Folgetag, wie ich schon öfter schmerzlich erfahren musste, zur Hölle geraten ließen.

Jetzt wollte ich also ohne Aufsehen zu erregen, einfach verschwinden, bevor ich mich den Überredungskünsten von Julius oder seinen Gästen aussetzte, die, wie ich nur zu gut wusste, alles daran setzten würden, mich zum Bleiben zu überreden.

Ich kannte fast jeden der Anwesenden schon seit vielen Jahren. Einige von Julius´s Gästen hatte ich auch in München ziemlich oft bei unterschiedlichen sportlichen oder festlichen Anlässen getroffen. Einige von ihnen nannte ich sogar meine Freunde. Wohl auch, weil man schon so oft zusammen gefeiert hatte, oder weil sie Freunde von Freunden waren oder schon seit Internatszeiten oft genug meine Wege gekreuzt hatten.

Das galt übrigens auch für die Damen dieser Gesellschaft, denen ich ebenfalls regelmäßig bei den unterschiedlichen Events begegnet war. Einigen von Ihnen war ich in der Vergangenheit näher gekommen, oder sogar sehr nahe, aber es hatten sich daraus nie tragfähige Beziehungen ergeben. Meistens war ich es gewesen, der die Reißleine gezogen hat, bevor nette Flirts mir zu verbindlich zu werden drohten.

Aber genau über solche Themen sollte, wollte, ja musste ich aktuell dringend nachdenken, denn meine Eltern lagen mir schon lange in den Ohren und wollten mich dazu nötigen, eine Familie zu gründen und nicht so viel in der Weltgeschichte herumzusausen, wie es derzeit noch meine Passion war.

Ich hatte mir dementsprechend fest vorgenommen, dass mein Ausflug nach Stuttgart, also die Autofahrten dorthin und wieder zurück nach München, mir die Muße einräumen sollten, ohne Störung darüber nachzudenken, wie es mit mir und meinen Zukunftsplanungen weitergehen sollte.

Die meisten meiner Freunde waren schon längst verheiratet, hatten Kinder oder waren zumindest fest verbandelt. Weniger erfreulich war, dass auch Scheidungen oder unschöne Trennungen den Weg säumten, den wir über die Jahre gemeinsam gegangen waren.

Ich war so ziemlich der Letzte, der sich noch ungebunden auf der Single-Wildbahn herumtrieb. Mir war durchaus klar, dass ich nicht bis in alle Ewigkeit als einsamer Wolf, praktisch als Partyhopper, national oder auch international unterwegs sein konnte.

Meine Familie und mein Freundeskreis hatten dann auch bisher nichts unversucht gelassen, um mich mit der einen oder anderen Schönheit des Landes zu liieren, aber bisher war es mir immer gelungen, mich mehr oder weniger höflich herauszuhalten aus den bedrohlich ernsthaften Zukunftsplänen, die für mich geschmiedet wurden.

Aber ich sah durchaus ein, dass ich mich in Bälde würde einreihen müssen in die Garde der künftigen Familienväter. Schließlich hatte ich eine Verantwortung meiner Familie und unseren Firmen gegenüber, deren Fortbestand auch durch meine Nachkommenschaft gesichert werden sollte, so wie meine Geschwister diesbezüglich bereits fleißig dabei waren, ihre Pflicht zu erfüllen.

Ich wollte und musste also ernsthaft nachdenken. Das hatte ich vor allem mir selber versprochen. Aber mein heute so malträtierter Schädel fühlte sich überhaupt nicht in der Lage, wichtige Schicksalsfragen mit mir selbst zu erörtern.

Klar war mir lediglich, dass ich direkt nach einer solchen champagnerseligen Nacht, wie jetzt am Morgen danach, keine allzu komplizierten Gedanken denken und mir womöglich kluge Entscheidungen abverlangen konnte.

Was ich jetzt erst einmal wusste, war, dass ich mich herauswinden wollte aus der Schar des noch immer feiernden Völkchens, das sich noch mehr oder weniger munter in Julius nobler Villa tummelte. Ich achtete also nicht auf die launigen Zurufe der alkoholisierten Restgesellschaft, die noch überall herumsaß oder herumlag, und pilgerte zielstrebig in die Küche, um mir dort einen großen Becher mit starkem, frisch gebrühten Kaffee von Brigitta, der freundlichen Haushälterin von Julius. einschenken zu lassen. Die nämlich war in der Küche schwer beschäftigt und kämpfte sich durch die Berge von schmutzigem Geschirr und Essensresten.

Ich sagte Brigitta, dass ich mich gleich auf den Heimweg machen wollte. Ich musste wohl einen wenig fitten Eindruck auf sie gemacht haben, denn besorgt riet sie mir, vorher noch eine Alka Seltzer in Wasser aufsprudeln zu lassen und in kleinen Schlucken zu trinken. Das würde den Kopf freimachen. Dankbar griff ich zu dem Glas, das sie für mich vorbereitete, und beschwichtigte ihre Sorge, die sie offensichtlich hegte, weil ich mich mit dem zweifellos noch vorhandenem Alkohol im Blut ins Auto setzen wollte. Ich versprach, nicht über die Autobahn zu fegen, sondern geruhsam über Landstraßen nach Hause zu tuckern.

Nachdem ich mir noch einige Hände voll eisekalten Wassers ins Gesicht geworfen hatte, beschloss ich, hinreichend munter zu sein, um mich auf die Heimfahrt begeben zu können.

Ein Quäntchen Vernunft und Verantwortungsgefühl für meine Sicherheit bewog mich tatsächlich, die Autobahn zu meiden und kleine Umwege durch die Wallachei zu nehmen, um in gemäßigtem Tempo gen Heimat zu reisen. Durch die Umwege die ich plante rechnete ich damit, dafür kaum mehr als vier Stunden zu benötigen.Ich bedankte mich noch einmal bei Brigitta, die mir so mitfühlend bei meinen Wiederauferstehungsmaßnahmen nach der Alkoholsession behilflich gewesen war und freute mich nun doch, dass ich wieder meinem normalen Alltag entgegenfahren konnte.

Das Wetter meinte es gut mit mir und ich war froh, dass ich mich dazu entschlossen hatte, durch die schöne bergige Landschaft zu fahren, statt mich der Autobahnraserei auszusetzen. Es tat mir gut, langsam durch malerische Dörfer zu gondeln und meine übermüdeten Augen durch den Anblick der grünen Wiesen, Büsche und Bäume etwas zu erfrischen. Nachdem ich ein Stündchen unterwegs gewesen war, meldete sich bei mir Hunger und ich beschloss, eine kleine Rast einzulegen, in einen kleinen Dorfgasthof einzukehren und ein deftiges Frühstück, also ein richtiges Bauerfrühstück, einzunehmen. Das würde mich wieder auf die Beine bringen, so konstatierte ich.

Ich brauchte gar nicht lange zu suchen, um ein Landgasthaus, direkt neben einem Bauernhof zu entdecken. Einladend standen einfache Stühle vor Tischen, die rotkariert gedeckt waren. Das machte mir Lust, mein Auto zu parken und mich vor das urige Bauernhaus zu setzen. Wie ich es erwartet hatte, wurde mir eine üppige Frühstücksplatte serviert. Ich genoss die freundliche Bedienung und die beruhigende Sicht auf eine weidende Schafherde, direkt auf einem Wiesenhang gegenüber meinem Gasthaus. Tief atmete ich ganz bewusst die würzige Landluft ein, die unverkennbar auch mit einer typischen Note von Kuhstall und Pferdemist beduftet war.

Dankbar spürte ich, wie meine Lebensgeister zurückkehrten. So gestärkt, genoss ich das Gefühl, wieder „unter den Lebenden" zu sein und die strapaziöse Partynacht tatsächlich nahezu verkraftet zu haben.

Ich bestieg wieder mein Gefährt, versenkte das Verdeck meines Sportwagens und freute mich schon auf die restliche Wegstrecke, auf der ich mir den Wind um die Nase würde wehen lassen und auf der ich nun endlich auch meinem Vorsatz getreu, meine Familienplanungen überdenken könnte. Eine Rolle darin sollte auch meine Quasi-Freundin Leonie Gerithofer spielen. Leonie war eine auffallende Schönheit der münchner Gesellschaft, mit der ich bereits seit zwei Jahren mehr oder weniger lose verbandelt war und von der ich sehr wohl wusste, dass sie auf einen Antrag von mir wartete. Ich mochte sie eigentlich recht gerne und auch meine Eltern waren von ihr und ihrer Familie angetan. Leonie war 28 Jahre alt, hatte Medizin studiert und arbeitete in der Klinik ihres Vaters, eines bekannten Schönheits- chirurgen. Leonie war klug, charmant und gesellschaftlich ge- wandt. Mit ihr ließe sich ein Familienleben, wie es mir vage vorschwebte, sicher problemlos realisieren. So jedenfalls argu- mentierten auch meine Eltern, wenn die Rede davon war, dass es für mich Zeit wurde, "Nägel mit Köpfen" zu machen. Dieses Thema wurde in letzter Zeit öfter erörtert, als mir lieb war. Zugegeben, Leonie war durchaus eine passende Kandidatin und ich fühlte mich in ihrer Gesellschaft eigentlich recht wohl. Auch ihren Eltern wäre eine Verbindung zwischen mir und ihrer Tochter willkommen. Dies auch, weil meine Familie und ihre Familie und auch jeder Außenstehende fanden, dass sich eine Schönheitsklinik und eine Firma, wie meine Familie sie betrieb, hervorragend miteinander vermählen ließen.

Meine Eltern und wir drei Geschwister stehen einem sehr erfolgreichen Unternehmen vor, in dem Produkte für Schönheit und Gesundheit hergestellt werden. Meine Schwester als An- wältin ist mit einem Chemiker verheiratet und mein Bruder, der Chemie studiert hat, nimmt in diesem Unternehmen, der BIO- LINE-Fehringer AG, geschäftsführende Funktionen ein. Auch ich habe eine Schlüsselposition inne. Ich selbst trage dabei Verantwortung für Werbung und Organisation und leite die Auslandsniederlassungen. Dafür habe ich BWL studiert und mich in Sprachen profiliert.
Alles war also aufs Beste geplant, außer, dass ich als Dauer- single den Missmut meiner Leute erregte und ihre Planungen

durch meine zögerliche Haltung immer wieder listig unterwanderte.

Ich wurde von meiner Familie, aber auch von meinen engen Freunden und Freundinnen oft genug gefragt, weshalb für mich und Leonie noch nicht die Hochzeitsglocken läuten würden. Die Sticheleien dazu wurden in letzter Zeit immer penetranter fand ich, denn man wollte mich offensichtlich zu einer Entscheidung drängen, zu der mir ehrlicherweise noch die nötige Begeisterung fehlte.

Liebte ich Leonie eigentlich? Es war unbestreitbar, dass sie mir gefiel. Mit ihren schwarzen glatten Haaren, die sie halblang trug und ihrer schlanken, biegsamen Figur entsprach sie durchaus, auch optisch, meinem sogenannten Beuteschema. Wir hatten sogar schon in mehreren Kurzurlauben sowas wie Zusammenleben geprobt. Nie aber hatten wir eine gemeinsame Zukunft eindeutig und unmissverständlich thematisiert.

Wenn ich mir überlegte, wie ich mich fühlen würde, wenn es Leonie in meinem Leben nicht mehr gäbe, dann musste ich ehrlich gestehen, sie würde mir fehlen. Ich kenne sie bereits seit fünf oder sechs Jahren, aber erst vor knapp zwei Jahren hatte essich ergeben, dass wir uns näherkamen. Seitdem waren wir für unsere Umgebung ein Paar und für unsere Eltern eigentlich auch.Leonie wäre tatsächlich die perfekte Besetzung als Ehefrau an meiner Seite und sie würde sicherlich auch eine großartige Mut-ter für meine zukünftigen Kinder abgeben. Und sie war mir ausgesprochen angenehm.

Dennoch …!

Weshalb zögerte ich? Wieso stimmte ich dem Gedanken an Ehe und Familie nicht vorbehaltlos zu? Ich schalt mich selber entschlusslos und auch feige. Ja, ich war auch feige und der Gedanke, mich als Ehemann so unwiderruflich zu binden, schien mir wenig erstrebenswert.

„Egal!" so rief ich mich zur Ordnung, „es gibt ein schlimmeres Schicksal, als eine der attraktivsten und klügsten Frauen des

Landes zur Ehefrau zu bekommen." „Es sollte mir", so gestand ich mir etwas ärgerlich auf mich selbst ein, „vielmehr eine Ehre sein, dass eine so besondere Frau mir zugetan ist und geduldig auf meine unerklärlich zögerlichen Entscheidungen wartet."
Ich sprach mir selber Mut zu und war nun doch entschlossen, gleich in den nächsten Tagen klare Verhältnisse zu schaffen.
Mittags würde ich schon daheim sein und könnte noch einen halben Bürotag einlegen und mich dann, vielleicht am Abend, mit Leonie verabreden.

Aber das Schicksal schien andere Pläne mit mir zu haben und forderte mir unliebsame Umwege ab. So wurde ich während meiner Fahrt über die Landstraßen, plötzlich auf unerwartete Seitenwege geleitet. Diese sollten Baustellen umfahren und wieder auf den eingeschlagenen Weg zurückführen. Umleitungen verwiesen über weitere unbekannte kleine Straßen, über die die Autofahrer ausweichen sollten.
Irgendwie verlor ich durch den Wirrwarr von Pfeilen und Hinweisen dann komplett die Orientierung. Mein Navi schien ebenfalls irritiert zu sein und ich hatte plötzlich das Gefühl, im Kreise geleitet zu werden.
Ich fuhr deshalb in einen Feldweg hinein, um dort anzuhalten und mich auf der Karte zu vergewissern, wo genau ich mich überhaupt befand.

Nachdem ich mir annähernd ein Bild gemacht hatte, wie ich aus dem Wegeslabyrinth wieder herausfinden könnte, verweigerte mir mein Auto doch tatsächlich den Dienst und ließ sich nicht wieder starten. Ich versuchte sämtliche Tricks, aber nach jeweils kurzem Aufstöhnen des Motors passierte absolut nichts.
Ich überlegte angestrengt was zu tun sei. Sollte ich mich abschleppen lassen? Wie aber könnte ich genau erklären, wo im Nirgendwo ich mich befand und ob ich nun den ADAC oder besser meine gewohnte Werkstatt in München benachrichtigen sollte! Und wie lange würde es dauern, bis ich hier abgeholt wer-

Den könnte? Denn weit und breit war weder ein Dorf, ein Haus oder gar ein Cafe´ auszumachen, in dem ich entspannt hätte warten können.

Meine unmutigen Denkvorgänge wurden plötzlich durch ein Geräusch unterbrochen, das nicht zur Landschaft und auch nicht zum Straßenbau passte. Ich vernahm unverkennbar Pferdegetrappel, das näherkam und sah nun auch mehrere Reiter auf mich zureiten.

Kurz vor meinem Auto hielt der Tross und eine der Reiterinnen zügelte ihr Pferd neben meinem Sportwagen. „Haben Sie sich verirrt?" fragte sie freundlich.

„Ja, aber noch viel schlimmer, mein Auto springt nicht mehr an!"

Die junge Dame, oder vielmehr das Mädchen auf dem Pferd, das sicher nicht älter war als 18 oder 19 Jahre war, grinste kess mit einem maliziösen Blick auf meine Luxuskarosse, die in der Tat nicht so recht auf den Feldweg passen wollte, auf den es mich verschlagen hatte.

„Soll ich meinen Cousin anrufen, er betreibt, nur 2 Kilometer von hier, eine Autowerkstatt und kann sicherlich helfen."

Ich überlegte: "sollte ich mein kostbares Gefährt einer Dorf-Autowerkstatt anvertrauen?" In München war dafür eine Spezialwerkstatt zuständig und ich war sogar so pingelig, immer nur einen bestimmten Techniker zu beauftragen, weil ich Angst um die komplizierte und kostbare Elektronik meines Wagens hatte. Meine Gesprächspartnerin hatte wohl meine Gedanken erraten. Sie lachte fröhlich und zerstreute meine Bedenken, indem sie mir versicherte, dass die Werkstatt ihres Cousins auf Mercedes spezialisiert sei. „Allerdings eher auf deren Landmaschinen", wie sie etwas spöttisch anfügte.

Ich überdachte kurz meine Situation und nahm das Angebot an in der Hoffnung, dass vielleicht nur eine Kleinigkeit den Start meines Wagens blockierte.

Ich bat also die junge Reiterin, ihren Verwandten anzurufen, der vielleicht gleich hier vor Ort entscheiden könnte, wie es mit meinem Weiterkommen aussehen könnte.

Nachdem sie ihn auf ihrem Handy erreicht hatte, sagte dieser auch zu, sich gleich auf den Weg zu machen. In der Zwischenzeit hatten die Reiter, augenscheinlich junge Dorfleute, vielleicht auch Touristen, ihre Pferde an Bäume gebunden und sich für eine Rast auf den Wegesrand gesetzt. Meine junge „Retterin", die inzwischen auch abgestiegen war, stellte sich mit „Florentine" vor und zeigte mir auf der Straßenkarte, dass ihr Dorf tatsächlich kaum mehr als einen Steinwurf entfernt gelegen war. Dazu erklärte sie mir unseren genauen Standort. „Urmenau", so hieß das Kaff, von dem ich noch nie gehört hatte. "Sicher besteht es aus nur drei Häusern", bemerkte ich unhöflich.

„Wir sind ein Bauerndorf mit über 300 Einwohnern", erwiderte sie, offensichtlich etwas angesäuert, „die meisten von uns sind Bauern. Aber es gibt auch einen Tante-Emmaladen und besagte Autowerkstatt", fügte sie stirnrunzelnd hinzu. „Genau das also, was man in Notzeiten durchaus nützlich finden kann."

„Entschuldigung", warf ich hastig ein, "es ist eigentlich nicht meine Art, so taktlos zu sein."

Die junge Dame setzte zu einer Antwort an, die sie sich aber schenkte, weil über den Hügel des Weges schon der Tieflader einer Werkstatt auftauchte. Cousin Albert, wie sich mir der Fahrer vorstellte, erklärte, dass er gleich seinen Abschleppwagen mitgebracht hätte, falls dieser nötig sei. Dazu wolle er sich den Motor meines Wagens ansehen um mir einen Rat geben zu können, wie man weiter verfahren könnte. Es müsse geprüft werden, ob die Starterbatterie leer sei, der Regler defekt, oder gar die Lichtmaschine im Eimer. Der junge Mann versuchte nun selbst, meinen Motor zu starten und warf auch einen Blick in den Motorraum. Daraus schloss er, dass es auf jeden Fall die Lichtmaschine sei, die den Geist aufgegeben hatte. Genaueres aber könne er erst feststellen, wenn er das Auto mit in die Werkstatt nähme. Wenn ich also zustimmen würde, könnte er mit mir sogleich dort hinfahren, das wäre eine Sache von nur wenigen Minuten, denn diese wäre tatsächlich nur zwei Kilometer weit entfernt.

Ich ließ mir rasch durch den Kopf gehen, was die Alternativen wären und entschied mich dazu, das Angebot anzunehmen. Es könnte ja nicht schaden, wenn der junge Mann einen Blick ins Wageninnere werfen würde und vielleicht ginge es ja nur um eine Kleinigkeit und ich könnte dann gleich weiterfahren.

Ich schwang mich also auf seine Aufforderung hin auf den Beifahrersitz des Abschleppwagens, auf den ruckzuck mein kostbares Auto unter meinen misstrauischen Blicken aufgeladen worden war. Der Mechaniker schien genau zu wissen was er tat, so beschwichtigte ich die Sorge um mein wertvolles Automobil und sah mir dann die Felder, auf dem Weg in das Dorf Urmenau die kurze Wegstrecke lang von oben an.

Die Reitergruppe hatte sich derweil auch wieder gesammelt und galoppierte uns voran über die Feldwege, nicht ohne ordentlich Staub aufzuwirbeln, der meinen LKW-Fahrer veranlasste, sein Tempo auf Schrittgeschwindigkeit zu drosseln.

Am Dorfanfang, holperten wir über die gepflasterte Dorfstraße gleich hinein in die Einfahrt zu der Werkstatt von diesem Albert, der seine kostbare Last vorsichtig ablud und den Wagen geschickt über eine Werkstattgrube lenkte, um das Auto auch von unten zu sichten.

Misstrauisch beobachtete ich jeden seiner Handgriffe, stellte aber einigermaßen beruhigt fest, dass dieser ganz offensichtlich kompetent, durchaus wusste, wie mit einem so exquisiten Fahrzeug wie meinem Sportwagen, umzugehen war.

Ich sah mich derweil in seiner Dorfwerkstatt um und staunte nicht schlecht darüber, wie professionell diese ausgestattet war. Die unerwartet große Werkstatthalle lag neben einer komplett verglasten Verkaufshalle, in der zu meinem Erstaunen auch hochpreisige PKWs ausgestellt waren. Dabei handelte es sich allerdings zumeist um Kombifahrzeuge. Bevorzugt aber konnte man landwirtschaftliche Fahrzeuge und beeindruckende, riesige Gerätschaften besichtigen.

Irgendwie fand ich eine solche, hochtechnisierte Welt inmitten eines Dorfes und praktisch neben dem nächsten Misthaufen, irritierend, auf jeden Fall völlig unerwartet.

Meine Skepsis bezüglich der Fachkompetenz von Albert und seinem Team, das an verschiedenen Fahrzeugen geschäftig herumwuselte, wurde dann doch einigermaßen gemäßigt.

Gespannt wartete ich nun auf das Ergebnis der Untersuchung und hoffte, dass es vielleicht tatsächlich nur eine Kleinigkeit war, die meine Weiterreise behinderte.

Und tatsächlich, Albert konnte mich beruhigen und erklärte mir, dass lediglich der Lichtmaschinenregler ausgetauscht werden müsse. Das wäre eine Arbeit von etwa einer Stunde, aber leider müsse er ein solches Teil erst bestellen und das könne frühestens am Folgetag geliefert werden.

Ich zögerte mit meiner Zusage und wollte mich vorher noch mit der Werkstatt meines Vertrauens in München beraten. Meinem angestammten Techniker Toni, mit dem ich dann am Telefon verbunden war, erklärte ich mein Dilemma und bat um seinen Rat. Nachdem ich ihm gesagt hatte, wo ich wäre und dass ich Zweifel hätte, die hiesige Dorfwerkstatt, in der ich gelandet war, mit der Reparatur meines Autos zu betrauen, lachte der schallend und zerstreute meine Bedenken. Er erklärte, dass er Albert Ebeling, den Betreiber der Werkstatt, von Ausstellungen und Seminaren her gut kenne und sicher wäre, dass er meinem Autoproblem gewachsen sei. Außerdem ginge es tatsächlich nur um einen relativ harmlosen „Eingriff", wie er der Chirurgensprache entlehnte, und es lohne sich nicht, dafür den Wagen abzuschleppen. Das hieße ja, mit Kanonen auf Spatzen zu schießen.

Na gut, ich wollte mich auf seinen Rat verlassen und teilte Albert mit, dass ich mich auf die kleine Zwangspause einlassen würde und abwarten wolle, bis das bestellte Teil geliefert sei. Ich hatte mich innerlich bereits damit abgefunden, dass ein weiterer Urlaubstag in dörflicher Umgebung mal eine neue Erfahrung sein könnte und erkundigte mich nach einem Hotel.

„Hotel?" Fragte mich Albert belustigt, "hier gibt es weit und breit nicht einmal eine Pension. Aber fragen Sie doch mal auf dem Reiterhof nach, vielleicht ist dort ein Ferienzimmer frei.

Er wies mir den Weg zu einem Bauernhof, der nur zwei Gehminuten entfernt die Dorfstraße entlang, nicht zu verfehlen wäre.

Ich schnappte mir meine Reisetasche und pilgerte zu der angegebenen Adresse. Dort erwartete mich ein großer, alter, beeindruckender Drei-Seitenhof. An der Hausfassade konnte ich auf einem großen Schild lesen „Reiterhof Gestüt Ebeling". Neugierig betrat ich durch die weit offene Einfahrt das alte, schöne, malerische und sehr gepflegte Anwesen. Zwei junge Männer auf dem Hof waren gerade dabei, einen hochbestapelten Heuwagen zu entladen und die würzig duftende Fracht in eine Scheune zu transportieren, deren hohe Holztore weit geöffnet waren und einen Blick auf mächtige Heuberge in ihrem Inneren zuließen.

Ich zögerte und überlegte, ob ich die seitliche Treppe hinauf ins Haus gehen sollte, entschied mich jedoch dazu, mich direkt bei den beiden fleißigen Burschen nach einer Übernachtungsmöglichkeit zu erkundigen. Sie hielten beide in ihrer Arbeit inne als ich näherkam und musterten mich abwartend. Als ich nach einem Zimmer für eine Nacht fragte, strahlte mich der eine der beiden an und sagte, dass er schon von mir gehört habe, seine Schwester hatte bereits berichtet, dass ein Luxusauto hier in der Nähe gestrandet sei und sich nun bei Albert in der Werkstatt befände.

Der junge Mann stellte sich mit Florentin vor, genannt Flo. Ich betrachtete ihn nun eingehender und suchte nach einer Ähnlichkeit zu der vorlauten Reiterin, die mich vor einem Stündchen noch in die Werkstatt des Cousins geleitet hatte. War sie denn auch rothaarig und sommersprossig, wie ihr Bruder? Der hatte meine abschätzenden Blicke zur Kenntnis genommen und lachte. „Meine Zwillingsschwester und ich sind einander ziemlich ähnlich", erklärte er, „auch wenn ich weniger kämpferisch bin, als mein resolutes Schwesterchen."

Wie genau diese ausgesehen hatte, war mir leider überhaupt nicht erinnerlich. Ich war so mit meinem unfreiwilligen Autostop beschäftigt gewesen, dass ich nur einen Reitertrupp wahrgenommen hatte und ein vorlautes Mädel, das mit Schirmmütze, Uraltjeans und kariertem Hemd bekleidet war, das mir einen etwas abgerissenen Eindruck gemacht hatte und das ich nicht näher in Augenschein genommen hatte. Jedenfalls hatte sie sich deutlich von den eleganten Reiterinnen, mit denen ich gewohnt war, in München Ausritte zu unternehmen, unterschieden.

Beschämt musste ich mir gestehen, dass ich meine Retterin wohl nicht einmal wiedererkennen würde.

Florentin bot mir an, mich ins Haus zu begleiten. Wir könnten uns bei seiner Mutter nach einem Zimmer erkundigen. Allerdings meinte er, dass zur Zeit Feriengäste und Reitschüler das Haus bevölkerten. Aber eine Notlösung ließe sich sicherlich finden.

Florentin rief seinem Mitarbeiter zu, dass er ihm eine Pause einräume und mich derweil ins Haus begleiten wolle. Dafür gingen wir die wenigen Stufen hoch und standen, nachdem Flo die schwere, üppig geschnitzte alte Eichentür des Hauses aufschwang, gleich in einer riesigen Küche. Staunend bewunderte ich darin alte Gerätschaften, die an der Wand hingen und einen großen, antiken Herd, der, wie mir versicherte wurde, durchaus noch funktionstüchtig sei. In der Mitte des Raumes stand ein überraschend langer Tisch mit einer blank polierten Holzplatte. Alte Holzstühle drumherum boten einer Schar von Hungrigen Platz. An der Wand standen zwei riesige uralte Küchenbuffets, die zeigten, dass hier Traditionen gepflegt wurden. Dass aber die Moderne durchaus auch einen wichtigen Platz innehatte, bewies die Edelstahl-Küchenzeile, die eine ganze Wand einnahm und

ahnen ließ, dass hier viele Gäste versorgt werden konnten.
In dieser mächtigen Küche werkelten gerade zwei Frauen, von denen Florentin mir die eine als seine Mutter Elsa, die andere als seine ältere Schwester Pauline vorstellte.
Auf die Frage nach einem Zimmer, schüttelten beide den Kopf und bestätigten, was Flo bereits geäußert hatte. „Wir haben volles Haus", sagte Pauline, eine aparte junge Frau von etwa 30 Jahren, die ihre dunklen Haare wie die Mutter, zu einem Knoten im Nacken geschlungen hatte.
„Aber es geht um einen Notfall", wandte Flo ein, „dieser Überraschungsgast hat eine Autopanne und muss bis morgen im Dorf bleiben, bis Albert sein Auto wieder flottgemacht hat."
Mutter Elsa, eine aparte, etwas rundliche Dame mittleren Alters, hantierte weiter mit ihren Töpfen, schlug aber vor, dem Fremden als Notbehelf das Zimmer des älteren Bruders Sebastian zu überlassen, der zurzeit in Frankreich sei, wo er auf einem Landgut spezielle Anbauweisen studieren würde, erklärte sie an mich gewandt. Flo und die beiden Bäuerinnen sahen mich abwartend an. Wollte ich das private Zimmer beziehen? Sicherlich waren dort noch die persönlichen Sachen des Bewohners zu finden. Irgendwie war mir der Gedanke unangenehm in eines fremden Menschen Privatsphäre einzudringen. Aber was soll's, eine Nacht in derart ungewohnter Umgebung würde sich schon noch überstehen lassen.
Ich hatte auch gar keine Zeit zum Überlegen, sondern folgte dem eifrigen Bauernsohn durch einen breiten, etwas düsteren Flur, an dessen Seiten uralte dunkle Truhen standen, um das Zimmer von Sebastian zu sichten. Das erwies sich als geräumig und derart aufgeräumt, sodass es sogar nahezu unbewohnt wirkte. Flo entnahm einem Schrank frisches Bettzeug und wies mich an, das Bett zu beziehen, das nämlich müssten ihre Hausgäste immer selbst erledigen. Jetzt wolle er aber schnell noch den Heuwagen entladen. In zwei Stunden wäre Essenszeit, dann träfen sich alle Mitarbeiter und die Familie in der Küche. Ich selbst sei selbstverständlich ebenfalls willkommen. Leider hätte im Moment

niemand Zeit mich herumzuführen, aber gegen Abend, in der Feierabendzeit, könnte man mir gerne Einblick in das Bauernleben hier auf dem Hof geben, falls ich daran interessiert sei.

Sicherlich hätte ich ansonsten wenig Gelegenheit zu solchen Exkursionen, fügte er lachend hinzu. Was blieb mir also übrig.

Ich stellte meine Tasche ab, verschob das Bettbeziehen auf später und begleitete Flo erst einmal auf den Hof, wo ich mich auf den Rand eines gemauerten alten Brunnens setzte und mir die Mittagssonne ins Gesicht scheinen ließ.

Wider Erwarten fühlte ich mich recht entspannt und dümpelte etwas dösig vor mich hin, während ich genussvoll den Duft des Heu's mit tiefen Atemzüge einsog. „Vielleicht sollte man öfter mal eine solche Pause einlegen, und sich an trödeligen Nichtigkeiten erfreuen, ohne sich von Nahtlos-Terminen jagen zu lassen", dachte ich faul.

Ich bemerkte kaum, als Paula lächelnd einen großen Kaffee neben mich auf die Mauer stellte. Erst als mir der Kaffeeduft in die Nase stieg, schreckte ich fast ein wenig auf und bedankte mich rasch für die nette Geste. Der Kaffee war wunderbar und ich trank ihn mit der frischen Milch, die mir Paula daneben gestellt hatte.

Aufmerksamer beobachtete ich nun die heimkommenden sechs Reiter, in denen ich den Tross erkannte, der mich auf dem Feldweg aufgestöbert hatte. Die jungen Reiterinnen und Reiter gehörten offensichtlich nicht zur Dorfjugend, wie ich angenommen hatte, sondern waren fünf Feriengästen, die in Begleitung von Flo's Schwester Florentine von einem ausgiebigen Ausritt zurückkamen.

Von weitem winkte mir diese Florentine zu, und rief lachend, dass man sich in einem so kleinen Dorf ja nur schwerlich aus dem Wege gehen könne. Sie nahm mich dann weiter nicht zur Kenntnis, sondern führte ihr Pferd am Zügel in die Stallungen. Lachend und schwatzend folgte ihr die lustige Truppe, jeder mit seinem Pferd im Schlepptau.

Belustigt registrierte ich, dass tatsächlich nur diese Florentine nicht im üblichen Reiterdress unterwegs gewesen war. Sie sah aus der Ferne eher aus, als käme sie gerade vom Feld oder aus dem Stall. Ihre Gefolgschaft hingegen war zünftiger ausstaffiert mit obligatorischen Reitstiefeln, Reithose und dem vorgeschriebenen Helm, der für Reitschüler obligat sein sollte.

„Das Bauernkind ist sicherlich auf dem Pferderücken aufgewachsen", dachte ich, "da bedarf es der Statussymbole nicht."

„Aber ein besseres Beispiel für ihre Gäste könnte sie schon abgeben", tadelte ich sie innerlich, "denn beim Reiten sollte ja auch mit Hilfe der passenden Kleidung auf Sicherheit geachtet werden."

Meinen Kaffeebecher in der Hand, folgte ich dann dem Wink von Flo, der zu Tisch bat. Auch ich nahm dort Platz. Nun trudelten auch die Reiter und noch einige andere Pensionsgäste ein.

Es duftete in der Küche verführerisch. Zwei der Gäste, die sich offensichtlich in dieser Küche auskannten, deckten den Tisch mit dem hübschen Steingutgeschirr aus den Küchenschränken. Mutter Elsa und ihre zwei Töchter stellen die Schüsseln mit den Speisen auf den Tisch. Es gab eine klare Gemüsesuppe, Semmelknödel und Schweinsbraten mit Karottengemüse. Für die Vegetarier hatte Paula Tofu-Geschnetzeltes mit Champignons bereitet. Ein großer, frischer Blattsalat mit Kräuterdressing rundete das Angebot ab. Ein Griespudding mit Kirschen sei vegan gekocht worden, damit alle ihn essen können, erklärte man mir. Dazu berichtete der neben mir sitzende Florentin, dass seine beiden Geschwister Paula und Sebastian die komplett vegan lebenden Familienmitglieder seien. Die Gäste hingegen könnten jeden Tag selbst bestimmen, welches Gericht sie wählen wollten und ob es fleischig oder vegetarisch bereitet sein soll. Lediglich Vater Ludwig, der Chef des Hofes, würde grundsätzlich auf seinen Fleischportionen bestehen, seufzte Mutter Elsa, die unserer Unterhaltung mit halbem Ohr zugehört hatte, "und die soll er dann eben auch haben", fügte sie lächelnd weiter an.

Ich war erstaunt, wie gut mir das einfache Mahl in Gesellschaft der lachenden, schwatzenden Tischrunde mundete. Auf meine Fragen wurde mir gesagt, dass alle Zutaten aus dem heimischen Garten stammten, auch die Kräuter und dass lediglich Soja-produkte von einem Bioversand gekauft würden.

Das Fleisch für die "ewigen Kannibalen" bezog man von einem Biohof in der Nachbarschaft. Denn, so erklärte Mutter Elsa lachend, hier auf dem Hof hätte ihre vegetarische und vegane Nachkommenschaft schon dafür gesorgt, dass nichts geschlach-tet würde. Ziegen und Schafe seien für Milch und Wolle, sonst „eher zur Zierde" auf der Weide, und die beiden Kühe im Stall erhielten, wenn sie keine Milch mehr produzieren würden, das Gnadenbrot.

„Kühe die das Gnadenbrot erhielten?" Das hatte ich tatsächlich noch nie gehört. Aber der Ebeling-Hof hatte noch andere Be-sonderheiten in petto. Bäuerin Elsa, die sich zu mir gesetzt hatte als die Tischrunde aufgehoben wurde, erklärte auf meine neu-gierigen Fragen bereitwillig die Prinzipien ihres Hofes und die Ziele des Familienbetriebes. Stolz erzählte sie mir, dass sich ihre vier Kinder gut verstehen würden und jedes von ihnen ein Stu-dium gewählt habe, das dem Hof und dessen Zukunft dienlich wäre. Lediglich Pauline hätte kein Unistudium, sondern nach dem Schulabschluss eine Lehre als Steuerberatungsfachgehilfin absolviert und sei für die Buchhaltung des Hofes zuständig. Florentine studiere Tiermedizin um gemeinsam mit dem Vater die Pferdezucht zu betreiben. Und Flo würde sich nach seinem BWL-Studium, das jetzt nach dem Sommer wieder begänne, auf Marketing spezialisieren, damit alle Produkte und Angebote des Hofes entsprechend vermarktet werden könnten.

Sebastian schließlich kümmere sich um den Anbau von Gemüse und Obst und folgt dabei einer besonderen Anbauweise. „Er hat Landwirtschaft studiert und für den Hof ein Biosiegel erwor-ben", führte Mutter Elsa stolz weiter aus.

Ihr Mann Ludwig hatte kurz vor dem Essen die Küche betreten und wurde mir kurz vorgestellt. Er präsentierte im akkuraten

Reitdress und seiner stolzen Haltung den Patron des Hauses. Florian hatte mir beinahe ehrfürchtig erklärt, dass sein Vater ein mehrfach prämierter Reiter wäre. Nur er könne hier auf dem Hof die Hengste reiten. Dies würde er genauso wortkarg praktizieren, wie er sich seinen Mitbürgern und Familienmitgliedern gegenüber auch gäbe, witzelte Flo.

Den Nachmittag vertrieb ich mir damit, das Dorf zu umwandern und mich für das geschäftige Treiben auf den Höfen, an denen ich vorbeikam, zu interessieren. Als Fremder vorsichtig beäugt, kam ich mit einigen der Anwohner, die mir offen meine naiven Fragen beantworteten, dennoch ins Gespräch. Ich wunderte mich zunehmend, dass es offenbar einigen dieser Bauern gelun-gen war, ihre Landwirtschaft zu modernisieren und sie konse- quent auf nachhaltige und der Natur zuträgliche Weise umzu- stellen. Dies sei auch deshalb gelungen, weil die Landwirte ihreProdukte auf Wochenmärkten und Hofläden selbst verkauften. Mir wurde in diesem Zusammenhang immer wieder gesagt, dass dafür Ludwig, der Ebelingbauer, insbesondere aber sein Sohn Sebastian und Tochter Paula als überzeugte Vegetarier die Vorreiter für diese neue Bewegung gewesen waren. Fast jeder der Bauern in ihrem Dorf hatte nach und nach Anbau und Vieh-haltung auf BIO umgestellt und konnte sich, wenn die Land-wirtschaft in unseren Landen schwierige Durststrecken zu ver-kraften hätte, über mangelnde Umsätze nicht beklagen.
Der Grund dafür war augenscheinlich, dass man es nicht nur bei der BIO-Zertifizierung beließ, sondern sich darüber hinaus weiterbildete, was den Anbau anbetraf. Besonders die jüngere Generation beschäftige sich hier zunehmend mit der soge-nannten Permakultur, einer nachhaltigen Anbauweise, die im Laufe der Zeit vielfache Erträge verspricht und unabhängiger von der Witterung sei, als der konventionelle Anbau.
Sebastian, der älteste Ebelingsohn hatte sein eigenes Wissen darüber höchst engagiert nach Urmenau getragen und davon auch besonders die jüngeren Landwirte überzeugt.

Ich selbst hatte übrigens auch noch nie etwas von solchem wundersamen Landbau gehört, der die Leute hier beschäftigte.
Ich staunte nicht schlecht. Irgendwie hatte ich in meiner Großstadtidylle immer angenommen, Bauersleute seien weit hinter dem Mond, praktisch in Hintertupfing beheimatet. Nun musste ich erleben, dass hier interessierte Menschen hochmotiviert ihre angestammten Anbauweisen und Vertriebswege modernsten Erkenntnissen anpassen.

Nachdenklich fasste ich den Entschluss, mich künftig eingehender mit solchen Themen zu befassen. Mir wurde bewusst, dass eher ich es war, der sich in seiner eleganten Luxuswelt irgendwie auf einem separaten Planeten befunden hatte und dass ich mich bisher wenig bis gar nicht für das Normalleben meiner Mitbürger interessiert hatte. Ich war immer der Auffassung gewesen, dass man seinen sozialen Verpflichtungen mit Hilfe der Charity-Organisationen, wie sie ja auch meine Familie finanziell laufend unterstützt, ausreichend nachkommt. Nun musste ich feststellen, dass diese Einstellung und meine sparsamen Bemühungen diesbezüglich eher auf meinem mangelnden Interesse für soziale Themen und das Leben der Landbevölkerung beruhten. Außerdem, mir unbewusst, hatten solche halbherzigen Aktionen, wie ich sie bislang eher nebenbei erledigte, wohl eine Art von Alibifunktion gehabt.

Von meinem ausgiebigen Spaziergang zurückgekommen, wurde mir auf dem Ebeling-Hof gesagt, dass heute zum Abend nicht gekocht würde. Stattdessen seien alle Hausbewohner eingeladen, am Kartoffelfeuer teilzunehmen, das auf der kleinen Festwiese hinter den Stallungen, um eine Feuerstelle herum, veranstaltet werden sollte.

„Naja", dachte ich, "wenn schon denn schon. Nun bin ich hier zwangsgenötigt zum Landleben, da bekomme ich auch gleich die volle Ladung ab." „Kartoffelfeuer", was immer genau darunter zu verstehen war, es klang jedenfalls sehr bäuerlich und ich wollte nicht als ignoranter Spielverderber dastehen.

Also fand ich mich gegen 20 Uhr auf dem Rasenplatz, hinter den Stallungen, direkt vor den Pferdekoppeln ein. Florentin war schon eifrig dabei, dort ein überraschend großes Feuer zu schüren. Er lachte über mein Erstaunen wegen der hoch züngelnden Flammen und erklärte mir, dass er Vorarbeit leiste, denn das Geheimnis eines gut funktionierenden Kartoffelfeuers wäre, dass es nur wenig lodert, sondern eine gleichmäßige Glut erforderlich sei, was das Garen von Kartoffeln, Gemüse, wie auch von Fischen am Spieß erst ermöglicht.

Von den Hofleuten und einigen Feriengästen wurden auf Schubkarren diverse Zutaten angeliefert, deren Menge ich entnehmen konnte, dass viele Gäste erwartet wurden und ein richtig großes Gelage geplant war.

Mehrere Schüsseln mit Kräuterquark und verschiedenen Dips, auch vegane Varianten, und üppige Mengen von Kartoffelsalat verhießen deftigen Genuss, wie auch die Fische, die schon gewürzt und aufgespießt zu Steckerlfischen geröstet werden sollten. „Steckerlfische", sowas kannte ich schon vom Oktoberfest, das ich in München immer frequentiert hatte und bei dem meine Freundinnen immer gerne ihre neuesten Kreationen von Dirndln zur Schau stellten. Auch ich hatte an solchen Defilees traditionsgerecht in zünftiger Lederhose und Haferlschuhen immer teilgenommen und mich dafür einmal im Jahr „verkleidet".

Hier allerdings ging es nicht um Mode, sondern um die urige Gesellichkeit und die Stimmung der Leute, die sich um das Feuer herum niederließen um die gelungene Ernte der Frühkartoffeln zu feiern.

Rund um das Festfeuer waren dicke Baumstümpfe verteilt, auf die Paula bauschige Kissen legte. Aber auch rustikale Decken aus grobgewebten Kartoffelsäcken, die auf der Wiese ausgebreitet waren, dienten als Sitzplätze, die von immer mehr herbeiströ-

menden Gästen belagert wurden. Große Holzbottiche waren mit Eisbrocken gefüllt und kühlten unterschiedliche Getränke.
So ein Kartoffelfeuer schien eine beliebte Dorf-Festivität zu sein, denn nicht nur die Gäste des Reiterhofes nahmen wie selbstverständlich die Plätze rund um das Feuer ein, das halbe Dorf schien sich hier zu versammeln.

Ich genoss die schöne, fast unwirkliche Atmosphäre, die durch den schwindenden Tag, mit den zierlichen Rauchsäulen des Feuers und dem Duft der ersten gerösteten Kartoffeln waberte. Die rundum in die Erde gesteckten Fackeln sorgten für eine stimmungsvolle, flackernde Beleuchtung

Ich schmunzelte in mich hinein und lästerte innerlich über meine romantischen Anwandlungen, die mich an diesem Lagerfeuer überkamen. Als dann auch noch Gitarrenklänge und vereinzelter Gesang durch den Abend wehten, saß ich tatsächlich hoch beglückt zwischen allen diesen feiernden Menschen.
Bis spät in die Nacht blieb ich an dem verglühenden Feuer sitzen und unterhielt mich mit Florentin und Paula über dies und das. Insbesondere aber über das Landleben, das ich heute bereits gelernt hatte mit völlig anderen Augen als bisher zu sehen. Ich wollte mich künftig jedenfalls näher befassen mit dieser Welt, die mir bisher so fremd geblieben war.
Flo und Paula nahmen mir im Laufe dieses Abends das Versprechen ab, Urmenau wieder zu besuchen, wenn das große Erntefest steigen würde, dann nämlich, wenn das Getreide zur Ernte ansteht. Dabei wären dann tatsächlich alle Dorfbewohner auf den Beinen und alle Bauersleute und ihre Gäste würden bei Musik und Tanz ein Grillfest so ausdauernd feiern, bis der Arzt kommt.

Meine Retterin Florentine sah ich an diesem Abend nur von weitem, sie kümmerte sich um ihre Feriengäste und andere Reiter, die sich um sie geschart hatten und hatte keinen Blick für mich, den „gestrandeten Autofahrer". Ich schlief nach diesem überraschend schönen Abend traumlos und viel länger, als ich es gewohnt war. Als ich aufwachte, war schon heller Tag und ich dachte leicht amüsiert, dass gute Landluft wohl tatsächlich dazu beiträgt unbeschwert und erholsam schlummern zukönnen.

Als ich mich hungrig in der Küche einfand, stand bereits ein üppiges Frühstück mit Käse, Honig, Marmelade und Obst, wie auch einem gekochten Ei, auf einem Tablett auf dem langen Tisch. Ein beiliegendes Kärtchen wies darauf hin, dass die Frühstücksschlemmerei für mich bereitgestellt war und dass frischer Kaffee in der Kaffeemaschine auf mich wartete.
Ich nahm mir Kaffee aus der Wärmekanne, goss einen Schwapp Milch hinein, schnappte mir mein Tablett und trug es in den Hof. Dort setzte ich mich an den großen Gartentisch und beglückwünschte mich zu dem Luxus eines so geruhsamen Morgen mit einem leckeren Frühstück mitten auf dem Bauernhof. Mäßig interessiert beobachte ich, wie eine junge Frau sorgsam ein Pferd striegelte, dass sie neben der geöffneten Stalltür angebunden hatte.

Eigentlich wäre ich gerne noch ein Weilchen hier sitzenge-blieben und hätte mir die Morgensonne auf die Nase scheinen lassen. Ich verspürte in dieser weltabgeschiedenen Umgebung ein ungewohnt tiefes Gefühl von Frieden und vermeinte fest-zustellen, dass die Spannungen, die mein hektisches Leben sonst begleiteten, hier an Bedeutung verloren.
Aber ich mahnte mich, nicht ins Philosophieren zu kommen, sondern so rasch wie möglich wieder zu meinem Münchner Alltag und zu meinen beruflichen Pflichten zurückzukehren. Also machte ich mich nach der Frühstückströdelei auf, um in der Autowerkstatt des Dorfes nachzuschauen, ob mein Lichtma-schinenersatzteil eingetroffen sei. Es wäre dann immer noch Zeit, meine Sachen abzuholen und meine Rechnung hier auf dem

Hof zu begleichen. Amüsiert dachte ich daran, dass ich tatsächlich auf einem Bauernhof mit Vollpension genächtigt hatte. Das zumindest war eine Erfahrung, die ich noch nie vorher gemacht hatte. Ich war immer davon ausgegangen, dass „Vollpension" etwas besonders Spießiges sei. Und das passte nun wirklich so gar nicht in meine verwöhnte Welt der delikaten Genüsse, wie sie für mich in den angesagten Restaurants normalerweise selbstverständlich waren.

Als ich Albert´s Werkstatt erreichte, winkte der mich bereits freundlich zu sich. Das Autoteil wäre geliefert worden, rief er und man wolle gleich damit beginnen, es einzubauen. Ich solle dann noch mal in zwei Stunden wiederkommen, dann könne ich meine Reise mit Sicherheit fortsetzten.

Was sollte ich derweil tun? Ich ging also zurück auf den Ebelinghof und wollte mich noch ein wenig in die Sonne setzen. Dort waren nun weitere Reiter dabei, ihre Pferde zu pflegen.

Juniorchefin Pauline, die mit einem schönen Apfelschimmel beschäftigt war, unterbrach ihre Arbeit und bot an, mir die Stallungen und die Pferdekoppeln zu zeigen, wofür ich bei meinen gestrigen Rundgängen keine Zeit gefunden hatte.

Gerne nahm ich ihr Angebot an und folgte ihr durch eine breite Gasse zwischen den Stallboxen, deren hinterer Ausgang in weitläufige Pferdekoppeln mündete. Ich war wirklich beeindruckt. Regelrecht begeistert aber war ich von der separaten Koppel, auf der Stuten mit ihren Fohlen standen: „Schönheit und Frieden strahlen sie aus", dachte ich, "und auch Liebe, denn es ist irgendwie anrührend, wie aufmerksam jede der Stuten auf ihre Fohlen achtete, die neugierig und aufmüpfig auf der Wiese herumstaksten".

Ich selbst bin nur Hobbyreiter und kein Pferdeexperte, aber beim Anblick der schönen Tiere war mir klar, dass es sich hier auf dem Gestüt durchaus um edle Zuchten handelte. Als ich dafür Pauline meine Bewunderung aussprach, erklärte sie mir ernst, dass die ganze Familie das gemeinsame Ziel hätte, gute und auch schöne Pferde zu züchten. Aber auch in der Landwirtschaft soll nach modernsten Methoden wertvolles Gemüse und Obst angebaut werden.

Ich betrachtete meine Begleiterin von der Seite. Sie wirkte mit ihrem heute geflochtenen dicken Zopf und dem schönen, klaren Gesicht in keiner Weise wie eine Bäuerin, oder wie ich mir eine Landwirtin gemeinhin vorgestellt hatte. Als ich ihr das sagte, lachte sie schallend.

„Ja, ja die Städter, sie haben ihre eigene Vorstellung vom Landleben", lachte sie, "nun, von meiner Familie bin ich allerdings am wenigsten mit Pferdezucht und Landbau befasst. Ich betreibe hier die sogenannte kaufmännische Abteilung. Dennoch helfe ich auf dem Hof, wie mein Mann auch, der ansonsten als Tischler arbeitet. Aber daneben habe auch ich noch ein einträgliches Hobby. Ich stelle aus natürlichen Zutaten eine Hautpflegeserie ohne Konservierungsstoffe her. Dies hauptsächlich für unsere Familie, für Freunde oder Dorfbewohner und auch zunehmend für Pensionsgäste, die auf meine Produkte schwören".

Nun musste auch ich lachen, denn in der von meiner Familie betriebenen Firma werden ja auch kosmetische und medizinische Pflegeprodukte hergestellt. Ja, auch wir sind ein Familienbetrieb, in dem jeder eine andere Funktion innehat. Das erzählte ich nun Pauline, die nicht schlecht über die unerwartete Gemeinsamkeit staunte, wenngleich die Dimensionen, in denen unsere Familien ihre Produktionen herstellten und vertreiben, sich deutlich voneinander unterschieden.

Pauline, die wieder ihren Hof-Pflichten nachgehen musste und ich, der ich langsam meinen Heimweg antreten wollte, beschlossen jedoch, unser begonnenes Gespräch demnächst fortzusetzen, um uns ggf. ein wenig auszutauschen über natürliche Zutaten für Cremes und Salben, wie über Heilkräuter und Frischekosmetik. Denn, das gab Pauline zu, ihre Produkte verfügten leider nicht über eine längere Haltbarkeitsdauer und mussten im

Kühlschrank aufbewahrt werden. Sie suche noch nach natürlichen Konservierungsmöglichkeiten. Aber, fügte sie weiter an, ihre winzig kleine Herstellung von Cremes ließ sich ja nun nicht mit der von mir beschriebenen Fabrikation vergleichen. Dennoch freue sie sich natürlich, wenn sie die Möglichkeit bekäme, sich mit mir fachlich zu beraten. Und wer weiß, vielleicht hätte sie ja auch den einen oder anderen Tipp aus ihren Traditionserfahrungen für mich.

Sie wiederholte nun noch einmal ihre Einladung zum Erntefest in wenigen Wochen, zu dem ich unbedingt kommen müsse. Daran wollte sie mich dann noch einmal per SMS erinnern, damit ich ja nicht vergessen würde anzureisen. Sie würde mir schon mal ein Zimmer reservieren, damit ich nicht noch einmal mit Sebastians Bleibe vorliebnehmen müsse.
Irgendwie positiv aufgeladen und frohen Herzens verabschiedete ich mich von Pauline, nachdem ich meinen bescheidenen Pensionspreis entrichtet hatte. Ich trug ihr dazu noch Grüße für Vater, Mutter und die Geschwister auf.

Gespannt begab mich wieder zu Alberts Werkstatt. War es ihm gelungen, mein Fahrzeug wieder flott zu machen? Meine Sorge schien jedoch überflüssig zu sein, denn mein Auto stand, frisch gewaschen bereits auf der Straße und war von staunender Dorfjugend umringt, die sicherlich nicht allzu oft ein so schönes und seltenes Gefährt, wie es mein Sportwagen ist, so hautnah zu Gesicht bekommt.
„Alles paletti", sagte Albert, "nun kann die Heimreise bedenkenlos angetreten werden."

Als ich mein Auto startete und seine acht Zylinder mir das inspirierende Gefühl vermittelten, dass der Wagen zum Sprung ansetzen wolle, freute ich mich über dieses vertraute Gebaren, verbunden mit dem wilden Aufheulen des Motors. Das fühlte sich gerade so an, als wenn mein Sportwagen es kaum erwarten konnte, endlich loszupreschen und gen Heimat zu düsen.

Ich ließ das nette Dorf Urmenau zurück mit dem Gefühl, ein freundliches Zwischenspiel mit einem tiefen Blick in eine andere Welt erlebt zu haben. Nun aber steuerte ich vergnügt Richtung München und setzte dazu wieder meine gestern begonnenen und auf diese seltsame Weise unterbrochenen Überlegungen fort. Ach ja, ich wollte ja meine Zukunft festtackern und mich endgültig festlegen auf das Ende meines Junggesellen-Lotterlebens.

Aber in meinem Kopf geisterten noch immer Ausflüchte herum. Irgendwie suchte ich weiter nach Argumenten, die meine guten, hochmoralischen Absichten und Einsichten ins Wanken bringen wollten: "Hatte ich denn schon genügend gesehen, hatte ich genug erlebt? Hatte mein kleines bäuerliches Zwischenspiel mir nicht gerade gezeigt, dass es noch ganz andere Lebensentwürfe gibt, als die von mir bisher angedachten und angelebten?"

Eigentlich war ich bisher fest davon überzeugt gewesen, dass man kaum abwechslungsreicher leben könnte, als ich es bis dato praktiziert hatte. Dazu gehörten unzählige Reisen, geschäftliche Ambitionen oder flotte Freizeitvergnügen. Ebenfalls mein Gesellschaftsleben war randvoll mit Einladungen, sportlichen Verabredungen, auch mit spannenden Begegnungen. Natürlich mangelte es mir auch nicht an vergnüglichen Dates.

Ja, mit den Dates war das so eine Sache. Genau das sollte sich gerade grundlegend ändern. Denn, da gab es Leonie. Wollte ich nicht gerade auf eine feste Verbindung mit ihr hinsteuern?

Ich beschimpfte mich innerlich, schalt mich feige und wankelmütig. Sollte ich mich nicht eigentlich darauf freuen, Leonie zur Mutter meiner künftigen Kinder machen zu dürfen? Ja klar, ich wollte mich darauf und darüber freuen. Wenn da nicht dieses winzig kleine Stück Unbehagen in meinem hintersten Seelenwinkel gewesen wäre. Ich beschloss, mich davon nicht beeindrucken zu lassen und meinen, nun schon seit Längerem genährten Absichten Folge zu leisten und Leonie bei einem festlichen Abendessen in unserem Lieblingslokal endlich den längst fälligen, einen richtigen, einen traditionellen Antrag zu machen. Dazu vereinbarte ich gleich nach meiner Rückkehr von meinem unfreiwilligen Ausflug in die Pampa, bei dem Juwelier meines Vertrauens, einen Termin, um einen Verlobungsring auszusuchen, der Leonie gefallen könnte und der ihrer Klasse und ihrem Stil entsprach.

Etwas wehmütig und mit ein wenig Trauer im Herzen sah ich mich in meiner schönen Maisonette Wohnung um, die direkt am Englischen Garten gelegen ist. Ich liebte diese Wohnung, die ganz nahe dem Citygeschehen, ideal für ein reges Junggesellenleben konzipiert schien. Auf meiner großen Terrasse hatten schon legendäre Partys stattgefunden, und mein Wohnzimmer in üppiger Größe und das elegante Schlafzimmer waren nicht selten Zeugen von so mancher mehr oder weniger romantischen oder interessanten Liebesgeschichte gewesen. Mit Bedauern wurde mir bei meinem Rundblick wieder einmal bewusst, dass meine Behausung, die zwar geräumig war, sich jedoch kaum für eine Familienplanung eignete.

Ich müsste wohl ohnehin von so manchen lieb gewordenen Gewohnheiten Abschied nehmen. Seufzend bedauerte ich, dass auch meine Wohnung dazu gehören würde, und gegen ein Familienhaus in Grünwald eingetauscht werden müsste, wie es dann auch eher zu dem beabsichtigten Familienleben passte und wie es für mich vorgesehen war.

Ich tröstete mich innerlich mit dem berühmten Gedicht von Herrmann Hesse: „Stufen" in dem er verheißt, dass jedem Anfang, damit auch jedem Neubeginn, ein Zauber innewohne.

„Also", dachte ich ein wenig sarkastisch, "lassen wir uns von dem zu erwartenden Zauber überraschen."

Schnell war ich wieder vom Alltagsgeschehen meines Normallebens eingeholt. Nachdem ich meine Post gesichtet hatte, Termine bestätigt und anstehende Telefongespräche erledigt hatte, nahm ich die Verabredung, die ich gleich nach meiner Ankunft daheim mit Juwelier Franzke getroffen hatte, wahr. Er war auf meinen Besuch schon vorbereitet und hatte ein Sortiment von edlen Ringen auf dunkelblauen Samttabletts bereitgelegt. Die Auswahl fiel mir schwer. Ich wusste, Leonie verfügte ohnehin über eine gut gefüllte Schmuckschatulle und war äußerst anspruchsvoll, was ihren modischen Stil anbetraf. Mein Ring sollte schon etwas Besonderes sein, dabei alltagstauglich und ihrem Typ entsprechen. Herr Franzke und ich berieten uns über zwei Stunden lang und legten uns dann auf einen schlichten, aber sehr kostbaren Brillanten fest, dessen Reinheit und edel geschliffene Größe beeindruckten. Er war auf der Mitte eines quadratischen Grundes aus Platin platziert und an den vier Ecken des Quadrates von jeweils einem kleineren Brillanten flankiert. Die feine Ringschiene war dicht mit kleinen Brillanten besetzt. Eine hübsche kleine Schmuckschatulle aus Lapislazuli ergänzte den Einkauf, für den ich den Gegenwert von einem Mittelklasseauto investierte.

Bezüglich meines Treffens mit Leonie, wollte ich nun möglichst rasch zur Tat schreiten, aber unser Wiedersehen verlief nicht so harmonisch, wie ich mir das vorgestellt hatte.
Leonie hinterfragte misstrauisch meine verzögerte Heimreise über eine, ihr völlig unbekannte dörfliche Region.
Sie war schon nicht so begeistert gewesen, dass ich alleine zu der Party nach Stuttgart gefahren war und mutmaßte, dass es dabei vielleicht nicht nur um den harmlosen Besuch bei einem alten Internatsfreund ging.
Obwohl ich von meinem unfreiwilligen Landausflug und meiner Station vom Dorf Urmenau aus angerufen hatte, schienen meine Berichte darüber ihr ebenfalls so wenig glaubhaft, ja regelrecht absurd, sodass sie „Unrat witterte". „Sie vertraut mir nicht", dachte ich, "aber irgendwie ist ihr das auch nicht zu verdenken, öfter schon waren ja meine Argumente und Handlungen etwas undurchsichtig gewesen."
Weil es mir unpassend schien, in einer solchen, etwas ungehaltenen Stimmung einen Heiratsantrag zu inszenieren, blieb das

Schmuckkästchen in meiner Tasche und wartete auf seinen Auftritt zu einer passenderen Gelegenheit. Erst einmal jedenfalls war ich wieder gänzlich in der gewohnten münchner Routine angekommen. An meinen dörflichen Umweg dachte ich eigentlich kaum noch. Nur ein gelegentlicher Gedankenblitz, hin zu diesem ungeplanten Landausflug, ließ manchmal meine Seele ein wenig schmunzeln.

Urmenau verschwand dann nach wenigen Tagen während meines umtriebigen Lebens wieder vollkommen aus meinem Gedächtnis. Es wurde von meinem Unterbewusstsein wohl in die Ablage unter „freundliche Begebenheiten" verfrachtet.

Meine Partnerschaft mit Leonie verlief indessen wieder einigermaßen harmonisch und fühlte sich durchaus liebenswürdig an. Wir unternahmen viel miteinander, waren mit Freunden unterwegs, besuchten Partys, oder nahmen gesellschaftliche Verpflichtungen wahr. Für unsere Familien und auch unseren gemeinsamen Freundeskreis waren wir ja ohnehin längst ein Paar. Und auch ich dachte tatsächlich öfter, dass es mit uns gut lief und dass wir offensichtlich zusammengehörten und wohl auch zusammenpassten.

Aber waren wir ein Liebespaar? Wenn sich wieder mal die Sabotage-Zweifel in meine Überlegungen einschleichen wollten, fragte ich mich ärgerlich, wieso ich mich immer wieder solchen Stressgedanken aussetzen würde. Ich war doch ein vernunftsbegabter Mensch, der nicht erwarten durfte, dass andauernder Honeymoon und schwindelerregende Verliebtheit dazu gehört, wenn zwei Menschen miteinander ihre Zukunft planen wollen. Und ein Eheleben, verbunden mit Elternschaft war ja ein ernst zu nehmendes Projekt, das nicht eines Gefühlsüberschwanges bedurfte, sondern eher nüchterner Überlegungen, oder?

Dementsprechend war es wohl angebracht, sich vernünftigen Planungen hinzugeben, statt sich kopflos in ein Abenteuer zu stürzen. Ich rief mich bei jedem Zweifel, der mich immer wieder einholte, dann jedes Mal nachdrücklich zur Ordnung und entschloss mich dazu, dem hirnlosen Hin und Her ein Ende zu machen und endgültig klare Verhältnisse zu schaffen.

Ein solcher Anlass aber bedurfte einer besonderen Inszenierung, das war ich Leonie schuldig. So lud ich sie zu einem Wochenende nach Rom ein, um ihr die Frage aller Fragen zu stellen. Wir hatten verabredet, uns dort nichts Wesentliches vorzunehmen, keine Veranstaltungen zu besuchen, keine Freunde zu treffen, sondern einfach nur durch die schöne Stadt zu flanieren und diese schönste Kulisse der Welt bewundernd zu genießen. Wir waren nicht zum ersten Mal in Rom. Und so freuten wir uns darauf, wieder einmal gemeinsam die wunderbare italienische Atmosphäre, die märchenschöne antike Umgebung und die einzigartige italienische Küche in den berühmtesten Restaurants der Stadt ausgiebig zu genießen.

Gleich am ersten Abend, nachdem wir auf der Terrasse unseres Hotels absolut köstlich gespeist hatten, schlug ich Leonie vor, mit mir einen kleinen Spaziergang zu dem berühmtesten Brunnen der Stadt, der Fontana di Trevi zu unternehmen. Von diesem Brunnen wird ja gesagt, dass Wünsche sich erfüllten, wenn man nach einem bestimmten Ritual eine Münze hineinwirft, während ein Herzensanliegen geäußert wird. Ich, der sprichwörtliche Verstandesmensch hatte doch tatsächlich im Sinn, mit einer solchen romantischen Verheißung meinen Heiratsantrag zu verbinden, zumal die Wünsche an den Brunnen traditionsmäßig vor allem den Liebenden gewidmet sind. Ich wollte Leonie nun vor dieser Kulisse endlich bitten, meine Frau zu werden.
Leonie war ein wenig verwundert, als ich vorschlug, diese Touristenattraktion, die von nahezu jedem Rombesucher frequentiert wird, gegen Mitternacht zu besuchen.
Freilich war uns dieser weltbekannte Brunnen von früheren Besuchen her schon bekannt und sicherlich auch jetzt am späten Abend noch von Rom-Gästen regelrecht überlaufen.Trotz Leonies diesbezüglichem Einwand hielt ich fest an meinem

Plan, zur Piazza die Trevi zu spazieren mit der Absicht, meine Münze über die rechte Schulter in den Brunnen zu werfen, wie es die Tradition vorschreibt.

Zu unserer Überraschung und Freude, waren jetzt, in der beginnenden Nacht, nur wenige Besucher am Brunnen, sodass wir uns nahezu ungestört auf die Rundbank davor setzen konnten um die imposante und berühmte Architektur des Künstlers Nicola Salvi wieder einmal mehr zu bestaunen.

Wie schon bei früheren Besuchen nahm uns die traumhafte Kulisse unter einem dramatischen Sternenhimmel gefangen, und wir genossen gemeinsam die märchenhafte, ja fast unwirkliche Sicht auf den Brunnen, die von dem sanften Plätschern des Wassers unterlegt war.

Ich zog Leonie nahe an mich heran, hielt sie in meinem linken Arm und öffnete mit der rechten Hand das Lapislazuli-Etui. Der Ring darin funkelte in der Feenbeleuchtung des Brunnens fast überirdisch verlockend. Leonie und ich schauten uns lachend an, als wir beide auf die glitzernde Kostbarkeit schauten. „Soll ich auf die Knie sinken und die berühmte Formel sprechen?" fragte ich in etwas spöttischem Ton, um meine Rührung zu verbergen.

„Es geht auch ohne Kniefall," lächelte sie, „aber es wäre schön, wenn du es sagen würdest."

„Möchtest du meine Frau werden, die Mutter meiner Kinder? Kurzum, es wäre schön, wenn wir heiraten würden."

„Auch, wenn wir uns gerade belustigt fühlen, hoffe ich doch, dass du es ernst meinst", erwiderte sie leise.

„Also, antwortete ich, der Ring ist echt, du kannst also getrost davon ausgehen, dass ich damit ernsthaft den Bund fürs Leben eröffnen möchte, den ich gerne und ernsthaft mit dir eingehen will."

„Ja, das will ich auch und ich wünsche mir nichts sehnlicher, als dass wir beide ein glückliches Ehepaar werden."

Beschämt spürte ich, wie glücklich sie war. Und ich nahm mir vor, sie nicht zu enttäuschen. Ich bin durchaus mehrfach schon gewahr geworden, dass Leonie mir nicht wirklich vertraut, mir in verschiedener Hinsicht nicht so ganz über den Weg traut. Zu oft hatte sie erlebt, wie leichtfertig ich reagierte und wie gedankenlos ich über Gefühle und Situationen hinweggegangen bin. Das sollte anders werden, versprach ich mir innerlich.

Eng umschlungen wanderten wir in dieser wundervollen römischen Nacht in unser Hotel zurück und hatten beide das Gefühl, den richtigen Weg zu gehen, ihn gemeinsam zu gehen. Dazu spürten wir eine absolute Zusammengehörigkeit, die ja keine Illusion sein konnte. So jedenfalls empfanden wir es wohl beide. Zwei schöne Tage lagen noch vor uns, die wir damit verbrachten, Pläne zu schmieden, darüber zu sprechen, wann und wie wir heiraten wollten, wo und wie wir wohnen wollten und wie wir die erfreuliche Nachricht an Familie und Freunde weitergeben wollten.

Und dann kam doch alles ganz anders, als wir es so hoffnungsvoll und zuversichtlich geplant hatten.
Zwar setzte sich dieses Gefühl der Zufriedenheit, das ich nach unserer Rom-Tour verspürte, noch eine ganze Weile weiter fort, zumal auch unsere Familien und unser Freundeskreis darauf bestanden, unseren neuen, unseren nun offiziell verkündeten Status mit uns zu feiern.
Aber Alltag ist nun mal eine völlig andere Hausnummer, als eine verzauberte Urlaubsstimmung.

Ich selbst hatte meine bohrenden Zweifel offensichtlich überwunden, war irgendwie sogar froh, dass die Würfel gefallen waren und ich gefühlsmäßig nicht mehr durch die Gegend herumdümpelte.
Leonie und ich waren nun ein Paar und ich begann, mich daran zu gewöhnen, nicht mehr als Einzelwesen wahrgenommen zu werden, sondern dass wir zu jeder Gelegenheit als Paar angesprochen und auch eingeladen wurden.

Ja, und dann sah ich während einer beruflichen Sitzung, dass Pauline vom Ebelinghof mir eine WhatsApp-Nachricht gesandt hatte. Ich musste tatsächlich kurz nachdenken, bevor ich den Namen der Absenderin zuordnen konnte. „Ach ja, ich hatte ja versprochen zum Erntefest nach Urmenau zu kommen".

Urmenau – das passte mir jetzt gar nicht. Mein bäuerliches Abenteuer hatte ich ja inzwischen fast vergessen, obwohl es erst wenige Wochen her war. Kurz überlegte ich, wie ich eine Absage begründen könnte. Aber da ich mich für einen pflichtbewussten Menschen halte, überlegte ich mir, ob ich meinem Versprechen nicht doch nachkommen sollte. Und vielleicht hatte Leonie Lust, mich zu begleiten. Sie war ja eine exzellente Reiterin, sicherlich hätte sie Freude an den schönen Pferden, vor allem den süßen Fohlen auf dem Ebelinghof.

Ich fragte sie, ob sie mit mir das Dorffest besuchen wolle, dann nämlich könne sie sich gleich davon überzeugen, wie harmlos mein unfreiwilliger ländlicher Ausflug gewesen war, der kürzlich ihr Misstrauen so sehr strapaziert hatte.

„Ein Erntefest im Dorf?" fragte sie erstaunt. Sie sah mich stirnrunzelnd an und sagte mir dann, dass sie das zeitlich nur schwer einrichten könne.

Also, Begeisterung sah anders aus. Ich erntete mit meinem Vorschlag nur einen langen Blick, der unschwer zu deuten war. Man konnte leicht daraus lesen, dass sie so gar keine Neigung dazu verspürte, mit mir ausgerechnet auf ein Dorffest zu gehen. Ihr Blick drückte ziemlich eindeutig aus, dass ich gefälligst die Suppe alleine auslöffeln sollte, die ich mir da eingebrockt hatte, ich solle also nur hübsch alleine aufs Land fahren und bei Rumtata-Musik anderer Leute´s Ernten feiern.

Etwas angesäuert über Leonies missmutige Reaktion auf meine Einladung folgte ich nicht meiner ersten Regung, nach der ich meine Teilnahme ja am liebsten abgesagt hätte. Vielmehr dachte ich trotzig, dass ich nun erst recht der Dorfeinladung Folge leisten würde.

Ich bestätigte also per WhatsApp mein Kommen und verlegte alle Termine, auch die für den darauffolgenden Tag, auf einen späteren Zeitpunkt, sodass ich mir auch danach noch einen Urlaubstag genehmigen wollte.

Urmenau – eigentlich hatte ich meine ländlichen Sitesteps gar nicht mehr so recht auf dem Schirm gehabt. Aber als ich nachmittags losfuhr, stellte sich zu meiner eigenen Überraschung sogar Vorfreude ein. Ich würde wieder eintauchen in die mir eigentlich so fremde Welt, in der ich mich wider Erwarten so wohl gefühlt hatte. Der deutliche Abstand von meinem geschäftigen Alltag würde mir ebenfalls guttun. Und ich freute mich jetzt auch darauf, Flo, Pauline und ihre Eltern wiederzusehen.

Die aber hatten bei meiner Ankunft gar keine Zeit für mich. Ich platzte mitten in das geschäftige Treiben hinein, mit dem auf dem Hof das große Fest vorbereitet wurde. Flo winkte mir von Weitem zu und Mutter Elsa, die ich in der Küche antraf, drückte mir meinen Zimmerschlüssel in die Hand: „diesmal bekommen Sie die Fürstensuite", lachte sie, „nachdem Sie sich das letzte Mal so provisorisch hatten begnügen müssen".

Ich stapfte die schmale Treppe hoch ins Dachgeschoß und verstaute mein Reisegepäck. Nun, luxuriös, respektive fürstlich, war sie nicht wirklich, die mir zugewiesene sogenannte „Fürstensuite", aber geräumig und irgendwie lieb und mit einem hübschen Bad verbunden. Dieses Zimmer nahm sich gegen die schlichten Pensionszimmer der Reiter sicherlich üppig aus, aber meine verwöhnte Leonie hätte über diese eher bescheidene Unterkunft ganz sicher ihr hübsches Näschen gerümpft.

Ärgerlich wischte ich den Gedanken an die schnöde Abfuhr, die sie mir erteilt hatte, zur Seite. „Es gibt sicherlich weniger lohnende Unternehmungen, die man besuchen kann", dachte ich grimmig. „Nun gut, bleib du in deiner arroganten Luxuswelt", grummelte ich weiter und war fest entschlossen, mich in der Zeit hier, auch ohne sie, gut zu fühlen und mich zu amüsieren. Bei Leonie wollte ich mich erst einmal nicht melden.

Ich musste über mich selber lächeln, weil es mir dann ausgesprochen guttat, in die jetzt menschenleere Küche des Ebelinghofes zu marschieren und mir einfach aus der Wärmekanne einen Kaffee zu zapfen. Dazu schenkte ich mir einen ordentlichen Schwupps von der Milch ein, die einladend danebenstand. "Es fühlt sich irgendwie an wie nach Hause kommen", dachte ich vergnügt.

Mit meiner Tasse in der Hand setzte ich mich im Hof an den großen Tisch und schaute fasziniert den vielen Helfern zu, die aus Strohballen riesige Figuren bastelten und mit ausrangierten Kleidern und Schürzen bekleideten. Überall, an den Eingängen und Durchgängen standen sie nun, diese imposanten Strohfiguren. Sie bestanden jeweils aus einem großen Strohballen, auf den ein kleinerer Ballen gesetzt war. Darauf thronte dann ein kleiner liegender Ballen, der den Kopf der Puppe darstellen sollte. Und hier waren der Fantasie keine Grenzen gesetzt. Die flachen runden Seiten waren zu lustigen Gesichtern gestaltet und mit Strohzöpfen oder Stroh-Perrücken, Kopftüchern oder Hüten dekoriert. Ausgestopfte Brüste und Bäuche formten die Figuren und allerhand bäuerliche Gerätschaften ersetzten die Arme und stellten ländliche Arbeiten dar. Diese überdimensionalen Strohmänner und Strohfrauen vermittelten eine so einladende Atmosphäre, dass man schon im Vorfeld Lust auf die Feierei bekam und sich gerade so fühlte, als wäre man ins Zwergenmärchenreich versetzt.
Dazu waren die vielen fleißigen Hände dabei, überall Strohgirlanden und Strohkränze aufzuhängen. Der Hof war eine einzige Hommage an das ländliche Leben und an die bäuerliche Arbeit.
Als ich durch eine der Stallgassen nach hinten auf die Festwiese spazierte, verstand ich, weshalb jetzt niemand in der Küche anzutreffen war. Hier wurde jede Hand gebraucht, die alle Vorbereitungen für ein gigantisches Grillfest trafen.
„Oh", dachte ich, "Pauline und die anderen vegetarisch und ve-

gan lebenden Familienmitglieder, aber auch einige der Feriengäste, die dem Fleisch abgeschworen haben, werden leiden,
wenn sie sehen müssen, wie sich knusprige Spanferkel über zwei
großen Grillspießen drehen". Und Berge von Steaks und Würz-
braten warteten ebenfalls nur darauf, das fleischfressende Publikum zu beglücken.

Aber, das sah ich dann zufrieden, auch für die vegane Fraktion
war üppig gesorgt. Ich beobachtete Pauline und Mutter Elsa, wie
sie auch fleischlose Köstlichkeiten an separaten Tischen deko-
rierten. Ich schlenderte zu ihnen hin und wollte zumindest Pauline begrüßen. Sie winkte mir begeistert zu und rief, dass sie sich
freue, mich zu sehen und dass wir später mehr Zeit hätten für
einen ausgiebigen Schwatz. Auch Mutter Elsa winkte mir zu und
rief, dass Flo und Florentine dabei wären, gemeinsam mit ihrem
Vater die Pferde auf die hinteren Koppeln zu verfrachten, damit
die Tiere durch das Getöse und die Musik nicht verstört würden.

Von Traktoranhängern wurden lange Tische und Bänke geladen
und aufgestellt, sodass ich staunend erleben konnte, wie die
Ebelingsche Festwiese zum Dorfplatz mutierte.
Und – ich konnte es selbst kaum glauben: ich fühlte mich inmitten dieses chaotischen Gewimmels tatsächlich wieder wohl.
Ich hatte hier, bei diesen, mir doch eigentlich fremden Menschen, das für mich ungewohnte Gefühl einer fast familiären
Zugehörigkeit. Nur kurz dachte ich an Leonie. Hätte sie dieses
geschäftige Treiben ebenfalls genießen können? Nun, das Münchner Oktoberfest war ja eigentlich auch nichts anderes, als ein
riesiges Erntefest, das wir in jedem Herbst immer gerne besucht
hatten. Jedenfalls war dieses große Münchner Volksfest von
seinem Ursprung her eigentlich auch als Erntefest gedacht gewesen. Daraus dann hatte sich die teuerste Festwiese der Welt
mit den elegantesten Besuchern entwickelt. Die eitlen Ladys die,
gekleidet in die neuesten und sündhaft teuren Dirndl-Krea-
tionen, traten dort alljährlich an zum eitlen Schaulaufen, was der
Münchener Schickeria zu verdanken war. Und so hatte das

Oktoberfest der Neuzeit mit Ernte nichts mehr zu tun, war vielmehr ein gigantischer Rummelplatz, praktisch ein Jahrmarkt der Eitelkeiten geworden.

Hier in Urmenau aber ging es mitnichten um modische Attribute, um Sehen und Gesehenwerden, sondern um das reine, das pure Vergnügen als Belohnung für einen fleißigen Sommer und die eingefahrenen Ernten, die zünftig gefeiert werden sollten. Und ich war, völlig unerwartet, überglücklich mittendrin zu sein.

Auf einer Wiese neben dem Haus vergnügten sich die Kinder des Dorfes. Hier gab es Sackhüpfen, Eierlaufen, wurden Wett- spiele ausgelobt und ein Zauberer brachte Klein und Groß zum Staunen.

Absolut zauberhaft fand ich, wie die Kinder sich alle verkleidet hatten. So hüpften Feen, Frösche, Piraten und Ritter, aber auch Prinzessinnen und Marienkäfer durcheinander.

Ich sah diesem bunten Treiben eine Weile zu und freute mich einfach, hier zu sein.

„Heute müssen Kinder nicht ins Bett gehen", kommentierte Flo, der plötzlich neben mir auftauchte, "erst dann, wenn sie so müde sind, dass sie freiwillig die Spielwiese räumen. Und manche Kiddies haben so viel Stehvermögen, dass sie locker ihre Eltern überrunden."

„Ist denn das gesund?" fragte ich naiv, „brauchen Kinder nicht unbedingt ausreichenden Schlaf?"

Floh lachte lauthals: „nee, zum Erntefest ist Kinderausnahmezustand, da ist Schlafen verpönt. Es ist schon erstaunlich, was die Kleinen so wegstecken, denn nachmittags war ja auch schon ausgiebiges Ponyreiten, an dem fast jeder unter 14 teilgenommen hat. Aber dir zum Trost, die meisten der Kleinen sind doch vor Mitternacht schon todmüde und lassen sich dann widerstandslos von Mama oder Papa ins Bettchen tragen."

Flo hatte für mich einen bayrischen Trachtenhut mitgebracht: "Damit du etwas zünftiger ausschaust", zwinkerte er mir zu, nachdem er mir sein Mitbringsel frech übergestülpt hatte. Flo selbst sah schmuck aus in seiner Festtagskleidung. Er trug ein schneeweißes Hemd, dessen Ärmel er hochgekrempelt hatte. Dazu passte perfekt seine knackig sitzende, bunt bestickte Lederhose, die mit einem klimpernden Charivari dekoriert war, dem Silberschmuck der Trachtler, wie mir erklärt wurde.

Flo trug auf seinem Hut einen üppigen Gamsbart, der bei jeder seiner Bewegungen zustimmend nickte.

Ich schaute ihn, irgendwie erstaunt, nun zweimal an. Ich hatte bisher gar nicht recht wahrgenommen, dass dieser rothaarige, braungebrannte junge Mann ein so auffallend attraktiver Bursche war. In der Tracht kam seine durchtrainierte Figur erst so richtig zur Geltung. Unter der Hutkrempe blitzten seine hellen Augen verschmitzt und ein wenig spöttisch. Mir kam in den Sinn, dass alle Dorfmädels eigentlich rettungslos in ihn verliebt sein müssten. Als ich ihn, etwas hinterlistig, nach einer Freundin fragte, antwortete er ernst, dass er mir seine Lisa später vorstellen würde. Für ihn gäbe es nur die eine, er kenne sie als Nachbarstochter schon von klein auf. Er fügte dann an, dass die Ebelings eben so geartet seien, da wird nicht nach rechts und nicht nach links geguckt, wenn man sich entschieden hat. Nun aber müsse er sich um die Musi kümmern, denn jetzt würde es ernst mit der Feierei.

Die Wiese füllte sich nun ziemlich rasch. Ich hatte den Eindruck, dass das ganze Dorf auf den Beinen war und sich hier auf dem Platz zusammendrängte. Mein Erstaunen darüber konnte ich mir schenken, wenn ich mir klarmachte, wie klein Urmenau war und die Anzahl der Einwohner deshalb auch überschaubar, durchaus auf die Ebelingsche Festwiese passte. Einen extra Dorfplatz nämlich besaß der Ort nicht.

Allerdings wunderte ich mich schon etwas, als die Musiker einmarschierten. Nix mit Rumtata und Blasmusik. Hier schickte sich eine Band von erstaunlicher Größe an, die Festgäste mit den allerneuesten Schlagern zu unterhalten. Eigentlich entsprach diese Musikrichtung so gar nicht meinem Geschmack, aber die ersten Tonproben der Instrumente und die Stimme der sehr guten Sängerin, die ihr Mikrofons einstellte bewiesen mir, dass sie gute Musiker waren und zu einem stimmungsvollen Abend, beidem im Freien getanzt und gefeiert werden sollte, perfekt pass- ten. Später dann erfuhr ich, dass die Band ausschließlich aus Laienmusikern bestand, die alle eigene Berufe hatten. Sie wurden von den umliegenden Gemeinden reihum für die zahlreichen- Dorffeste engagiert.

Versonnen stocherte ich mit einem Stöckchen im Gras herum und bohrte kleine Löcher in die Erde. Ich saß dabei auf einem der Feldsteine neben der Wiese. Dabei ließ ich die Geräusche des Festbeginns, den Duft des Essens und das Gewirr von Stimmen und Gelächter auf mich einwirken und genoss es, einfach nur dazusitzen, ohne etwas denken zu müssen.
„Willst du unsere Wiese aufspießen?" fragte eine belustigte Stimme direkt neben mir. Florentine war es, die sich neben mir auf einem Stein niedergelassen hatte. Ich schaute hoch und blickte geradewegs in die schönsten Augen, die ich je gesehen hatte. Sie waren hell, von einem undefinierbaren blaugrün, unergründlich, wie ein tiefer, stiller See. „Jade", dachte ich, "ja, das ist die Farbe der Augen mit funkelnden, irisierenden Punkten darin". Und die gehörten Florentine. Konnte das wirklich die farblose Reiterin sein, die ich bisher kaum wahrgenommen hatte? In meiner Erinnerung war da lediglich ein junges Mädel gewesen, das mir in ihren abgeranzten Stallklamotten und der ollen Schiebermütze, die sie meistens verkehrtherum trug, nicht sonderlich aufgefallen war. Ich wusste, sie ist Florentins Zwillingsschwester, aber bis auf die Begegnung auf dem Feldweg, als mich die Autopanne ereilte, hatten wir kaum ein Wort miteinander gewechselt und einander auch keine Beachtung geschenkt. Und nun saß sie direkt neben mir und mir stockte tatsächlich der Atem als ich ihr so unverhofft und geradewegs in ihre Märchenaugen blickte. Es gelang mir nicht sofort in diesem Zauberwesen hier an meiner Seite die Schmuddelgöre zu erkennen, in

der ich bisher von Weitem eher so eine Art Stallbursche gesehen hatte. Erst einmal ziemlich sprachlos betrachtete ich Florentine verstohlen, die sich von einem nicht gerade hässlichen Entlein nun so unerwartet als wunderschöner Schwan in meine Wahrnehmung drängte. In der Tat, dieses Mädchen war eine Schönheit. Ihre flammend goldroten Haare hatte sie zu einem französischen Zopf geflochten, aus dem vorwitzig einige Locken gesprungen waren. Ihr Festtagsdirndl brachte ihre makellose Figur perfekt zur Geltung. Schlanke Glieder, eine schmale Taille und Rundungen an der richtigen Stelle vollendeten den überraschenden Gesamteindruck, der mich tatsächlich für einen Moment sprachlos gemacht hatte.

Ich versuchte, mir meinen kleinen Schock über diese Metamorphose nicht anmerken zu lassen: „Hallo Florentine, dein Bruder und du, ihr habt euch zu Ehren des Festes ja prachtvoll aufgehübscht. Dabei ahnte ich überhaupt nicht, dass hinter der Alltagserscheinung meiner dörflichen Retterin ein so schönes Mädel steckt."

Florentine runzelte die Stirn und entgegnete schnippisch auf mein fragwürdiges Kompliment: „Da sieht man mal wieder, wie die Städter die dörfliche Bevölkerung beurteilen. Und es ist interessant, wie ein städtisches Mannsbild auf den Einsatz eines Lippenstiftes und Wimperntusche reagiert."

Etwas verdattert wollte ich meine wohl etwas taktlose Bemerkung wieder gutmachen und verrannte mich stattdessen weiter in sinnfremde Beteuerungen, die ihre guten Absichten dann auch völlig verfehlten. Florentine hatte ihr Gesicht wieder verschlossen und erhob sich von ihrem Sitzstein, um sich abrupt von mir abzuwenden und sich ihren Freunden zuzugesellen, die neben der Kapelle standen und lauthals lachend herumwitzelten.

Ich schalt mich einen Esel und nahm mir vor, Florentine im Laufe des Abends davon zu überzeugen, dass meine dusselige Bemerkung keineswegs abschätzig gemeint war. Vielmehr war ich voll Bewunderung für die Leistung der Menschen auf dem Land und auch für ihre modernen Sichtweisen, von denen ich mich bereits überzeugen konnte. Ich wollte anführen, dass ich um Nachsicht bitten muss, denn ich war ja tatsächlich ein Neuling in Sachen Landleben, Landwirtschaft und dörflicher Gepflogenheiten. Zugeben musste ich allerdings, dass meine bisherige Sichtweise auf die Landbevölkerung tatsächlich eine andere gewesen war, als die, welche ich nun in so kurzer Zeit als erstaunliche Realität erleben durfte.

In dieser Nacht hatte ich keine Gelegenheit mehr, meinen Fauxpas zu relativieren. Florentine mied meine Nähe offensichtlich. Dabei war mir klar, sie wusste genau, dass ich sie beobachtete. Wenn sie erkannte, dass ich ihre Gegenwart suchte, war sie, schwupp, wieder in den Kreis ihrer Leute entschwunden oder tanzte demonstrativ, mit hoch erhobenem Näschen an mir vorüber.

Als Pauline, die an der Grillstation schwer beschäftigt gewesen war, sich mit einer Schorle in der Hand zu mir gesellte, um eine kleine Erholungspause einzulegen, lachte sie, als ich ihr mein Leid klagte.
„Ja, meine kleine Schwester ist eine harte Nuss, die zu knacken ist nicht einfach, sie hat ihren eigenen Kopf und mit dem muss sie auf Biegen oder Brechen durch die Wand. Außerdem vertritt sie leidenschaftlich die dörfliche Emanzipation, was nicht immer so ganz einfach in Urmenau durchzusetzen ist, denn nicht jeder der hier ansässigen bäuerlichen Dickschädel ist schon in der Neuzeit angekommen."
„Aber ich wollte ihr doch nur ein Kompliment zu ihrem, heute so unerwartet veränderten hübschen Aussehen machen", erwiderte ich.
„Uiii, damit kann man sich bei ihr erst recht in die Nesseln setzten. Sie mutmaßt in einem solchen Fall gerne, dass man sie auf ihr Aussehen reduzieren will. Das ist auch der Grund, weshalb sie kleidertechnisch normalerweise so mausgrau daherkommt. Sie weiß natürlich genau, wie sie wirkt und kaschiert

das, so gut es geht. Schon als Kind war sie bitterböse, wenn nicht ihre Leistungen gewürdigt, sondern ihr Aussehen hervorgehoben wurde, was die Erwachsenen ja bei jeder Gelegenheit entzückt zu thematisieren pflegten."

„Ganz schön kompliziert die junge Dame, nicht wahr?" „Eigentlich nicht, wenn man sie kennt. Sie ist hilfsbereit und mitfühlend. Das aber verbirgt sie gerne hinter ihrer spröden und abweisenden Art. Ihr Zwilling ist von ganz anderer Art. Er ist offen und völlig arglos. Sie hingegen ist immer auf der Hut. Und sie ist enorm ehrgeizig. Sie muss immer und überall die Erste und die Beste sein. Ihr Abi hat sie mit Auszeichnung bestanden, sie muss die beste Reiterin sein und ihr Studium wird sie ebenfalls als Überfliegerin durchlaufen. Flo hingegen trödelt immer weit abgeschlagen hinter ihr her. Er hat auch weniger ehrgeizige Ziele als sie, aber er liebt und bewundert sein dickköpfiges Schwesterchen bedingungslos."

„Ein interessanter Mensch ist sie jedenfalls", erwidere ich nachdenklich, "wer hätte das gedacht, die kleine Florentine …"
Paula sah mir spöttisch direkt in die Augen: „Sie gefällt Dir, nicht wahr? Sie gefällt jedem, das ist ja das Dilemma."
„Du meinst als Frau? Ach Unsinn, sie ist ja noch ein Kind, ich könnte beinahe ihr Vater sein. Außerdem bin ich in festen Händen", argumentierte ich ungefragt weiter.
Pauline schmunzelte wissend, sicher, weil ich mich so vehement verteidigte, ohne angegriffen worden zu sein.
„Hoppla, ich wollte dir keineswegs ehrlose Absichten unterstellen, beeilte sie sich mir zu versichern. Florentine und du, das käme mir nun wirklich nicht in den Sinn. Sie ist mit Leib und Seele ein Landkind. Außerdem geht sie der Liebe hartnäckig aus dem Weg. Sie flirtet nach rechts und nach links und im Gegensatz zu ihrem Bruder hat sie es bisher geschickt vermieden, sich festzulegen, obwohl der Run um ihre Gunst seit ihrer Teenagerzeit die Buben des Dorfes in Atem hält."

„Und ich dachte, dass die jungen Menschen auf dem Land sich relativ früh binden!?"

„Ja, das ist üblich bei uns, auch ich und meine Brüder haben eigentlich schon in der Schulzeit unsere Wahl getroffen. Ich habe früh geheiratet und auch für Sebastian läuten demnächst die Hochzeitsglocken. Und Flo kennt seine Liebste schon seit der Kinderzeit. Florentine hingegen richtet ihr Hauptinteresse auf unsere Pferde und ihr Studium, dessen nächstes Semester demnächst in München wieder beginnt. Sie will Tierärztin werden."

„Und Du, bist du glücklich mit dem Leben hier in Urmenau", fragte ich Pauline. „Aber ja", antwortete sie erstaunt, "ich könnte mir kein anderes, kein besseres Leben vorstellen. Wir als Familie haben das große Glück, gemeinsam unseren Hof als Zukunftskonzept zu gestalten. Wir arbeiten gerne zusammen. Wir sind uns völlig einig, meine Eltern, die Geschwister und auch mein Ehemann und Sebastians Zukünftige ebenfalls."

Etwas neidisch auf Paulines Bodenständigkeit frage ich, ob das nicht manchmal ein wenig eintönig sei, nur das Landleben und da draußen warte die große, weite Welt.

Pauline lachte mich an, oder auch aus, so genau vermochte ich das nicht einzuschätzen: „Es gibt auch Urlaube mein Lieber. Und die nutzen wir weidlichst, wir haben schon viele Länder bereist. Jeder von uns. Die ganze Familie ist ausgesprochen reiselustig, außer meinem Vater. Aber noch lieber kommen wir dann nach Hause und wissen wieder zu schätzen, was wir haben. Und ich frage dich, was es Schöneres geben kann, als inmitten der schönsten Natur, in unserer herrlichen bergigen bayrischen Landschaft zu leben, und unsere Kinder in dieser Freiheit, der gesunden Luft und behütet von der Liebe der ganzen Familie, aufziehen zu können."

„Ja", dachte ich, „das ist wohl wirklich die Essenz des Lebens." Vergleiche ich solche schlichten Kostbarkeiten mit meinem hektischen, oftmals künstlichen und aufgesetzten gesellschaftlichen Leben, in dem ich mich bisher kritiklos herumgetrieben habe, wird mir durchaus bewusst, dass mir vielleicht wirklich Wesentliches fehlt. Pauline hat sicher Recht. Hier spielt der Duft der Sommerwiesen eine Rolle und die Geburt eines Fohlens und das gemeinsame Abendessen am großen Küchentisch und dass man einfach beieinander ist.

Ungewohnt nachdenklich beobachtete ich in dieser Nacht das unbeschwert fröhliche Treiben der Festgäste. Hin und wieder gesellte sich einer der Dorfbewohner, den ich bei meinem Rundgang durch den Ort kennengelernt hatte, zu mir, oder ich wurde neugierig angesprochen, weil man mit mir ins Gespräch kommen wollte. So fühlte ich mich inmitten der eigentlich fremden Menschen gut und irgendwie aufgehoben.

Flo, der vorbeikam, um mir seine Elisabeth, genannt Lisa, einem herzigen Mädel mit blonden Locken und blitzeblauen Augen, vorzustellen, überzeugte sich immer wieder davon, dass es mir an nichts fehlte, dass ich genug zu essen und zu trinken hatte und dass ich mich nicht langweilte. Viele nette Menschen kümmerten sich also um mein Wohlergehen, nur Florentine mied mich hartnäckig, ich konnte sie immer nur von Weitem sehen. Ich registrierte lächelnd, dass sie bei der Jungend ganz offensichtlich der Mittelpunkt des Geschehens war. „In der Tat, ein bildhübscher Teenager", dachte ich, "der sich in der Bewunderung ihrer Verehrer sonnt." Und das wollte ich ihr auch von Herzen gönnen. Nur, und das war mir ein ehrliches Anliegen, ja, es war mir sogar ein Bedürfnis klarzustellen, dass ich sie keinesfalls hatte kränken wollen mit meiner unbedachten Äußerung, sondern, dass ich es arglos und ehrlich gemeint hatte und ihr nur etwas Nettes sagen wollte. Wie gesagt, es war mir ein Anliegen ihr das zu erklären – aber leider gab sie mir in dieser Nacht keine Gelegenheit dazu, meinen Fehler wiedergutzumachen.

Als ich meine Blicke über das lachende, feiernde Volk schweifen ließ und mich darüber freute, Teil der ausgelassenen Stimmung zu sein, dachte ich kurz an Leonie und fragte mich, ob sie sich hier wohlfühlen könnte, ob sie neben mir auf der langen Bank sitzen, sich mit mir in der Reihe der Hungrigen anstellen würde, um sich ein knuspriges Stück vom Spanferkel von der Grillstation abzuholen und sich über einen belanglosen Schwatz mit einem Dorfbewohner freuen könnte. Es war nicht so ganz einfach, sich meine elegante Verlobte hier inmitten dieser rustikal und lautstark bevölkerten Festwiese vorzustellen. Ob sie ihr feines Näschen rümpfen würde, wenn ein lederbehoster Bursche sie zum Tanz bäte? Vielleicht aber war sie entgegen meiner Erwartung sogar amüsiert und könnte so einen Ausflug ins einfache Landleben als exotisches Abenteuer ganz unterhaltsam finden.

Mir war wieder einmal bewusst, dass wir einander gar nicht so genau kannten. Wir waren uns bisher auf vertrautem, auf gewohntem Terrain begegnet und das ebenfalls meistens im Kreise von Bekannten oder Freunden. Auch wenn wir gemeinsam Urlaub machten, trafen wir dort in der Regel andere Leute aus unseren Kreisen. Wir hatten also kaum Gelegenheit gehabt, gemeinsame Zeit alleine miteinander zu verbringen, haben uns keine Zeit genommen, einander etwas von den ganz persönlichen Gedanken, Wünschen, Träumen zu erzählen.

Wir setzten wohl beide voraus, das wir ähnliche Leidenschaften schätzten, da wir ja immer schon einen ähnlichen Lebensstil gepflegt hatten.

„Da haben wir offensichtlich noch viel nachzuholen", dachte ich und sicherlich gab es noch viel Überraschendes zu entdecken, vielleicht gemeinsam zu entdecken?

Es wurde spät in dieser Nacht, nein, eigentlich war es schon früher Morgen, als ich leicht beschwipst in meiner „Fürstensuite" landete. Ich hatte im Laufe der Nacht etwas zu viel von dem selbstgekelterten Wein gekostet, den mir Vater Ebeling zu fortgeschrittener Stunde immer wieder nachschenkte. Stolz hatte er mir von seinem Weinberg berichtet, der neben den Pferden sein liebstes Hobby war. Ihm, dem sonst so Schweigsamen, hatte der wohlschmeckende Rebensaft die Zunge gelöst und er erzählte mir gut gelaunt von seiner Kindheit und den Eltern und Großeltern, die ihm die Liebe zum Landleben und den schönen alten Hof vererbt hatten.

Für mich war nach der feuchtfröhlichen Nacht ausgiebiges Ausschlafen angesagt. Ich hatte mir diesen Tag ja als Urlaubstag verschrieben und nahm mir vor, keinen einzigen Gedanken an Pflichten oder Termine zu verschwenden. So blieb ich nach dem Aufwachen noch ein Weilchen in meinem Bett und hörte dem Werkeln, unterbrochen von lauten Rufen und viel Gelächter auf dem Hof zu, was als Geräusch- und Wortfetzten durch mein weit geöffnetes Fenster drang.

Ich trödelte dann vergnügt und irgendwie freudig inspiriert, bis ich mich endlich dazu entschloss den späten Vormittag zu begrüßen. Zu meiner Enttäuschung war in der Küche kein Mensch. Ich goss mir also aus der großen Wärmekanne einfach den duftenden Kaffee ein, nahm mir eine Brezel aus einem Korb und fand auch Butter und Käse in dem mächtigen Kühlschrank. Niemand war im Haus zu sehen. Aber als ich mich mit meinem kleinen Frühstück auf den Hof setzte, wurde ich von allen Seiten begrüßt und als Langschläfer geneckt. Viele fleißige Hände der Familie und der Nachbarn waren seit Stunden dabei, die üppige Festtagsdekoration wieder aufzulösen. Nur die Strohfiguren durften noch eine Woche stehenbleiben, so war es Tradition, wie mir erklärt wurde.

Mir ging es, wie beim vergangenen Mal hier auch, ich fühlte mich so wohl, so zugehörig, so total entspannt, dass ich mir ernsthaft vornahm, das Thema Urmenau nicht wieder in Vergessenheit geraten zu lassen. Ich kam mir hier seltsamerweise kein bisschen fremd vor. Es tat mir gut, in die Küche zu gehen, mir einfach ein kleines Frühstück zu nehmen und die herzliche Gastfreundschaft der Familie Ebeling so selbstverständlich in Anspruch zu nehmen, als wäre sie auch meine Familie.

„Nach dem Fest gibt es für die fleißigen Helfer bei uns immer Flammkuchen aus dem Buchenholzofen, in dem sonst Brot gebacken wird", sagte Mutter Elsa, die ein großes Tablett mit Geschirr auf dem Hoftisch absetzte. „Sie sind natürlich eingeladen."

Alle Ebelings und auch die Dorfleute duzten mich wie selbstverständlich, nur Mutter Elsa war beim förmlichen „Sie" geblieben, was ich respektvoll erwiderte.

Pauline brachte eine Riesenschüssel mit Salat und die Zwillinge schleppten ausladende Bleche mit besagtem Flammkuchen in den Hof. Florentine winkte mir zur Begrüßung freundlich und völlig neutral zu. Ihr war die kleine Missstimmung aus der Nacht nicht anzumerken. Geschäftig schnitt sie den köstlich duftenden Flammkuchen in handliche Quadrate und verteilte sie auf die bereitgestellten Teller.

Flo zwinkerte mir verständnisvoll zu, als ich mich wegen der Langschläferei entschuldigte. „Beim nächsten Mal lasse ichmich als Helfer einteilen", versprach ich entschuldigend. „Wer´sglaubt lachte Flo"," ihr Städter braucht doch euren Schönheits- schlaf", lästerte er.

War es das köstliche Rezept für den Flammkuchen, die lustige Gesellschaft, das Essen im Freien, oder einfach die gehobene Stimmung nach diesem schönen Fest, es schmeckte einfach göttlich und der Salat, frisch aus dem Gemüsegarten mit den speziellen bayrischen Kräutern angemacht, war für mich, der ich sämtliche Raffinessen berühmter Sterneköche kenne, ein überraschend köstlicher Genuss. Es schmeckte nach Natur, nach Gesundheit und Frische.

Nur ungern trennte ich mich von der vergnügten Runde, Aber ich wollte nachmittags gemütlich gen Heimat tuckern und das schöne Erleben langsam ausklingen lassen.

Als ich die Treppe mit meiner Reisetasche herunterkam, saßen die Geschwister Ebeling noch bei einem Kaffee auf dem Hof.

Ich konnte nicht widerstehen und setzte mich doch noch für ein Weilchen dazu.

„Nun steht kein Erntefest mehr an", lächelte Pauline, "jetzt müssen wir uns überlegen, womit wir dich künftig wieder mal nach Urmenau locken können. Schließlich sind wir noch nicht dazu gekommen, uns mal über Kosmetikherstellung, unsere gemeinsame Passion, auszutauschen, wie wir das eigentlich vorhatten, nicht wahr?"

„Klar", ergänzte Flo, "wir hatten ja bisher noch nie so richtig Zeit, einander kennenzulernen, das müssen wir irgendwann mal geruhsam nachholen, oder?"

„Jawohl, und wir Dorfleute erhalten dann vielleicht auch Gelegenheit zu beweisen, dass wir nicht in der Steinzeit hängengeblieben sind", warf ganz unerwartet Florentine ein, die offenkundig etwas von unserer Unterhaltung aufgeschnappt hatte.

Fröhlich stimmte ich in das Lachen der Geschwisterrunde ein und versprach, Urmenau künftig einen festen Platz in meinem Terminkalender einzuräumen.

An Florentine gewandt versprach ich auch, ihr persönlich zu beweisen, wie wichtig mir Frauenpower sei und das auf dem Land, genauso wie auch in der Stadt.

Ich blieb noch ein wenig sitzen, weil ich mich irgendwie noch nicht trennen wollte von der gut gelaunten Gesellschaft, die mir, völlig unerwartet, irgendwie ans Herz gewachsen war. Die aber löste sich langsam auf, denn es gäbe noch viel aufzuräumen, mahnte Pauline. Florentine war als erste gegangen, weil sie sich mit einer Reitergruppe für einen Ausritt verabredet hatte.

Noch ganz erfüllt von dem Urmenauer Landleben, in das ich so unerwartet hineingefallen war, spazierte ich gemächlich zu meinem Auto, das ich vor der Werkstatt von Albert geparkt hatte.

Als ich mein Dach geöffnet hatte und meine Pferdestärken auf

Trapp bringen wollte, um etwas wehmütig die Heimfahrt anzu-
treten, kam Florentine mit ihrem Tross im Schlepptau angeritten.
Sie zügelte ihr Pferd dicht neben meinem Auto und rief mir zu:
„Sankt Martin, im November, das ist eine gute Gelegenheit für
dich, Urmenau wieder „heimzusuchen". Bleib dann einfach ein
paar Tage. Ausflüge auf dem Rücken unserer Pferde werden dir
guttun."
Florentine hatte sich zu mir heruntergebeugt und lachte mich an.
Ich konnte ihr direkt in ihre Jade-Augen sehen. Das nahm mir
wieder für einen Moment den Atem und löste tatsächlich in mir
wieder eine kleine Schrecksekunde aus. Der völlig unverhoffte
Schock rührte auch daher, dass sie mir so unerwartet ihre volle
Aufmerksamkeit schenkte. Sie löste in mir etwas aus, was kurz
wie ein heißer Strahl meinen ganzen Körper durchfuhr. „Halt!"
dachte ich erschrocken, "Vorsicht, hier passiert etwas mit dir,
was sich deiner Kontrolle entzieht. Aber du wirst dir doch von
diesem kleinen Mädchen nicht die Schneid abkaufen lassen",
ermahnte ich mich innerlich."
Ich nickte also so neutral und freundlich, wie es mir möglich
war: „mal sehen!", erwiderte ich.
Florentine wünschte mir eine gute Fahrt, gab ihrem Pferd die
Sporen und stob hinter dem vorausgerittenen Pulk her.

Irgendwie beschwingt, aber zugegebenermaßen auch etwas irritiert fuhr ich langsam nach Hause. Mir war durchaus klar, dass
es im Leben Momente gibt, die alles Bisherige auf den Kopf
stellen können. Der Ebelinghof mit seinen Bewohnern, und besonders diese Florentine lösten in mir eine Sehnsucht aus, die ich
im Moment schwer einordnen konnte. „Es geht vorbei", dachte
ich, "wenn ich erst einmal wieder in meinem Normal- leben
gelandet bin, wird sich alles wieder ganz ordentlich einpendeln."
Aber einen Entschluss fasste ich dann doch noch: "der
freundlichen Einladung der Ebelingleute werde ich nicht folgen.
Es soll in meinem Leben alles so bleiben, wie es ist und auch,

wie es weiter geplant ist. Ich brauche keine Verwirrungen, die alles in Frage stellen. Also werde ich tunlichst alle Gefahrenquellen meiden, auch und insbesondere lockende Jadeaugen."

Ja, doch, ich konnte mich darauf verlassen, dass die Strukturen des gewohnten Alltags mit allen seinen Pflichten, Terminen und Begegnungen verlässliche Eckpfeiler im Leben sind, die einem Menschen, der ganz kurz mal vom Wege droht abzukommen, wieder die Richtung weisen. Ich verfrachtete also meinen Sitestep hin zu der Betrachtung eines, zugegebenermaßen wärmenden und verführerischen Landlebens, in die hinterste Ecke meines Unterbewusstseins, in die Schublade „hübsche Erinnerungen".

Denn eine echte Gefahr, das witterte ich förmlich, das wären unergründliche Jadeaugen die mir plötzlich im Kopf herumspukten und sich nicht vertreiben lassen wollten. Solche gefährlichen Erinnerungen wollte ich im Moment jedoch keineswegs pflegen, sondern nachdrücklich wegsperren, in besagte Schublade nämlich.

Was aber hilft gegen eine akute Gefahr? Arbeit und emsige Geschäftigkeit. Fast manisch schüttete ich mich also mit Aktivitäten zu, die mein Berufsleben ausmachen,
Mir war vage bewusst, dass die kurze Zeit in Urmenau in mir etwas bewegt hatte, was ich nicht noch unnötig kultivieren wollte. Mein Leben war gut wie es war, und musste nicht unnötig verkompliziert werden.

In diesem Sinn bemühte ich mich auch, Leonies Erwartungen zu erfüllen. Wir trafen uns regelmäßig zum Abendessen und verbrachten gemeinsam Zeit mit unseren Familien. Das vermittelte mir das Gefühl, in einer Trainingsstrecke für ein unaufgeregtes Eheleben angekommen zu sein. „Na gut", dachte ich, "was hast du erwartet? Eine Ehe ist kein Abenteuerland."
Ich rief mich innerlich zur Ordnung: "es liegt doch ausschließ-

lich an uns, was wir daraus machen. Und es muss ja irgendwann mal Schluss sein mit dem Herumzigeunern". Das sagte ich mir täglich und immer wieder.

Irritierend, auch irgendwie befremdlich, fand ich jedoch, dass ich mich so oft innerlich motivieren musste und mir selbst darlegte, dass ich genau auf dem richtigen Weg war und dass Leonie meine Traumfrau sei.

Ich verbrachte ungewohnt viel Zeit damit, über mich nachzusinnen und meine Gefühle für meine Verlobte zu analysieren.

Immer wieder landeten meine Argumente, die für Leonie sprachen, bei Einsicht und Vernunft.

"Aber reicht das für ein ganzes Leben? Und war es fair von mir, dass ich ihr nicht die himmelstürmende Liebe bieten kann, die sie sich sicherlich von mir wünscht, erwartet und die sie auch verdient?"

Aber wäre eine solche idealisierte Fantasieliebe denn überhaupt tragfähig, womöglich für immer? In anderen Kulturen ist es ja selbstverständlich, dass Ehen arrangiert werden und sich nach kulturellen, gesellschaftlichen oder wirtschaftlichen Grundsätzen richten. Da spielte sowas wie Liebe keine Rolle. Und das funktionierte doch auch. Vielleicht war es ja wirklich klüger, nicht den Emotionen so viel Mitspracherecht einzuräumen, denn hier sind ja die späteren Stolpersteine schon angelegt, an denen Ehen gemeinhin scheitern.

Ich grübelte und grübelte und je mehr ich nachdachte über meine Gefühle und meine Situation, desto unsicherer wurde ich.

"Dabei war ich doch eigentlich fest entschlossen gewesen, nicht wahr? Ich wollte es doch genauso haben, wie ich es geplant und wie ich es Leonie auch versprochen hatte."

Aber da waren die terroristischen Gedanken in mir, die plötzlich alles in Frage stellten, was soeben noch selbstverständlich gewesen war.

Da überschattete eine Unruhe meinen Alltag, die ich so von mir gar nicht kannte und die ich in meinem Leben auch nicht haben wollte. Was um Himmels Willen machte mich so unzufrieden? Konnte der Einblick in völlig andere Leben, wie ich sie beispielsweise in Urmenau kennengelernt hatte, ein Grund dafür sein? Es wäre aber doch echt albern, wenn so ein winzig kleiner Ausflug in fremder Leutes Lebensart einen solchen Sog auf mich auszuüben in der Lage war.

Aber ich musste zugeben, dass meine Gedanken immer wieder hinwanderten zu dem Dorfleben und zu dieser harmonischen Familie, deren Mitglied ich für kurze Zeit sein durfte. Und da war diese Florentine …

Ich konnte mich absolut nicht dagegen wehren, dass sich immer wieder Jadeblicke vor mein geistiges Auge schoben. Und dass mir der Nachklang des scharfen Blitzes, der so unverhofft meinen Körper durchglüht hatte, durchaus noch gegenwärtig war. „Es war nur ein Blick", verhöhnte ich mich selbst, "der Blick eines kleinen Mädchens vom Lande, es geht hier nicht um die Kommunikation mit einer „erwachsenen Frau" auf Augenhöhe, die man ernst nehmen kann."

Es gelang mir dann tatsächlich immer wieder, die ketzerischen Gedanken zu Seite zu packen. Aber nach kurzer Zeit erschienen dann wieder innere Bilder von leuchtend roten Locken zum Beispiel, die sich vorwitzig aus einem Haarkranz gelöst hatten. Und ich dachte sehnsuchtsvoll an weißblitzende Zähne, an spöttisches Lachen und spitze Bemerkungen. Ja, sogar die ollen Stallklamotten von Florentine lösten in meiner Erinnerung zärtliche Gefühle aus, die ich eigentlich so nicht fühlen wollte.

Mir wurde zunehmend klar: ich saß tatsächlich irgendwie in der Falle. Da musste ich dringend raus! Ich wollte unbedingt Ordnung in mein verwirrtes Seelenleben bringen und suchte verzweifelt nach Auswegen. Ich fühlte mich zunehmend entwurzelt und wusste nicht mehr, was ich von mir selbst denken sollte. Mit schlechtem Gewissen dachte ich auch an Leonie. Sie hatte es nicht verdient, dass ich mich mit ihr aufwändig verbandele und lasse derweil ein anderes Wesen in meinem Kopf herumspuken.

Und noch schlimmer ist, dass die Gedanken an dieses Zauber--wesen begleitet werden von einer Kaskade von Sehnsuchtsgefühlen, die mir in dieser Weise bis dato völlig fremd gewesen waren.

Ich hatte immer geglaubt, dass ich ein Mensch sei, der seine Belange ausschließlich mit Hilfe von Vernunft und gesundem Menschenverstand zu regeln in der Lage ist. Und nun passierte ausgerechnet mir so ein Gefühlswirrwarr, das sich einfach nicht auflösen lassen wollte.

Um Klarheit zu gewinnen, wollte ich mich mit einem Menschen besprechen, dem ich vertraue, der mein ganzes Leben kennt und der vielleicht in der Lage ist, mir zu raten und mir dabei zu helfen, mich zu sortieren.

Ich beschloss, mich dafür mit meinem besten Freund Lucas zu treffen, den ich schon seit Kindertagen kenne. Wir waren im gleichen Internat gewesen, hatten zusammen studiert, gemeinsam so manche Hürde genommen und auch zusammen allerhand Unsinn angestellt, wie das zu einer abenteuerlichen Jugend nun mal gehört.

Wir sahen uns derzeit nicht mehr so oft, denn unsere beruflichen und auch die privaten Wege waren weit auseinandergedriftet. Mein Freund ist Architekt und betreibt ein gut frequentiertes Büro in der Innenstadt von München. Zudem ist er seit vielen Jahren glücklich verheiratet. Als Familienvater von vier Kindern hatte er anderes im Kopf als ich, der ich es bisher verstanden hatte, dem üblichen seriösen Werdegang eines Menschen meines Alters geschickt auszuweichen.

Lucas kannte auch Leonie sehr gut und jeder in unseren Kreisen wartete darauf, dass wir es endlich ernst machten mit unserer Beziehung. Niemand verstand so recht, wieso ich so lange zögerte, wo doch eigentlich seit langem klar war, dass für Leonie und mich eine gemeinsame Zukunft vorgesehen war.

Ich traf mich also mit meinem Jugendfreund in einem schicken Bistro in der Stadt. Ich hatte Lucas eine ganze Weile nicht gesehen und konstatierte etwas besorgt, dass man ihm ein wenig den Familienvater ansah. Der ehemals braungebrannte Sportler mit den sonnengebleichten Locken war etwas behäbig geworden und seine Haare lichteten sich schon an den exponierten Stellen, die sogenannte Geheimratsecken andeuteten. „Dabei ist er doch eigentlich noch ein junger Mann", dachte ich unbehaglich.
Meine besorgten Überlegungen rührten daher, dass ich mich selbst auch bereits in der Rolle des Familienvorstandes sah und wusste, dass Glamour und Abenteuer künftig einen anderen Stellenwert erhalten würden.
Aber diesen ursprünglichen Stellenwert schien mein Freund nicht zu vermissen. Er strahlte aus allen Knopflöchern und trug sein glückliches Familienleben vor sich her wie eine Trophäe. Es war ihm ein Bedürfnis, von seinen Kindern zu erzählen und mir auf seinem Handy stolz einige Schnappschüsse zu zeigen, die auf ein bewegtes und ausgefülltes Familienleben schließen ließen.
Ich fragte ihn intensiv nach seiner Ehe. Wie war es ihm gelungen, die Begeisterung für seine Frau über die vielen Jahre hinweg zu retten? Lucas und seine Frau Illa, einst die ultimative Schönheit in unserer Studentengang, hatten schon bemerkenswert früh geheiratet und dann gleich ihre Kinder bekommen. Seit dieser Zeit sahen wir uns nicht mehr so häufig. Lucas hatte nur noch wenig Lust auf unsere Partyvergnügungen.
Dennoch hatten wir uns nicht aus den Augen verloren und uns immer mal wieder zu einem Kaffee getroffen.

Lucas Gesicht erstrahlte, wenn von Illa die Rede war. „Sie ist in der Tat die beste Idee meines Lebens. Ich fühle mich mit dieser Frau an meiner Seite absolut glücklich. Ich ahnte früher ja nicht ansatzweise, dass ich mich so perfekt zum Familienmenschen eigne".

„Nun aber mein Freund, erzähle mir, was du auf dem Herzen hast. Wie ich gehört habe, ist es ja nun auch bei dir bald soweit und du trittst in den heiligen Stand der Ehe. Endlich! Ich kann dir dazu nur gratulieren, denn Leonie ist sicherlich die ideale Ergänzung für einen so unruhigen Geist wie dich."

„Ja, um den unruhigen Geist geht es. Ich bedarf dringend des Rates eines echten Freundes. Ich weiß im Moment nämlich absolut nicht, was ich von mir selbst halten soll, noch weniger bin ich derzeit in der Lage, einen vernünftigen Entschluss zu fassen. Aber genau der ist wohl überfällig, denn ich will Leonie auf keinen Fall verletzen. Dabei haben wir uns ja erst kürzlich verlobt und sind eigentlich bereits mitten in der Planung für eine glanzvolle Hochzeit. Und darüber freuen sich besonders ihre und auch meine Eltern, es gibt im Moment praktisch keine anderen Themen in unseren Familien."

„Und du hast nun kalte Füße bekommen, ja? Du fürchtest, dass der Ernst des Lebens nun Einzug hält in dein Jungesellenlotterleben, stimmt´s?"

„Ach, wenn das so einfach wäre. Stattdessen war es eigentlich nur eine Art von Windhauch, der meine löblichen und garantiert ernst gemeinten Absichten in Bezug auf Leonie ins Wanken gebracht hat. Nicht viel mehr als ein Windhauch, tatsächlich mehr nicht. Aber seither kenne ich mich selbst nicht mehr und weiß nicht recht, wohin mit mir."

Ich berichtete meinem Freund von der Ebelingfamilie, die mich so faszinierte, besonders aber von deren jüngster Tochter Florentine.

Ich erzählte davon, was mich umtrieb und dass ich wohl erstmals in meinem Leben derart intensive Gefühle für einen Menschen hätte und dass diese mich einfach überholt hatten. "Ich will nicht begreifen, dass ich derart ungewohnte Gefühle habe und dass ich ihrer nicht Herr werden kann, dass sie Macht über, mich haben, sich trotz größter Bemühungen auch nicht verscheuchen lassen".

Lucas blickte mich erstaunt an: „ich dachte, dir könnte sowas gar nicht passieren", meinte er. "ich war immer überzeugt davon, dass die Macht der Liebe in deinem Leben nicht vorkommen kann. Warst du es nicht, der für Liebeskummer deiner Freunde immer nur Spott und Hohn übrighatte? Du warst doch immer der Coole, dem Gefühlseinbrüche nicht passieren konnten und der himmelhoch über solchem sentimentalen Quatsch stand?"

„Eine Gardinenpredigt ist eigentlich das Letzte, was ich mir von dir gewünscht hätte", erwiderte ich ärgerlich.
Lucas sah mich durchdringend an: „Ohne Zweifel, es hat dich erwischt. Und nun soll ich dir einen schlauen Rat geben, wie? Mache ich! Aber, der fällt sicherlich ganz anders aus, als du es dir wünscht. Lass uns also mal analysieren, was du gerade dabei bist, dir einzubrocken. Denn wenn ich beurteilen kann, was dich erwartet, wenn du dich auf dein Gefühlsabenteuer einlässt, kann das eigentlich nur Chaos bedeuten."

„Du willst mich also zur Ordnung rufen und mir die Flausen austreiben, die mich deiner Meinung nach in ihren Fängen haben?"
„Nee, will ich nicht, ich will dir vielmehr mit einem Spruch antworten, den ich mal irgendwo gelesen habe und der mich tief beeindruckt hat:

„Du sollst der Liebe nicht aus dem Wege gehen – auch dann nicht, wenn sie das Messer im Gewand trägt – und sie trägt das Messer immer im Gewand."

Lucas schaute mich dabei ernst an und sagte: „wenn Liebe im Spiel ist, kann man dem Betroffenen nicht helfen. Er muss da selber durch, muss alles erleiden, sich quälen, muss rastlos sein, ratlos, voller Sehnsucht, denn alle seine Gedanken sind auf das einzige Wesen, das in dieser Sekunde zählt, fokussiert. Dem so Gebeutelten einen Rat zu geben ist absolut müßig, denn gegen Gefühle sind Vernunft und gute Ratschläge völlig wirkungslos."

„Ich verstehe deinen Kommentar absolut nicht. Gerade du, der du bekennend ein glücklicher Ehemann und Vater bist, kannst doch nicht von den Leiden eines liebenden Menschen sprechen." „Oh doch, das kann ich. Ich sehe doch, dass du im Moment keiner Vernunft zugänglich bist, der gesunde Menschenverstand ist derzeit völlig auf der Strecke geblieben. Nix mehr mit Überlegungen und Kalkül. Nicht das Verliebtsein ist dein Problem, sondern, dass du unglücklich verliebt bist. Und genau das bist du, dafür gibt es Unmengen von Indizien, die ganz klar erkennbar sind."
Lucas sah mich kopfschüttelnd an räsonierte weiter: „Ich gehe davon aus, dass du dich momentan in einem rauschhaften Ausnahmezustand befindest und dass du dieser Droge komplett ausgeliefert bist, ohne dass du die Realität zu erkennen vermagst. Ich wünsche dir, dass du in der Lage bist deine rosarote Brille für eine Weile abzusetzen, damit du dein Gehirn wieder einschalten kannst. Dein derzeitiger Gemütszustand nämlich, hat absolut keine Aussicht auf einen glücklichen Ausgang."
Lucas hielt inne und sagte dann ernst und sehr nachdrücklich: „Denk nach Mann, es ist nur Chemie! Das Ganze ist ein Gefühlskonstrukt, das ausschließlich von deinen Hormonen gesteuert ist!"

Mein Freund führte mir meine ganze vertrackte Situation vor Augen. Er könne mir, so seine Empfehlung, nicht einmal raten, meine Gefühle auszuleben und abzuwarten bis sie vorbei sind, wie er das in anders gelagerten Fällen sicherlich täte. Denn damit würde ich Leonie verlieren, und das wäre in der Tat ein schwerer Verlust, dessen Tragweite mir offensichtlich in keiner Weise bewusst sei. Leonie passe zu mir, das kleine Landmädchen aber überhaupt nicht. „Wie kann ein 20-jähriges Bauernkind eine

Partnerin auf Augenhöhe für dich sein? Und wie sieht es mit einer gemeinsamen Zukunft aus? Unabhängig von dem heftigen Altersunterschied kann man ja auch die gesellschaftliche Stellung und den bisherigen Freundeskreis knicken."

Lucas fragte mich noch eindringlich nach meinen Zukunftsvorstellungen. Welche Gemeinsamkeiten würden mich mit diesem „Kindchen", wie er Florentine nannte, denn verbinden? „Weiß sie überhaupt von deinen überwältigenden Gefühlen?"

Meine Idee, dass ein Gespräch mit meinem Freund Licht ins Dunkel meiner Gefühlswelt bringen könnte, erfüllte sich nicht. Er wartete mit Argumenten auf, die leider genau ins Schwarze trafen und mich eher entmutigten, statt mir Halt zu geben.
„Und - nein, Florentine hat keine Ahnung, welche inneren Kämpfe ich gerade mit mir auszufechten habe".
Aber ich konnte nicht anders, meine Gedanken, die zunehmend in Richtung Urmenau wanderten, waren einfach nicht abzuschalten. Da half auch die allerklügste Beweisführung meines allerklügsten Freundes rein gar nichts.
Eines wurde mir durch meine eigenen Überlegungen, aber auch durch das Gespräch mit Lucas jedoch klar, ich musste mitLeonie unsere Situation klären. Es wäre unfair von mir, an unserer Verlobung festzuhalten, wenn in meiner Fantasie eine andere so intensiv herumgeisterte. Selbst, wenn es nie zu einer Verbindung mit Florentine kommen sollte, so ist es für Leonie nicht zumutbar, dass ihr künftiger Ehemann zweigleisig fährt, und sei es nur gedanklich.
Genau das versicherte ich meinem Freund Lucas. Aber ich sagte ihm auch, dass ich das Gefühl hätte, mein Glück zu versäumen, wenn ich nicht wenigstens versuchen würde, den Sinnesrausch, der mich derart überrascht hat, festzuhalten und sei es nur für eine absehbare Zeit. Lucas lächelte zu meinem Erstaunen und verwies wieder auf seinen klugen Spruch.
Auf meine Frage, wie er es denn gehalten habe mit seiner eige-

nen Verliebtheit, die ja zu Beginn seiner Beziehung mit Illa sicherlich auch überschäumend gewesen sei, antwortete mir Lucas, dass er tatsächlich noch immer verliebt sei in seine Frau, aber dass sie und er einfach zusammenpassen und beide von Anfang an bereit waren, viel dafür zu tun, damit ihre Ehe ihr persönliches Erfolgsmodell bliebe. Das aber war von Anbeginn an günstig angelegt. Beide kommen aus ähnlich strukturierten Elternhäusern, haben eine gleichwertige Bildung genossen und ihre Charaktere ergänzen sich. Und sie kennen sich schon seit Kindertagen. Besonders wichtig jedoch war wohl, dass beide eine ähnliche Erwartungshaltung hatten, was ihre Zukunft anbetraf. Es waren also keine unabwägbaren Überraschungen zu erwarten. Man konnte sich von Beginn an der wachsenden Liebe hingeben. Es bedurfte in ihrem Fall also keiner prinzipiellen Überlegung, ob eine Ehe ratsam wäre, oder eher nicht.

„Warst du in der gesamten Zeit mit Illa nie einer Versuchung ausgesetzt, hattest nie das Gefühl, etwas Wesentliches zu versäumen?"
„Nein", antwortete er mir ernst, "ich habe nur Augen für meine Frau und gehe gefühlsmäßig keine Risiken ein, indem ich Interesse für anderer Leute´s Töchter aufzubringen bereit bin. Ich bin nach wie vor der Überzeugung, dass es auch Kopfsache ist, wohin du deine Wünsche und Erwartungen schickst."

Hatte das Gespräch mit meinem Freund mich weitergebracht? War ich klüger, weil ich nun verstärkt das Für und Wider meiner dubiosen Befindlichkeit hin- und herschob?
Allerdings fühlte ich mich erst einmal in meiner ursprünglichen Absicht bestärkt, der Gefahr lieber aus dem Weg zu gehen. Noch war ja nichts passiert. Noch spielten sich alle Sehnsüchte, aber auch alle Bedenken ausschließlich in meiner Fantasie ab. Ich brauchte nur die Füße stillhalten und das Feuer zu meiden, statt mich leichtfertig in die Schusslinie zu begeben.
Jetzt wollte ich die ehrlich gemeinten Ratschläge meines Freun-

des nicht völlig in den Wind schlagen. So war meine löbliche Absicht, jedenfalls gleich nach unserem Gespräch.

Meine guten Vorsätze hielten allerdings nicht lange an. Je näher der Sankt Martinstag heranrückte, desto unruhiger wurde ich. Normalerweise war es nicht meine Art, darüber nachzudenken „was passieren könnte wenn ...". Ich hatte in der Vergangenheit immer meinem Urteilsvermögen trauen und meine Entschlüsse treffen können, ohne mich durch Zweifel selbst auszubremsen. Niemals zuvor hatte ich ellenlang abgewogen: „Soll ich oder soll ich nicht?"

Je mehr Zeit allerdings verging, desto nichtiger kamen mir Lucas Argumente vor und desto unvermeidlicher schien es mir, der angeblichen Gefahr mutig ins Auge zu sehen. Feige allerdings verschob ich die nötige Aussprache mit Leonie und tröstete mich mit der Idee, dass sich die Notwendigkeit, dass ich mich wirklich entscheiden müsste, wohl ohnehin erübrige. Denn in einem hatte Lucas sicherlich recht: meine Träume waren eine Seifenblase, die zerplatzen würde, sobald man sie einer Belastung aussetzt. Aber diese schillernde Seifenblase tanzte verführerisch in meinem Kopf umher und rief förmlich danach, mich den gefährlichen Belastungsproben zu stellen.

Beherzt, bevor mich der Mut wieder verließ, schrieb ich an Pauline eine E-Mail in der ich mich zu diesem Sankt Martinszug avisierte und mich gleich für eine Urlaubswoche auf dem Reiterhof anmeldete. „Auf diese Weise", so überlegte ich, „kann ich Klarheit gewinnen und herausfinden, ob meine Gefühle nur ein Strohfeuer sind und ob ausschließlich Florentine das Ziel meiner Sehnsuchtsgedanken ist". Vielleicht war ich ja verliebt in die ganze Familie und von diesem Familienzusammenhalt, der mich so sehr beeindruckt hatte und der sich so sehr unterschied von de Lebensstil wie ich selbst ihn kannte und gewohnt war.

Vielleicht aber nutzt mein Unterbewusstsein meine Bekanntschaft mit Urmenau nur, um Argumente zu sammeln damit ich dem "Ernst des Lebens mit seinen Ehefesseln" noch aus dem Weg gehen könnte. Je intensiver ich darüber sinnierte, desto verworrener erschien mir die ganze Chose. Ich musste mich also dem Wirrwarr aussetzen, um Klarheit zu gewinnen.

Eine ganze Woche in Urmenau! Meinen Eltern und auch Leonie erklärte ich, dass ich diese Auszeit bräuchte, um den stressigen Anforderungen in unserer Firma gewachsen zu sein. Die Leute in meinem Umfeld schüttelten ratlos die Köpfe. Ich wollte dafür tatsächlich Urlaub auf einem Bauernhof machen? Leonies Angebot, mich dort zu besuchen, blockte ich diesmal gleich mit dem Argument ab, dass mir daran läge, meinen Kopf frei zu bekommen durch das einfache Leben auf dem Lande, ohne den gewohnten Stress und die Leute um mich herum. Leonie war zwar etwas ungehalten über meinen ihr völlig unverständlichen Alleingang, aber wie immer fügte sie sich meinem Entschluss. Sicherlich war sie nicht wirklich traurig darüber, dass ich mein ländliches Abenteuer für mich behalten wollte, denn ganz offensichtlich hatte sie selbst kein allzu großes Verlangen nach einem luxusfernen Leben und schlichten dörflichen Gepflogenheiten. Sie wollte sich indessen verstärkt ihren Freundinnen widmen und sich um ihr Pferd Luisan kümmern, das dringend darauf wartete, bewegt zu werden.

Je näher das Laternenfest rückte, desto ruhiger wurde ich. Mein Entschluss war gefasst und nun wollte ich auch dazu stehen. Mit allen Konsequenzen, versteht sich. Meine gehobene Laune setzte sich fort, als ich in Urmenau eintraf. Sämtliche Kinder des Ortes schienen auf der Straße zu sein. Sie folgten einer alten Tradition und klingelten an jedem Haus, um Süßigkeiten und Kleingeld einzusammeln. Auch ich wurde belagert und plünderte dafür meine gut gefüllte Autokasse. Auf der Ablage zwischen den beiden Sitzen habe ich immer eine ganze Handvoll Kleingeld gehortet, das ich als Parkgeld benötige oder zum Kauf von Zeitungen oder anderem Kleinkram. Auf die begehrten Süßigkeiten für die Kinder war ich allerdings nicht vorbereitet.

Lachend und mit dann leerer Autokasse parkte ich mein Gefährt, schloss das Dach und wanderte mit meiner Reisetasche bewaffnet zum Ebelinghof.

Dort wurde ich von Pauline und Jo so herzlich empfangen, wie schon bei meinem vorherigen Besuch. Der große Küchentisch war beladen mit bunten Papierlaternen, die, so die Auskunft an mich, an den vergangenen Tagen von den Dorfkindern gebastelt worden waren.

Für mich war wieder die „Fürstensuite" reserviert. Nachdem ich den Schlüssel bekommen hatte, wurde mir, nachdem ich meine Tasche hochgebracht hatte, der obligatorische Kaffee aus der Wärmekanne hingestellt. Dazu gab es ein großes Stück Butterkuchen vom Blech, der noch ofenwarm war. „Setz dich noch ein Weilchen in den Hof", empfahl mir Pauline, „der Altweibersommer hat uns ja noch mit einer ordentliche Portion Sonne beschenkt. Bald ist Schluss mit Lustig, also genieße noch ein wenig sonnige Landluft, bevor nachher der Punk mit den Laternen beginnt."

So blieb mir noch fast eine Stunde in der Sonne. Ich genoss es mit allen Sinnen, hier einfach nur zu sitzen, praktisch im Herzen des Hofes, und tatsächlich an nichts zu denken. Um mich herum wuselte es wie immer und einige der Arbeiter und Arbeiterinnen des Ebelinghofes und auch einige der Dorfbewohner, die ich bereits von den letzten Besuchen her kannte, begrüßten mich erfreut und gingen dann gleich weiter ihren Pflichten nach. Mit Beginn der Dämmerung wurde es zu kalt für meinen Freiluftnachmittag, den ich beendete, als die Dorfkinder eintrudelten, um ihre Laternen abzuholen und sich zu ihrem Sankt Martinszug zusammenzufinden. Dafür war, so schien es in der Tat, das ganze Dorf on the road.

Ich selbst wurde von Pauline dazu verpflichtet, mich ebenfalls diesem Zug anschließen. Dafür drückte sie mir eine Papierlaterne in die Hand mit der ich mich irgendwo einreihen sollte in den Zug der singenden jungen und älteren Bürger von Urmenau. Irgendwie kam ich mir etwas albern vor mit meinem Laternchen in der Hand, und ich war froh, dass mich meine Münchner Leute nicht sahen. Aber es war ohnehin niemand erkennbar in diesem Lindwurm von leuchtenden und funkelnden Laternen, der durch die beginnende Nacht schaukelte.

Zugeben musste ich allerdings, dass es irgendwie schön war und sich kindlich geborgen anfühlte, ein Teil dieser märchenhaften Prozession zu sein, die sich langsam durch das Dorf schlängelte und Kurs nahm auf eine Wiese am Ortsrand, an dem jeder seine Laterne zu Mehrfachreihen in einen Kreis in die Erde steckte.

In der Mitte des Spektakels saßen Dorfmusiker und spielten Kirchenmusik, aber auch romantische Volkslieder, in welche die Zugteilnehmer einstimmten. Ich selbst saß ebenfalls mitten drin in diesem beeindruckenden Chor und sah mich veranlasst mitzusummen, weil mir keiner der Texte geläufig war. Ich erlebte dabei ein schönes, ein ungewohnt ergreifendes Gefühl. Erstmalig verstand ich, was Musiker spüren, wenn sie mit ihrem Instrument oder mit ihrer Stimme im Chor zusammen Musik machen und in gemeinsamer Frequenz schwingen. „Gemeinsam", das war hier das Motto und das empfand jeder der Anwesenden, so auch ich, irgendwie berührend und ganz intensiv.

Innerlich wies ich mich zurecht: „Hallo Junge, lass dich nicht von Stimmungen verführen, das hier ist nicht der Alltag in einem Dorfleben. Vielmehr besteht der aus harter Arbeit, aus Disziplin und auch Eintönigkeit."

Ja, auch eintönig ist das Landleben, davon hatte ich mich schon ausreichend überzeugen können. Besonders beeindruckend allerdings waren dann die wenigen Highlights, von denen ich bisher nun schon einigen beiwohnen durfte und die sicherlich meine überraschende Zuneigung für dieses Dorf weitgehend beeinflusst hatten. Ich nahm mir vor, mich davon nicht blenden zu lassen, mich nicht von Empfindungen beeindrucken zu lassen, sondern meinen Realitätssinn wach zu halten.

Die ganze Veranstaltung war dennoch, das musste ich eingestehen, ein schönes Erleben. Eines, das Einigkeit vermittelte und Harmonie und eben diesen Gemeinschaftssinn, der regelrecht greifbar war, und in seinen Bann zog. Sicher war hier die Grundlage zu finden für den Zusammenhalt und das Zusammengehörigkeitsgefühl unter den Dorfbewohnern.

Ich saß auf meinem Wiesenplatz auf einer der ausgebreiteten Kartoffelsackdecken und beobachtete fasziniert die begeisterten Teilnehmer die alle singend in der Runde um mich herum saßen. Durch die Reihen gereicht wurde würziger Glühwein für die Erwachsenen und heißer, mit Honig gesüßter Früchtetee für die Kinder.
Als ich aus meinem ungewohnten Schneidersitz mit steifen Gliedern aufstehen wollte, wurde mir von einer Seite her eine helfende Hand gereicht. Florentine, die ich vorher nicht gesichtet hatte, wollte mir nun beim Aufstehen behilflich sein. Sie spöttelte: „Ich pflege älteren Herrschaften immer dabei zu helfen, wieder auf die Beine zu kommen."
Da war er wieder der heiße Strahl, der mich durchflutete, als ich so unmittelbar neben meinem Sehnsuchtsmenschen stand.
„Hallo Fremder, da bist du also doch gekommen", fuhr sie fort, „eigentlich hatte ich kaum mit dir gerechnet."
„Wie du siehst, folgte ich gehorsam deinen Rufen", stieg ich auf ihre Neckerei ein. Florentine sah hinreißend aus. Sie war wie ein Junge mit Lederhosen bekleidet, trug Kniestrümpfe und Haferlschuhen, sowie ein kariertes Holzfällerhemd. Ihre goldrote Haarflut trug sie zu einem dicken, einseitigen Zopf geflochten. „Sie ist wahrlich ein Hingucker", dachte ich entzückt. Und das auch ganz ohne Lippenstift und Wimperntusche, wie sie es mir ja dereinst unterstellt hatte, als ich es mit meinem unbedachten Kompliment beinahe mit ihr verscherzt hatte. Meine damalige Bemerkung hatte sie sicher als Hinweis darauf verstanden, dass es wohl die Schminkutensilien wären, die zu einer modernen und aufgeklärten Frau gehörten und von mir nicht in dörflicher Umgebung vermutet wurden. Dabei brauchte sie wahrhaftig keine Hilfsmittel, um so umwerfend auszusehen. Wo nur hatte ich meine Augen gehabt, als sie mir das erste Mal begegnet war?

Leider hatte ich auch diesmal kaum Gelegenheit, mich an diesem zauberhaften Geschöpf sattzusehen. Sie winkte mir freundlich, aber wie ich fand eher neutral zu und war auch schon wieder in der Dämmerung zwischen all den Leuchtpunkten entschwunden.

„Na warte", dachte ich bei mir, „ab morgen gehöre ich zu deiner Reitertruppe, da kannst du mir nicht ausweichen. Und dann werden wir weitersehen."

Unter Singen und viel Gelächter löste sich der funkelnde Zug langsam auf und die schwankenden Strahlpunkte entschwanden in alle Himmelsrichtungen. Ich gehörte zu den Letzten in der sich lichtenden Schlange und wanderte, von tiefer Freude erfüllt, versonnen in Richtung Ebeling-Quartier. Dort fand ich die Familie versammelt, die sich zusammen mit anderen Besuchern um den Küchentisch drängte um sich von Mutter Elsa, die nun auch mich liebenswürdig willkommen hieß, verwöhnen zu las- sen. Sogleich versorgte sie mich mit einer ordentlichen Schöpf-kelle von der Kürbissuppe, die mit Croutons, die in Knoblauchölmit Kräutern knusprig gebraten waren, das duftende Schälchen krönten. Wer mochte, konnte seine Suppe noch zusätzlich mit einigen Tropfen von dickem grünem Kürbiskernöl würzen. Dazu gab es eine ordentliche Scheibe von diesem guten, deftigen, selbstgebackenen Landbrot, auf das ich mich auch diesmal wieder freute.

Wie immer war ich voller Erstaunen und Bewunderung für die Geschmackstraditionen in unseren Landen und dafür, wie gut ein so einfaches Gebäck munden kann. Hatten wir mit unseren überreizten Geschmacksnerven das Erleben eines natürlichen und ganz ursprünglichen Genusses weitgehend eingebüßt? Jedenfalls wollte ich mich künftig mehr für eine einfachere Ernährung und ein natürlicheres Leben interessieren, wie ich es hier gerade schätzen lernte.

Und ich nahm mir auch vor, unbedingt ein Brot, das im Ebelingschen Holzofen gebacken war, mit nach München zu nehmen und es meinem bevorzugten Bäcker vorzustellen. Dessen

Auswahl an raffinierten Brotsorten war durchaus umfangreich und vielseitig, konnte dennoch geschmackstechnisch mit diesem traditionell bereiteten Landbrot nicht mithalten, wie ich fand.

Erstaunlicherweise fühle ich mich hier in Urmenau wieder irgendwie frei von den Alltagslasten, die sonst meine Pflichten begleiten. Ist es die gute Landluft oder wieso gelingt es mir tatsächlich, Probleme und Komplikationen einfach in München zurückzulassen? Ich schlafe hier in Urmenau auch seltsamerweise wie in Morpheus Armen, tief und fest.
Da ich dann an diesem Sankt-Martins-Abend ungewohnt früh zu Bett gegangen war, wachte ich am Folgemorgen unerwartet früh auf und konnte bei offenem Fenster den typischen Geräuschen eines erwachenden Bauernhofes lauschen. So entzückten mich auch die Rufe der Hähne, die vom Ebelinghof ausgehend im ganzen Dorf ihren Widerhall fanden und in einen gigantischen Chor der Hähne mündeten. „Schön", dachte ich, "ja, so schön kann der Tag beginnen".
Ich warf mich dann gemächlich in meine Reiterklamotten, bei deren Auswahl ich daheim sorgsam darauf bedacht war, keine Nobelversionen einzupacken, wie sie in dem sonst von mir frequentierten Reitstall obligat sind. Ich hatte also meinen ältesten Pullover und eine schlichte Wetterjacke herausgekramt, um hier nicht wie ein Fremdkörper, wie ein arroganter Schnösel unangenehm aufzufallen.

In der Küche fand ich Lene, eine der Pensionsgäste, die dazu verdonnert worden war, heute das Frühstück für Familie, Mitarbeiter und Gäste zu richten, wie sie mir lachend erzählte, auch, dass der Tag auf einem Bauernhof eben schon früh begänne. Auf meine Frage, ob ich ihr helfen könnte sagte sie, dass der halbe Hof sich bereits bedient hätte und die meisten der Reiter schon längst in den Ställen wären.
Rasch schnappte ich mir auch einen Kaffee und vertilgte hastig eines der einladend belegten Käsebrote, damit ich ebenfalls zu

den Reitern eilen konnte, denn ich wollte unbedingt an dem Anfängerkursus für Reitfreunde teilnehmen, den ich bei Florentine gebucht hatte. Der sollte heute mit dem Unterweisen der Pferdepflege beginnen und dann später damit fortgesetzt werden, Pferde zu satteln und diese im Schritt zu reiten.

Nun reite ich schon seit meiner Kindheit und brauche solche Nachhilfe gewiss nicht. Aber ich wollte keine Minute von der Zeit versäumen, in der ich Florentine nahekommen und sie ungestraft beobachten konnte. So gab ich mich brav wie ein Reitanfänger und ließ meine eigentliche Routine nicht heraushängen.

Nun muss ich zugeben, dass ich zwar recht passabel mit Pferden umgehen kann, auch recht gut reite, aber längst nicht so perfekt, wie beispielsweise meine Verlobte Leonie und schon gar nicht wie Florentine, der man ansah, dass sie ihre Kindheit praktisch auf Pferderücken verbracht hatte.

Misstrauisch wurde ich während der Exkursion dann auch von ihr beobachtet. Mir war klar, dass sie meine plumpen Täuschungsmanöver durchschaute. So vermied sie es, mir direkte Anweisungen in Bezug auf das Zäumen meines Pferdes zu geben, oder meine Haltung zu korrigieren. Auf ihre schnippische Bemerkung, dass meine Teilnahme an einem Anfängerkursus sicherlich einem Irrtum entspringe, antwortete ich versöhnlich, dass es mir ein Bedürfnis sei, meinen eingerosteten Pferdeverstand wieder zu aktivieren, ich hätte so lange nicht mehr auf einem Pferd gesessen, sodass ich diesbezüglich echten Nachholbedarf hätte.

Ob sie meine Notlüge durchschaute? Klar, es war zu offensichtlich, dass ich hier in der Anfängergruppe völlig fehl am Platz war. Und meine Schwindelei? Ich tröstete mich damit, dass Notlügen keine wirklichen Lügen sind, sondern eben ein Notbehelf. dessen man sich in Ausnahmefällen schon mal bedienen darf.

Freilich wusste ich sehr wohl, dass meine Argumentation einer versierten Reiterin einfach nur dämlich erscheinen musste, wer einmal reiten kann, verlernt das nicht, nur weil er angeblich zeitweise keine Übung darin hat. Aber was blieb Florentine übrig, als gute Miene zum bösen Spiel zu machen: ich war ein angemeldeter Pensionsgast, der auch die Reitwoche bei ihr gebucht hatte. So konnte sie wohl schlecht einen Streit mit mir beginnen, um zu beweisen, dass ich in ihrem Kursus völlig fehl am Platze sei.

War es ihr zu verdanken, oder hatte es sich herumgesprochen, dass ich in der Anfängergruppe offensichtlich unterfordert war, Florentines Zwillingsbruder Flo lud mich jedenfalls während der Mittagspause dazu ein, mit ihm am Nachmittag einen längeren Ausritt zu unternehmen. Sicherlich wollte er mich wohl davor bewahren mit den Reitanfängern im Schritt im Kreise herum zu gurken. Erstaunt und etwas enttäuscht registrierte er meine Ablehnung, die ich völlig sinnfrei versuchte zu begründen, sodass er sich zwangsläufig seine eigenen Gedanken über meine Beweggründe machen musste. Er sah mich nachdenklich an und bot mir an, mich zu äußern, falls ich doch noch Lust dazu hätte, auf seine Einladung zurückzukommen.

Ich aber wollte keinesfalls eine Extrawurst, sondern folgte brav den Anweisungen, die meine junge Lehrerin der Gruppe gab. Ich striegelte hingebungsvoll meinen Gaul, einen netten alten Klepper, der offensichtlich keine große Lust dazu verspürte, seine unterschiedlichen Reiter, so auch mich, mit Temperament zu erfreuen. Ich verdächtigte Florentine, dass sie ausgerechnet mir diesen alten Gaul zugeteilt hatte, damit bei mir ein zünftiger Reiterspaß gar nicht erst aufkommen konnte. Innerlich musste ich über dieses Manöver schmunzeln, aber ich flüsterte meinem offensichtlich altgedienten Pferdchen ins Ohr: „Komm alter Knabe, wir machen uns eine schöne Woche und ich werde auf jeden Fall gut zu uns sein". Es versteht sich, dass ich mit diesem Versprechen genauso mich, wie das Pferdchen meinte.

Ich verbrachte dennoch eine bemerkenswert interessante Woche, in der ich Gelegenheit hatte, auch mich selbst besser kennenzulernen. Es erstaunte mich, wie gut es mir gelang, dafür Alltag und Pflichten völlig auszublenden und mich ganz auf meine Pferdepflege, den Aufenthalt in der Natur und die Gruppenerfahrung zu konzentrieren. Ich genoss es durchaus, bei Wind und Wetter unterwegs zu sein und fühlte mich mit der einfachen Kameradschaftlichkeit in Gesellschaft der fremden Menschen unerwartet gut.

Und ich genoss ganz bewusst die Gegenwart von Florentine, deren sinnliche Nähe von mir beglückt wahrgenommen wurde. Ich hoffte, dass mir das nicht anzumerken war. Ganz im Gegenteil bemühte ich mich darum, kein augenfälliges Interesse an ihr zu zeigen. Sehr wohl aber registrierte ich, dass Florentine mich öfter beobachtete und nicht mehr so sorgsam darauf bedacht schien, meine Gegenwart zu meiden.

Innerlich musste ich lächeln. „Florentine, es ist das alte Spiel, in dem ein alter Hase wie ich darin erfahren ist, die Aufmerksamkeit einer Frau einzufangen, indem er ihr sein augenscheinliches und eigentliches Interesse entzieht und durch freundliche Nichtbeachtung ersetzt."

Ich weiß, es ist unfair, aber in der Liebe und im Krieg sind schließlich alle Waffen erlaubt, nicht wahr? Und es war erst recht unfair von mir zu beobachten, wie sich die Schlinge erwartungsgemäß zuzog und Florentine mir arglos immer näherkam, ohne zu ahnen, dass mein ignorantes Verhalten purem Kalkül entsprach.

Aber wie so oft im Leben ist auch in diesem Fall die Rechnung ohne den Wirt gemacht worden. Mir wurde nur zu schnell bewusst, dass stattdessen ich es war, der in der Falle saß und rettungslos von einer Flut von diesen intensiven Gefühlen überrollt wurde, die sich so ungewohnt und fremdartig anfühlten und mich nicht nur beglückten, sondern auch gehörig erschreckten.

War es mir anfänglich albern vorgekommen, mich mit den Reitanfängern zu verbrüdern, wurden mir sogar die einfachen Abläufe, die in diesem Reitseminar einstudiert wurden, von Tag zu Tag mehr zur Passion. Ich lernte die immer gleichbleibende

Struktur des Tages zu schätzen und unterwarf mich freiwillig allen Vorgaben. Dabei war das Bestreben der Gruppe ausschlaggebend, welches das Reiterleben, die Pferdepflege, die Natur und die Kameradschaft in den Vordergrund stellte und keinen Platz ließ für irgendwelche Alleingänge.

Es war genau festgelegt, was zu tun war und wechselte zwischen Stallarbeit, Ausritten, Pausen und dem abendlichen Beisammensein. Wenn das Wetter es erlaubte, entfachten wir bei Einbruch der Dunkelheit ein schönes Feuer, garten Kartoffeln in der Glut, grillten vorbereitetes Gemüse über dem Feuer oder wärmten unsere klammen Finger an dem obligatorischen Glühwein oder einer würzigen Suppe, die man aus einem großen Isoliertopf schöpfen konnte.

Längst wurde auch ich nicht mehr als Fremdkörper in der Anfängergruppe wahrgenommen. Die Teilnehmer akzeptierten inzwischen, dass ich wohl eher versehentlich in der Truppe der Reitanfänger gelandet war. Meine Gesellschaft wurde jedoch zunehmend geschätzt, zumal ich mich als hilfsbereit und kameradschaftlich erwies und meine reiterische Überlegenheit weitgehend verborgen hielt, obwohl diese dennoch nur zu offensichtlich war.

Man war aber bereit zu akzeptieren, dass mir vor allem wohl daran gelegen war, eine entspannte Woche unter netten Menschen zu verbringen und honorierte freundlich, dass ich mich klaglos auch vor den allereinfachsten Stallarbeiten nicht drückte.

In einer der Pausen, die ich in der Regel damit verbrachte, ausgedehnte Spaziergänge rund um das Dorf zu unternehmen, lud mich Pauline ein, das kleine Labor zu sichten, in dem sie ihre Naturkosmetik herstellte. Sie hatte mir bei meinem letzten Besuch in Urmenau ja bereits Proben von ihrer Frischekosmetik mitgegeben, die ich begutachten sollte. Ich gebe zu, dass ich mich nicht allzu intensiv mit diesen Produkten beschäftigt hatte, wusste ich doch, dass es unzählige Kleinbetriebe und private

Hersteller gibt, die sich in diesem Metier tummeln und eigentlich nur ein kleines Nischenpublikum bedienen können. Und ehrlicherweise muss ich gestehen, dass ich ohnehin nicht recht daran geglaubt hatte, so bald wieder nach Urmenau zu kommen, wie ich mit etwas schlechtem Gewissen rückwirkend zugab.

Außerdem war es nach meinem Wissen kaum möglich, sich als Newcomerin in nennenswertem Umfang auf dem Kosmetikmarkt zu behaupten, denn die Gesetzeslage ist in diesem Ressort noch strenger als für die Lebensmittelherstellung. Wir Leute aus der Branche nennen solches Engagement dann auch nachsichtig „Produkte aus den Küchenlabors". Ein beabsichtigtes, gut gemeintes und bestimmt auch gewünschtes wirtschaftliches Wachstum der aufstrebenden Kleinhersteller scheitert zumeist schon daran, dass von jeder hergestellten Charge eines Produktes von einer behördlich bestellten Institution eine Keimbelastung ausgeschlossen werden muss, bevor es für den Verkauf zugelassen wird. Für je etwa 50 hergestellte Cremetigel ist dann jedes Mal ein größerer Aufwand nötig, um den staatlich verordneten Auflagen nachkommen zu können. Solche Probeläufe sind auch jeweils mit einer erheblichen Gebühr verbunden, sodass der Verkauf sich dann nicht mehr lohnt.

Will man dann noch ohne Konservierungsstoffe auskommen, müssen diese durch Kühlung ersetzt werden. Es ist also praktisch kaum möglich, eine echte Frische-Kosmetik herzustellen und zu vertreiben.

Bei meiner Ankunft zur Reiterwoche hatte mir Pauline wieder ein ausführliches Päckchen mit ihren Produkten auf mein Zimmer gelegt.

Nun kam ich nicht drum herum, noch einmal intensiver ihre Seifen und auch Cremes und Shampoos zu begutachten, damit wir eine Gesprächsgrundlage hatten. Ich war dann doch überrascht von der ansprechenden Konsistenz und dem frischen und natürlichen Duft, den Paulines Sortiment aufwies. Nur, und das war mir klar, ohne die erforderlichen gesetzlichen Grundlagen zu erfüllen, war es nicht möglich, einen offiziellen Markt dafür zu erobern.

Genau das sagte ich Pauline auch, als wir ihre „Hexenküche", wie sie ihr Laienlabor nannte, betraten. Ich war irgendwie gerührt von diesem kleinen übersichtlichen Labor, bestehend aus einer kleinen Kammer mit Regalen und einem bescheidenen Edelstahlequipement, versehen mit Töpfen, Schüsselchen, verschiedenen Sieben und Spateln. Ich war aber auch beeindruckt von Paulines Sachverstand was ihre Zutaten und ihre Rezepturen anbetraf, die sie vor mir ausgebreitete.

Dieser unternehmungslustigen jungen Frau war durchaus klar, welche Schwachpunkte sie überwinden müsste, wollte sie mit ihren Pflegeprodukten erfolgreich sein. Genau dazu wollte sie meinen Rat einholen. Sie wusste ja, dass meine Familie über genau den wissenschaftlichen Backround verfügte, der ihr fehlte, um Cremes, Salben und Tinkturen marktgerecht herzustellen. Sie hoffte sicher, dass ich dafür Tipps oder Lösungen haben könnte.

Gleich neben Paulines kleinem Labor befand sich ein größerer Raum in dessen Mitte ein großer Tisch mit 8 Stühlen stand. Zwischen hohen Regalen, getrockneten Kräutern und Bildtafeln an den Wänden, sowie allerhand antiken hübschenUtensilien, die Pauline zusammengetragen hatte, war es offensichtlich, dass hier unterrichtet werden sollte. Und genau das war der Kernpunkt für Paulines Existenzidee.

Als ich mit ihr ihre Produkte durchging und ehrlich lobte, wie gut ihr jedes einzelne davon gelungen war, erklärte sie mir, wie sie es trotz der gesetzlichen Hürden schaffen könnte, erfolgreich in der Kosmetikherstellung zu werden.

Der Ebelinghof funktionierte ja bereits seit Jahren recht erfreulich in Bezug auf Landwirtschaft, Pferdezucht und Reitunterricht. Außerdem war der ältere Sohn Sebastian gerade dabei, sein Wissen in Bezug auf nachhaltigen Anbau nach der sogenannten „Permakultur" zu erweitern. Im Folgejahr sollte damit begonnen werden, auch dafür Landwirten, Gärtnern, aber auch Hobbygärtnern, Seminarwochen anzubieten. Schon jetzt gäbe es erstaunlich viele Anfragen dafür.

Pauline wollte nun ergänzend dazu auch ihre Kosmetik- und Seifenherstellung in Wochen- oder Wochenendkursen für interessierte Selbstverbraucher anbieten.
Speziell zu der Vermarktung solcher Seminare wollte sie sich mit mir beraten. Ich gratulierte ihr zu ihren Plänen und versicherte ihr, dass sie ganz sicher das passende Publikum dafür finden würde. Ihre Seminaridee ergänze ja in idealer Weise das Rundum-Angebotspaket des Ebelinghofes und erfülle dann auch in ausreichender Weise die behördlichen Auflagen.

Gerne wollte ich ihr behilflich sein, dafür eine effiziente Werbung zu installieren, die noch dazu ohne großen Kostenaufwand von ihr selbst gestaltet werden könnte. Ich riet ihr, zunächst dafür eine attraktive Website im Internet zu bauen, die nicht nur ihre Seminare beschrieb, sondern in kleinen Videos gleich anschaulich demonstrierte, wie einfach die praktizierten Abläufe wären und dass tatsächlich jedermann sich eine Kosmetik nach eigenem Gusto herstellen könne, die dann im heimischen Kühlschrank aufbewahrt wird.
Ich bot an, dass ich einen befreundeten Fotografen bitten könnte, sie dabei zu unterstützten die Abläufe anschaulich darzustellen. Dieser Fotograf schulde mir ohnehin einen Gefallen und ich wolle ihn dafür gewinnen, uns kostenlos, praktisch als Freundschaftsdienst, behilflich zu sein.
Pauline bedankte sich und sagte, sie könne ihr Glück kaum fassen, weil ich mich ihrer Sache so engagiert annehmen wolle. Tunlichst unterließ ich es bei diesem Vorschlag zu erwähnen, dass ich natürlich nicht ganz ohne Hintergedanken eine solche Idee hegte, denn mir war blitzartig durch den Kopf geschossen, dass man, praktisch durch die Hintertür, Paulines kleine Schwes-

ter dafür als Model gewinnen könnte. Hier ergäben sich Kontakt-möglichkeiten, die ich für mich selbst nutzen könnte, ohne dass meine wahren Absichten erkennbar wären. Dafür aber musste ich auf leisen Sohlen unterwegs sein, damit niemand "Unrat witterte".

Pauline war einfach nur begeistert von meinen Vorschlägen und wollte diese gleich in die Tat umsetzten. Als ich aber, so neben-bei wie es mir möglich war, erwähnte, dass ich mir vorstellen könnte Florentine miteinzubinden in die Videoaktionen, wehrte Pauline lachend ab. „Nee, dafür ist meine kleine Schwester nicht zu begeistern. Für alles, was sich auf ihr Aussehen bezieht, will sie auf keinen Fall angesprochen werden. Im Zusammenhang mit ihr sollen immer nur ihre Leistungen eine Rolle spielen. Aus dieser Einstellung resultiere auch ihr extremer Ehrgeiz in allen Belangen, mit denen sie sich beschäftigt und in denen sie sich erfolgreich profiliert. Mit Mühe und Not hatte man sie dazu bewegen können, sich für die Prospekte des Reiterhofes zur Verfügung zu stellen.

„Die Fotos dafür müssen dann eben so gehalten sein, dass man möglichst wenig von Florentines Gesicht erkennen kann," ent-gegnete ich dann noch so ganz nebenbei. „Abwarten", dachte ich bei mir, ich wollte dieses Thema behutsam angehen, bloß nicht gleich mit der Tür ins Haus fallen, sondern listig vorgehen, um keinen Argwohn zu erwecken.

Ich plauderte noch ein wenig mit Pauline und versprach ihr, mich demnächst noch einmal intensiv mit ihr über ihre Kosmetikund ihre Seminarideen auszutauschen. Dafür würde ich ihr sicherlich auch noch wertvolle Zubereitungstipps geben können.Zunächst aber wollte ich ihr dabei helfen, eine effiziente Website einzurichten.

An einem der nächsten Abende kam ich mit Florentine ins Gespräch, die mir längst nicht mehr auswich, sondern sich öfter an den Abenden, den Pausen oder bei den Mahlzeiten sogar neben mir niederließ und ganz offensichtlich die Neckerei genoss, mit der wir einen witzigen Schlagabtausch führten. Bei solcher Gelegenheit erzählte ich ihr, dass ich Paulines Seminarpläne unterstützen wolle. Besonders die Idee, eine lebhafte Website mit kleinen Videos zu bauen, gefiel ihr sehr.

Diese aber sollte, dass erklärte ich harmlos, einen professionellen Anstrich bekommen. Ich wolle dafür einen befreundeten Fotografen einspannen, der mir einen Gefallen schuldete. Ich hielt kurz den Atem an, als ich ihr vorschlug, Pauline für die Videos als Akteurin zur Verfügung zu stehen. Erwartungsgemäß hob sie sogleich abwehrend beide Hände und gab mir zu verstehen, dass sie für solche Fotogeschichten nicht zu haben sei, aber ihre Schwester wüsste das eigentlich.

Beschwichtigend erklärte ich ihr nun, dass es nicht um sie ginge, sondern dass die Kosmetikherstellung im Vordergrund stünde. Dabei sollte das Augenmerk der Interessenten auf die Zutaten und die Herstellung gerichtet sein, weniger auf die Akteurin. Die Handlungen würden in den Videos dann von Pauline selbst moderiert, so hätten wir uns das vorgestellt.

Ich nahm Florentines Abwehrhaltung erst einmal kommentarlos zur Kenntnis und gab ihr lediglich zu bedenken, dass für die ganze Aktion möglichst keine Ausgaben anfallen dürften. Da wäre es hilfreich, wenn Pauline eine kostenlose Assistentin zur Verfügung hätte, die zumindest mit den geplanten Abläufen vertraut sei, die gezeigt werden sollen. Florentine runzelte ihre hübschen Brauen und sagte, dass sie darüber nachdenken müsste, ob sie sich dafür zur Verfügung stellen wolle. Sie würde uns Bescheid geben, was sie sich dazu überlegt hätte.

Meine schöne Woche in Urmenau neigte sich nun ihrem Ende zu und ich feierte mit allen anderen Teilnehmern, ich muss es zugeben, etwas wehmütig den letzten Abend. Am Abreisetag nahm ich noch ein gemeinsames Frühstück mit den Pensionsgästen ein. Von Mutter Elsa, Flo und Pauline hatte ich mich schon verabschiedet und Florentine entließ unseren Trupp etwas hastig, „mit einer Träne im Knopfloch", wie sie es nannte und war schon im Stall verschwunden, als ich mich auf den Heimweg machte. Sie hatte mir dann doch noch durch Pauline ausrichten lassen, dass wir mit ihr rechnen könnten, wenn wir unsere Videoreihe planen würden. Allerdings machte sie noch einmal zur Bedingung, dass dabei tatsächlich die Kosmetikherstellung, nicht aber sie selbst im Vordergrund zu sehen sein sollte.

Innerlich triumphierte ich und wollte nun geduldig warten, wie die Dinge sich entwickelten. Dafür frequentierte ich, kaum in München angekommen, gleich Lorenzo, meinen Fotografenfreund, der sich kopfschüttelnd bereitfand, zunächst ein paar Probeaufnahmen von unserer Wunschkandidatin zu machen. Sollte er, wider sein Erwarten, meine Begeisterung für unsere Videobesetzung teilen, würde ein Tag in Urmenau ausreichen, um die kleinen Videos herzustellen, die wir für die Website benötigten.

Als er mir diese Zusage machte, versäumte er nicht, mich dezent darauf hinzuweisen, dass ein solcher Videodreh, von ihm persönlich ausgeführt, normalerweise fast unbezahlbar wäre und er „das wirklich nur aus reiner Freundschaft" zusagen würde. Außerdem seien seine Anforderungen an die Starbesetzung für solche Filmchen eigentlich derart hoch, dass er kaum glaube, dass ein Laienmädel dem genügen könne.

Nach einigem Hin- und Her gelang es mir dann tatsächlich, Florentine für Probeaufnahmen in sein Studio zu locken, und ich vertraute darauf, dass er meine Begeisterung von ihrem Aussehen und ihren schönen Bewegungen teilen würde. Ich selbst nahm an der Aktion aus diplomatischen Gründen nicht teil.

Lorenzo hatte mir und wohl auch Florentine versichert, dass er nur ein halbes Stündchen seiner kostbaren Zeit abzweigen könnte, um sich ein Bild zu machen, wie es um ihre Eignung für die Videopläne bestellt sei.

Ich aber war voller Zuversicht und wollte nach den Probeaufnahmen bei ihm vorbeischauen und mit ihm besprechen, wie man weiter verfahren könne. Dafür hatte ich den frühen Abend vorgesehen. Aber Lorenzo rief mich gleich nach dem Treffen mit Florentine an und beorderte mich auf der Stelle zu sich in sein Atelier. Ich war vor dem Treffen mit ihm seltsamerweise nervös und sagte Termine, die ich eigentlich zu erledigen hatte, für den Nachmittag ab, um zu meinem Fotografenfreund zu eilen. Der erwartete mich dann auch gleich mit der Frage, ob ichschon mal ein Foto mit dem jungen Ding, das ich ihm da untergejubelt hätte, gesehen habe. Ich verneinte und war schon darauf gefasst, dass er mich rügen würde, weil ich ihm so nutzlos seine unbezahlbare Zeit geraubt hätte.

Aber es kam überraschend anders, ganz anders. Lorenzo platzierte mich auf einen Sessel, den er in Richtung der Leinwand rückte, auf die er seinen Bildwerfer gerichtet hatte. „Achtung,“ rief er, „erschrick dich nicht“. Die Warnung war angebracht, denn auf der Leinwand erschien überlebensgroß ein Gesicht mit derart intensiven Augen, dass ich erst nach einigen Augenblicken als das von Florentine ausmachte. Mir stockte der Atem: Jadeaugen in Großaufnahmen, blaugrün und tief und leuchtend. Ich rang nach Worten, war aber momentan außerstande, etwas zu sagen.

Lorenzo wieselte hinter seiner Kamera hin und her und blätterte eine Aufnahme nach der anderen an die Wand.

„Wie hast du sie bloß dazu gebracht, dir in so unterschiedlichen Posen Modell zu stehen?“ fragte ich irritiert.

„Ich erklärte ihr, dass dies für das Ausprobieren verschiedener Kameraeinstellungen nötig wäre. Und ruckzuck hatten wir diese sensationellen Fotos im Kasten.“

„Hat sie gesehen, was du da produziert hast?“

„Nein, ich wollte erst selber sehen, zu welchen Ergebnissen wir gekommen sind, habe erst einmal entwickelt, womit die Kamera mich dann selber überrascht hat, obwohl ich während der Aufnahmen schon irgendwie ahnte, was mir da gerade gelungen ist.“

„Sensationell, einzigartig, ich bin einfach nur begeistert“, rang ich mir ab. Dann berichtete ich ihm, welch ein flüchtiges Wild

Florentine sei und dass man sie mehr oder weniger überlisten musste, damit sie bereit war, für die Videos ihrer Schwester zur Verfügung zu stehen.

„Ach was Videos, ich habe soeben ein Jahrhundertgesicht fotografiert. Aus dem Mädel mache ich einen Star. Ich kenne derzeit kein einziges Model, kein Gesicht, das von einer so strahlenden Schönheit ist, wie das ihre. Von Natur aus hübsch anzusehen, ist sie aber derart fotogen, dass tatsächlich jeder Schuss ein Treffer ist." Lorenzo pfiff vergnügt vor sich hin und schwärmte weiter: „Ich sehe sie schon auf den internationalen Modemagazinen einen einzigartigen Blickfang darstellen. Dazu diese leuchtende Haarmähne, diese Augen und die Porzellanhaut der Rothaarigen mit einigen zarten Sommersprossen. Einzigartig!"

Ich dämpfte Lorenzos Überschwang und erklärte ihm, dass er sich solche ehrgeizigen Pläne abschminken könne. Florentine sei mit Sicherheit für solche Ideen nicht zu begeistern. In we- nigen Sätzen erläuterte ich ihren Background und auch, dass sie als überzeugtes Dorfkind Tiermedizin studieren würde, pferde-verrückt sei und ganz andere Pläne für ihre Zukunft hätte.

Nach dem Modebetrieb stände ihr sicherlich nicht der Sinn und erst recht nicht mit ihr als Star, wie Lorenzo sich das gerade so lebhaft ausmalte.

„Aber sie könnte Millionen scheffeln", wandte Lorenzo ein, "sie hat das perfekte Gesicht für die Houte Couture, das nicht nur wunderschön ist, sondern irgendwie unvergesslich, wenn man einmal ein Foto von ihr gesehen hat. Andere Mädchen würden sterben für eine solche Chance, wie ich sie ihr zu eröffnen in der Lage bin."

Ich bat meinen Freund inständig, den Ball flach zu halten und erst einmal bescheiden die kleinen Handlungsvideos zu drehen, die wir für Paulas Internetauftritt benötigten. Und ich nahm ihm das Versprechen ab, nichts von den hochfliegenden Verheißun-gen einer großen Karriere verlauten zu lassen, wie er sie für Florentine im Sinn hatte. Rein vorsorglich begleitete ich ihn zu dem mit Pauline verabredeten Termin nach Urmenau, und wollte ihn während des Fototages möglichst wenig aus den Augen lassen, damit er sich nicht zu Äußerungen hinreißen ließ, die meine geheimen Pläne zunichte machen könnten.

Obwohl ich meinem mitteilungsfreudigen Freund nicht über den Weg traute, was sein Stillschweigen anbetraf, hielt sich Lorenzo tatsächlich an sein Versprechen, verhielt sich neutral und sachlich und drehte in Paulines kleinem Labor von der Herstellung eines jeden ihrer Kosmetikprodukte ein Minifilmchen von maximal je 2 Minuten.

Mit keinem Wörtchen äußerte er seine Begeisterung bezüglich Florentines Aussehen. Pauline hatte für die Fotosession alles perfekt vorbereitet und Florentine nahm sich in ihrer Küchenschürze bezaubernd aus zwischen dem Interieur und den einzelnen Zutaten, die Pauline im Video liebenswürdig und überzeugend erläuterte.

Lorenzo gelang es, alles perfekt in Szene zu setzen und Florentine dabei nicht übermäßig in den Vordergrund zu rücken. So war sie selbst mit den Ergebnissen einverstanden und Pauline umarmte ihre kleine Schwester, Lorenzo und auch mich nach getaner Arbeit dankbar.

Mit diesem Werbematerial sollte es ihr gelingen, zu einer attraktiven Internetpräsenz aufzurüsten. Dafür hatte sie selber schon zündende Werbetexte formuliert, in deren Rahmen die Videos eingebettet werden sollten. Pauline verfügte über genügend Fotoshopkenntnisse um Videos und Texte zu formatieren. Sie beabsichtigte, die neue Website selbst in Szene zu setzen, sodass ich mich darum nicht mehr zu kümmern brauchte.

Gleich nach diesen sehr fruchtbaren Fotostunden servierte uns Mutter Elsa noch frisch gebackenen Streuselkuchen am Küchentisch, wo mein verwunderter Freund Lorenzo auch die komplette Familie Ebeling kennenlernte. Als wir danach gemeinsam in meinem Auto gen München bretterten, sagte er mir nachdenklich, dass er mich um diese dörfliche Station in meinem Leben glühend beneiden würde. Er hätte deutlich nachspüren können, wie wohl man sich dort fühlen könne und dass auch er von den selbstverständlich gelebten, herzlichen Familienbanden auf seltsame Weise tief berührt war.

Ich zermarterte mir derweil das Gehirn wie ich es schaffen könnte, den Kontakt zu Urmenau und damit zu Florentine, der wieder einmal abzureißen drohte, zu intensivieren.

Also musste Pauline herhalten, die mir wieder einen Vorwand lieferte, damit ich meine Hilfsbereitschaft in Sachen Kosmetikwerbung erneut demonstrieren konnte. Und dafür war mir kein Aufwand zu groß. Allerdings musste ich meine eifrigen Aktionen geschickt kaschieren, damit sie nicht allzu großes Befremden über meinen außerordentlichen Einsatz auslösten.

Ich nutze also dezent meine Kontakte zu der münchener Werbeszene und buchte für Pauline einen kleinen Stand auf dem riesigen Weihnachtsmarkt, der alljährlich mitten in München stattfindet, damit sie ihre Kosmetik und ihre Seminarangebote einem größeren Publikum vorstellen konnte. Normalerweisesind solche Plätze schon Jahre im Voraus bis auf das letzte Zentimeterchen ausgebucht, aber Beziehungen sind eben alles und so gelang es mir unter Mühen, einen winzigen Marktstand für zwei Tage in eine gut sichtbare Lücke hineinzuhiefen. Lorenzo hat auf meine Bitte hin eine große Fotowand erstellt, auf der ein- zelne Segmente aus Paulines Kursen zu sehen waren. Sie selber,aber auch Florentine standen an den beiden Markttagen abwech-selnd an dem hübschen Stand und verteilten die verschiedenen Prospekte von allen Aktivitäten, die der Ebelinghof zu bieten hat.

Besonders erfreulich war, dass sie bereits unzählige Anmeldungen für die verschiedenen Kurstermine, die im Angebot waren, entgegennehmen konnten.

Hoch beglückt berichteten mir die Schwestern, dass sie auf diese Weise bereits viele Interessenten gewinnen konnten und dass die Terminkalender für das kommende Jahr schon gut gefüllt seien.

Jedenfalls wären sie unendlich dankbar für meine Unterstützung und vor allem meine Werbeideen, die sie alleine niemals hätten auf den Weg bringen können.

Dieser kleine Marktstand, um den sich ständig, beachtliche Menschengruppen scharten, zog auch mich immer wieder an wie ein Magnet. Am liebsten wäre ich dort stehen geblieben und hätte mich an dem engagierten Auftritt der beiden jungen Frauen erfreut. Aber das wäre nun wirklich übertrieben und auch seltsam auffällig gewesen. Aber ich tauchte dort an beiden Tagen öfter mal ganz harmlos und wie nebenbei auf, immer mit einem dampfenden Kaffee und einem kleinen Imbiss im Gepäck.

„Als ob ich nichts zu tun hätte", lästerte ich innerlich über mich selbst, aber ich musste die Gunst der Stunde doch nutzen, wusste allerdings noch nicht so recht auf welche Weise.

Als der Markt sich langsam auflöste, wurden alle Utensilien auch von den beiden Akteurinnen wieder gut verpackt und Pau-line wartete auf ihren Bruder Jo und ihren Ehemann, die im Kastenwagen der Familie alles sorgsam nach Hause transportieren wollten.

Florentine sollte die Gelegenheit ebenfalls nutzen und würde sich von Jo gleich ihr umfangreiches Gepäck mitbringen lassen, das sie dann in ein Taxi umladen wollte, um es in ihre kleine Münchener Wohnung zu verfrachten, um diese gleich nach Weihnachten wieder zu beziehen, weil dann in ihr Studium an der Uni weitergeführt würde.

„Transport? Wohnung in München-Schwabing? Da war sie, meine Chance". Ich witterte Morgenluft und jubelte innerlich.

Niemand hatte mir vorher erzählt, dass Florentine während ihres Studiums in München wohnen würde, obwohl das ja eigentlich für eine Studentin unumgänglich ist. Ich hätte mir für sie wohl eher eine WG vorgestellt oder ein Zimmerchen am Stadtrand. Eigentlich hatte ich mir gar keine Gedanken darüber gemacht, wie sie ihr Studium handhaben würde. Dass sie sogar eine

Wohnung für sich alleine hätte, und das fast nachbarschaftlich zu meinen privaten und geschäftlichen Wirkungskreisen, überraschte und erfreute mich.

Ich hatte das Gefühl, dass sich mir alle Wege plötzlich freundlich entgegen neigten und das Schicksal zu meinem Gunsten agierte. Liebenswürdig und so neutral wie irgend möglich bot ich Pauline und Florentine weiterhin meine Hilfe an. Ich wollte für den kleinen Transport von Florentines Sachen ein Auto unserer Firma, die ja in der Stadtmitte, also ganz in der Nähe des Marktes gelegen war, rasch holen und Florentine damit in ihr Domizil bringen. Damit würde ich auch gleich erfahren, wo sie wohnte und der nächste Schritt in ihre Richtung wäre gesichert. Die Ebelings waren über mein Angebot dann auch tatsächlich froh, zumal sich der Weihnachtsmarkt nun zu einem Gewusel von Abbau der Marktstände und Beladen von kleinen und größeren Fahrzeugen zu drangvoller Enge und zu etlichen Verkehrsstaus zusammengeballt hatte. Deren Auflösung bedurfte einiger Geduld. Mein Firmengefährt, ein geräumiges Kombifahrzeug, hatte ich am Rande des Marktplatzes kurz parken können. Ich trug nun mit Florentine gemeinsam ihre etwas sperrigen Sachen dorthin um sie in meinem Auto zu verstauen. Ein kurzer Abschied von den Ebelingschen Marktleuten und ich war froh, als wir uns aus diesem Verkehrsgewimmel herausschlängeln konnten und bog in weniger belebte Seitenstraßen ab. Auf Florentines Anweisungen nahmen wir den kurzen Weg nach Schwabing, zu der Adresse ihrer Wohnung. Dort, in einem der ältesten Stadtviertel von München dirigierte sie mich zu einem Uralthaus und wollte darauf bestehen, ihre Sachen in zwei Zügen selbst die Treppen hoch zu tragen, wo sie ganz oben unter dem Dach ihre kleine Behausung hätte.

Es bedurfte einiger Überre-dungskünste, bis sie bereit war, sich von mir beim Tragen helfen zu lassen. So quetschte ich denn mein Fahrzeug in eine Parklücke, die ich wieselflink ergattert hatte, als der Fahrer eines Kleinbusses diese netterweise gerade freimachte.

Wir schulterten nun gemeinsam Florentines Utensilien und stiegen die fünf Stockwerke auf knarrenden Stufen in dem düsteren Treppenhaus bis ganz nach oben. Dort gelangten wir an drei einfache Türen, die jede, wie Florentine mir sagte, in eine der dort oben gelegenen Studentenbuden führte. Als sie die mittlere Tür aufgeschlossen hatte, betrat ich hinter ihr staunend das kleinste Appartement, das ich jemals gesichtet hatte. Ein winziges Zimmerchen mit gerade mal Platz für nur ein Bett, eine Kommode und einen schmalen Schrank führte in eine noch kleinere Küchenecke und eine offene Dusche, die nur durch einen Vorhang von diesem Wohn-Schlafraum abgetrennt war. Florentine brach in helles Lachen aus, als sie meine Schrecksekunde beobachtet hatte. „Ja, sagte sie, wohnen in München und dann noch in Schwabing ist eigentlich unerschwinglich und sehr rar. Mein Bett ist gleichzeitig mein Arbeitsplatz, aber auch meine Terrasse eignet sich dafür", fügte sie weiter, an und wies auf eine Glastür, direkt hinter dem Bett. Dann stieg sie über ihr schmales Lager und öffnete dahinter diese Balkontür, die einen erstaunlichen und romantischen Blick über die antiken Dächer des alten Stadtviertels bot. Aber von Terrasse konnte wahrlich keine Rede sein. Der Austritt war so winzig, dass nur ein Schemel, der mit zwei Beinen im Zimmer stehen musste, darauf Platz fand, wie Florentine mir, noch immer lachend, gleich demonstrierte.

"Bekommst du in dieser kleinen Behausung keine Platzangst?" fragte ich staunend. „Nein, ich bin froh, hier mitten in der Stadt ein eigenes Zimmerchen gefunden zu haben", antwortete sie mir nun ernst. "In nur wenigen Minuten kann ich zu Fuß meine Uni erreichen. Und von meinem Bett aus sehe ich durch meine Dächertür direkt in den Himmel und blicke über die schönen alten Dächer von München". Florentine türmte ihre mitgebrachten Sachen auf das Bett und sagte, dass sie sich das Einräumen für ihren Wiedereinzug zum Jahresanfang aufheben würde.

Als wir die Uralttreppen wieder hinabstiegen, fragte ich Florentine, ob sie Lust hätte mit mir noch einen Kaffee trinken zu gehen, den hätten wir nach den ereignisreichen Markttagen doch nun wirklich verdient. Diesen Nachsatz fügte ich eilig an, um unterschwelligen Gedanken vorzubeugen, falls sie mein Angebot ablehnen wollte. Wie erwartet, zögerte sie auch kurz, aber sie schien auch zu überlegen, dass man einen so hilfsbereiten und selbstlosen Menschen, wie ich es augenscheinlich war, nicht einfach mit ein paar schnöden Worten abspeisen könne. Also stimmte sie zu und wir nahmen in einem kleinen Café, gleich in ihrer Straße Platz. Dort säße sie mit ihrem Laptop oft stundenlang, dankbar, dass sie trotz des geringen Umsatzes, der durch sie zu erwarten war, dort freundlich willkommen sei, berichtete sie mir. Auch jetzt wurde sie überschwänglich begrüßt mit der Frage, ob sie endlich wieder eine Weile in München bleiben würde. Lachend erklärte sie, dass sie nur kurz vorbeigekommen sei, um Wohnutensilien zu bringen.

Um die nächstmögliche Zugverbindung nach Urmenau nicht zu verpassen, sichtete Florentine dann den Zugfahrplan auf ihrem Handy und anschließend die Busverbindung in ihr Dorf. Ich musste mich sehr zurückhalten, um ihr nicht anzubieten, sie heim zu fahren.

So ermöglichten mir die raren Verkehrsverbindungen des Wochenendes, dass uns tatsächlich eine gemeinsame, ganze schöne Weile zur Verfügung stand. Und die verbrachten wir in dem netten kleinen Café fröhlich und überaus kurzweilig. Wie launig und gewitzt Florentine war, hatte ich ja bereits während unserer gemeinsamen Aktionen in Urmenau erleben dürfen. Ich war wieder einmal mehr einfach nur hingerissen von ihrem hellwachen Verstand und ihrer Schlagfertigkeit, mit der sie mir keine Antwort schuldig blieb. Aber ich war auch beeindruckt von dem Ernst, mit dem sie ihre berufliche Zukunft plante. Wir hatten nun endlich ein wenig Zeit, einander von unserem privaten Leben zu erzählen.

Auf meine vorsichtige Frage, wie es denn diesbezüglich mit ihrer Familienplanung bestellt sei, da man sich doch in Urmenau, wie ich erfahren hatte, relativ früh festlegt, antwortete sie offenherzig, dass sie sich damit noch Zeit lassen wolle. Zwar sei sie einem Jugendfreund herzlich zugetan, aber bisher wäre eine feste Partnerschaft einfach noch nicht in Betracht gekommen. Ihre Familie und auch ihre Freundinnen hätten da ganz andere Vorstellungen, aber sie ließe sich nicht davon abbringen, sich Zeit zu lassen um zu lernen und zu sehen und zu erleben, was einfach nicht mehr möglich ist, wenn man familiär gebunden ist.

In mir stieg es heiß hoch, also war da doch jemand, der auf Florentine wartete: ich konnte mich gut erinnern, wie besitzergreifend ein unbestreitbar gutaussehender Bursche, mit Namen Lars, wie ich mitbekommen hatte, nicht von Florentines Seite gewichen war und sie wie selbstverständlich mit ihm getanzt und gescherzt hatte.

Als Florentine aufbrechen musste, ließ ich es mir nicht nehmen, sie zum Bahnhof zu fahren. Wir haben uns dann lose für den Anfang des Jahres verabredet, wenn sie wieder länger in München wäre.

Während unseres Gespräches hatten wir noch eine Gemeinsamkeit entdeckt, der Florentine nicht widerstehen konnte, sie wollte sich mit mir über die Herstellung von Pferdesalbe und anderen Naturheilmitteln für Tiere austauschen. Dafür hatte ich ihr eine Führung durch unsere Firma angeboten, deren Abteilung für Heilsalben auch für die Tierheilkunde interessant sein könnte und der ein Forschungslabor angeschlossen sei.

Jedenfalls hatte ich nun ihre Handynummer und ausreichende Gründe für einen Anruf. Dazu wollte ich mich zu gegebener Zeit bei ihr melden. Darauf freute ich mich schon jetzt, wollte mich aber eher dezent zurückhalten, um keine schlafenden Hunde zu wecken und Florentines mir inzwischen bekannte Abwehrhaltung nicht unnötig zu provozieren.

War ich bisher noch unsicher gewesen wie es um meine eigene Zukunft bestellt sein könnte und wohin meine Wege mich führen sollten, hatten die letzten Wochen mir doch weiter verdeutlicht, dass ich anders leben wollte, als meine Familie das von mir erwartete und für mich plante. Und dass ich mein Heiratsversprechen, das ich Leonie gegeben hatte, nicht einhalten konnte, wurde mir ebenfalls zunehmend klarer.

Leonie! Ich war angefüllt mit schlechtem Gewissen bis in die Haarspitzen. Diese großartige Frau hatte es nicht verdient, dass ich ein falsches Spiel mit ihr trieb. Seit Jahren war es ja offenkundig gewesen, dass sie mich liebte und geduldig darauf gewartet hatte, dass ich mich ihr endlich erklärte. Mein Verhalten in dieser Zeit hatte sie sicherlich auch in der Auffassung bestärkt, dass wir zusammengehörten. Nachdem ich so lange mitmeinem Antrag gezögert hatte, wurde es schließlich Zeit, dass ich endlich ihren deutlichen Erwartungen und auch denen unserer Familien nachgab.
Auch meine Überlegungen und meine Vernunft sprachen ja dafür, dass es an der Zeit war, uns auch offiziell zusammenzutun, schließlich passten wir perfekt zueinander und ich hätte keine bessere Partnerin für eine längst fällige Familienplanung finden können. Ich hatte also ihren Erwartungen entsprochen und dem Druck meiner Familie nachgegeben und ihr den Antrag gemacht.

Aber dann kam Florentine. Und dann war da Urmenau. Der damit ausgelöste, für mich völlig ungewohnte Gefühlssturm hatte sich wie ein Irrlicht in meinem Unterbewusstsein festgesetzt und drängte sich vor alle meine Überlegungen. Mir war durchaus bewusst, dass nun nichts mehr in meinem Leben zueinander passte. Jawohl, Florentine war viel zu jung für mich. Und ich hatte zudem keine Ahnung, ob ich sie überhaupt für mich erobern könnte. Und - wo wäre dann ein Platz für sie in meiner Zukunft, in meiner Familie, oder auch in unserer Firma? Denn von allen unseren Familienmitgliedern wurde selbstverständlich erwartet, dass sie in irgendeiner Weise in der Firma mitarbeiteten. Aber noch wichtiger war die Frage, ob ich nicht nur mich, sondern besonders auch sie glücklich machen könnte.

Bei meinen wirren und unsicheren Überlegungen in Bezug auf meine Belange war es wohl endlich an der Zeit, klare Verhältnisse zu schaffen. Ich musste, vor allem Leonie gegenüber, jetzt mit offenen Karten spielen. Sie hatte es nicht verdient, von mir hingehalten zu werden, nur weil ich zu feige war meine Position zu klären.

Und auch meine Familie musste ich darum bitten, dass sie innehalten sollte mit den Hochzeitsträumereien, weil mein Leben eine andere, eine unerwartete Richtung genommen hatte. Leider jedoch konnte ich derzeit weder mir noch anderen gegenüber definieren, welche Richtung genau das sein würde.

Ja, ich wollte ehrlich sein, konnte aber den Grund für meine Entscheidungen wohl kaum benennen, denn es gab ja tatsächlich keinen realen Anlass für die völlige Abkehr von meinen bisher geäußerten Absichten. Meine Gefühlsillusion jedenfalls war wohl kaum ein hinreichendes Argument für mein unerwartetes und auch unerklärliches Verhalten.

Meine Aussprache mit Leonie verlief dann aber völlig anders, als ich das erwartet hatte. Statt einer tränenreichen Reaktion oder wortreichen Vorwürfen von ihr, saß sie mir nur mit versteinertem Gesicht gegenüber und äußerte sich befremdet über meine wirren Ausflüchte. Sie glaube eher, dass eine andere Frau im Spiele wäre, beschuldigte sie mich. Sie hätte nur Verachtung für mich und hoffe, ich hätte mir gut überlegt, was ich mit meinem Verhalten aufs Spiel setze.

Dann stand sie auf und bat mich, ihre Wege künftig so selten wie möglich zu kreuzen. Gänzlich aus dem Wege konnten wir einander nicht gehen, das wussten wir beide, denn da waren gemeinsame Freunde, gesellschaftliche Verpflichtungen und auch unsere Familien, die ständig Berührungspunkte boten, denen wir kaum ausweichen konnten.

Ich fühlte mich hundeelend. Irgendwie hatte ich Leonie ja durchaus gerne. Mein schlechtes Gewissen verbot es mir, ihr in die Augen zu sehen. Ich hatte mir ja kürzlich sogar noch vorstellen können, mein ganzes Leben mit ihr zu verbringen. Aber genau das schien mir jetzt, inmitten meines gegenwärtigen Gefühlschaos absolut undenkbar.

Auch meine Eltern waren wie vor den Kopf geschlagen, als ich sie so brutal aus ihrem Planungshimmel riss, den ich ihnen durch meine Verlobung mit Leonie erst ermöglicht hatte. Meine Mutter sagte mir auf den Kopf zu, dass sie sicher wäre, dass ich eine andere Frau im Sinn hätte. Ich wollte sie nicht belügen und bestätigte ihr, dass tatsächlich ein Mädchen in meinem Kopf herumspukte, dass sie aber weder meine Freundin sei, noch irgendetwas diesbezügliches geklärt wäre, ja bisher nicht einmal zur Sprache gekommen sei, welche Gefühle wir möglicherweise füreinander haben könnten.

Da meine Eltern dezente Menschen sind, gaben sie wohl ihrer Enttäuschung Ausdruck, versicherten mir aber auch, dass sie versuchen wollten, meine Entscheidungen zu respektieren. Ich sah ihnen beiden jedoch an, dass für sie ein Kartenhaus eingestürzt war, das Leonie hieß, mitsamt einer Hochzeit und Familiengründung und allem, was zu einem solchen Gebäude dazugehört.

Um auf andere Gedanken zu kommen und etwas Klarheit in mein Gemüt zu bringen, plante ich, meiner Heimat über Weihnachten und Sylvester den Rücken zu kehren. Damit ging ich auch den Begegnungen mit Leonie bei Festen und Events aus dem Weg und es erübrigten sich alle Fragen, die mir Bekannte und Freunde in Bezug auf sie und unserer Beziehung stellen könnten. Ich packte meine Skiausrüstungen ein und fuhr mit dem Auto in die Dolomiten, um mich in Cortina d´Ampezzo im Snowboarden zu üben.

Meine Absicht war, mich körperlich gehörig auszupowern, um den kreisenden Gedanken und Sehn-süchten, die mich zu überholen drohten, aus dem Weg zu gehen.

Aber auch in die hochalpinen Skigebiete begleiteten mich meine Träume und Wünsche. Ich sah mich in meiner Fantasie gemeinsam mit der sportlichen Florentine, die Pisten hinuntersausen und einen romantischen Urlaub vor märchenhafter Schneekulisse mit ihr zusammen zu erleben. Wohin ich meine Gedanken auch schickte, Florentine beherrschte mein Denken und Fühlen, spielte in allen meinen Vorstellungen die Hauptrolle.

Um körperlich bis an meine Grenzen zu gehen, um damit meinen Kopf frei zu bekommen, buchte ich mir für einige Tage einen Bergführer und unternahm anstrengende Touren, nach denen ich am Abend nur noch meine malträtierten Glieder zählen wollte und nach einem deftigen Abendessen nichts weiter im Sinn hatte, als völlig erschöpft ins Bett zu sinken. Doch ja, die beiden Wochen im Schnee und den ganzen Tagen in der klaren Luft taten mir gut und halfen mir dabei, mich zu sortieren und klarer zu sehen. Das Bild von Florentine, das ich in mir trug, war in dieser Zeit keineswegs verblasst. Im Gegenteil, in mir war die Gewissheit noch gewachsen, dass Florentine in mein Leben gehörte. Ja, ich wollte Florentine. Sie war es, mit der ich mir eine glückliche Zukunft vorstellen konnte und wollte. Mit ihr würde ich voller Freude auch eine Familienplanung angehen, mit ihr könnte ich mir eine ganze Kinderschar vorstellen. Ihr würde ich die Welt zeigen und alle Pläne mit ihr gemeinsam verwirklichen, die unser Glück noch glücklicher machen können.

Ich war sicher, dass ich ihre spröde Art durchdringen könnte. Ihrem, immer zutraulicher werdenden Verhalten glaubte ich Interesse für mich zu entnehmen. Ich wusste, sie war vorsichtig und immer darauf bedacht, die Kontrolle über ihre Gefühle und die jeweilige Situation zu behalten. Aber viele kleine Momente haben mir bewiesen, dass sie meine Gesellschaft durchaus genoss, ja sogar offensichtlich suchte. Und es zeigte sich auch immer wieder, dass sie sich mit mir sehr amüsierte. Wir hatten dafür so eine gemeinsame Wellenlänge, die oft ein wortloses Einverständnis signalisierte, wie ich es bisher mit keinem anderen Menschen erlebt hatte und wie sie es sicherlich auch nicht kannte. Und dann hatte es auch einige dieser Blicke gegeben, die einander unversehens gestreift hatten, die mir diesen heißen

Strahl durch Körper und Seele jagten. Hatte sie das genauso empfunden? Es oblag mir nun, das behutsam herauszufinden. Dafür war in der Tat Vorsicht angebracht. Die war schon deshalb geboten, da ich genau wusste, wie sehr Florentine auf der Hut war. Sie war peinlichst darauf bedacht, dass ihr niemand ins Herz sah und dass niemand ihrer Seele zu nahekam, sie womög-lich vereinnahmen wollte.

Kaum konnte ich es erwarten, nach meiner Rückkehr bei ihr anzurufen. Als ich sie dann erreichte, schien sie sich ehrlich zu freuen und nahm meine Einladung zu einer Besichtigung unseres Unternehmens gerne an.

Dafür holte ich sie zu der vereinbarten Zeit an unserem Firmeneingang am Pförtnerhäuschen ab. Sie sah mit ihrer Pferdeschwanzfrisur und in Jeans noch jünger aus, als sie ohnehin war. „Wäre ich frühreif gewesen, könnte sie leicht meine Tochter sein", spöttelte ich bei mir. Aber solchen destruktiven Zweifelgedanken wollte ich keine Nahrung geben und mich lieber auf die Stunden mit meinem Sehnsuchtsmenschen freuen. Als ich sie dann durch unsere verschiedenen Produktionshallen geführt hatte, begrüßten wir im Entwicklungslabor meinen Bruder, der meine junge Besucherin neugierig musterte. Was er dabei dachte, wollte ich lieber nicht wissen, so lenkte ich Florentines Interesse gleich auf die Forschungsarbeit, mit der er beschäftigt war. Auf unsere Fragen hin wurde dargelegt, dass er, gemeinsam mit einem anderen Chemiker seit Monaten dabei war, Cremes und Lotionen als Sonnenschutz für Kinder zu entwickeln, die keine hormonaktiven Substanzen oder andere zweifelhaften Zutaten enthielten.

Florentine fand es durchaus spannend, sich die unzähligen Versuchsreihen, die für mögliche Keimentwicklung angelegt werden müssen, erklären zu lassen und die Tabellen dafür zu sichten. Staunend nahm sie zur Kenntnis, dass es monatelanger, oft jahrelanger Versuchsreihen bedarf, bis es, verbunden mit vielen Experimenten, zu den gewünschten Ergebnissen kommen kann. Und auch dann sind noch unwägbare Hürden zu nehmen und Gesetze zu beachten, bevor die Produkte dann endlich in die Großhandlungen und Läden gehen können.

Ganz ähnliche Erläuterungen erhielt sie auch in unserer Abteilung für die Heilsalbenherstellung. Befremdet allerdings war sie von der Auflistung der jeweiligen Zusatzstoffe, die nötig sind, um eine behördliche Zulassung für das betreffende Produkt zu erhalten, damit es dann endlich vermarktet werden kann. Fast erschlagen von den Eindrücken in Bezug auf den Umfang unserer Produktionen, der Größe der gesamten Firma und der Vielzahl der Mitarbeiter, sagte mein junger Gast, dass ihre Gedanken ein einziges Fragezeichen seien. So ersparte ich ihr erst einmal weitere Besichtigungen, beispielsweise die unseres modernen Logistikzentrums und des umfangreichen Fuhrparkes, dessen Fahrzeuge überall in Europa unterwegs sind, um Auslieferungen vorzunehmen.

Florentine würde noch früh genug einen Einblick und einen Überblick in meine komplette Arbeitswelt bekommen. FürsErste war es schon übergenug, was sie zu sichten und zu verkraften hatte.

Fast erleichtert und dankbar nahm Florentine meine Einladung an, in unsere Firmenkantine einzukehren, wo ich sie eigenhändig mit einem Cappuccino und sehr leckeren Portugiesischen Törtchen bewirten konnte. Wir waren ganz alleine in dem großen, eigentlich recht schönen und hellen, aber doch unpersönlich wirkendem Raum. Nur zwei Küchenfrauen wuselten hinter dem langen Tresen hin und her und bereiteten das Mittagsbüffet für die Belegschaft vor.

„Beeindruckend das alles", seufzte Florentine, "aber wie so oft muss ich feststellen, dass die moderne, die technische Welt nicht meine Welt ist. Mir will einfach nicht in meinen Kopf, wieso es so vieler Versuchsreihen und einer endlosen Liste von Zutaten bedarf, um eine ordentliche Kosmetik oder eine einfache Salbe herzustellen. Mir drängt sich dabei das Gefühl auf, dass man sich damit von der Natur immer weiter entfernt."

„Ich habe mir schon gedacht, dass du das so siehst", erwiderte ich, "will man aber in der industriellen Welt mitmischen, bedarf es eben unzähliger Vorschriften und Genehmigungen, die einzuhalten sind, hat man die Absicht, ein Produkt in großen Mengen zu vermarkten."

„Aber was daran ist der Fortschritt?" fragte Florentine kämpferisch, "wir auf unserem Hof verwenden zum Heilen von Mensch und Tier bevorzugt das alte Wissen unserer Vorfahren und haben damit besten Erfolg. Beispielsweise rühre ich eine Heilsalbe an, für die ich getrocknete Beinwellwurzeln oder Ringelblumenblüten in Öl sanft siede, dann über Nacht ziehen lasse, durchsiebe und mit Hilfe von Bienenwachs eine cremige Konsistenz herstelle. Mir will sich nicht erschließen, wieso für die gleiche Wirkung, die ich mit der Anwendung meiner einfachen Salben erziele, so komplizierte Verfahren angewandt werden müssen mit Tierversuchen und unwägbaren Zusatzstoffen, wie ihr das hier praktiziert. Und Paulas Kosmetik-herstellung beweist doch auch, dass es der unzähligen Kom-plikationen nicht bedarf."

Innerlich gab ich ihr Recht. Aber ich lebte zu intensiv mit und in meinem hoch technisierten Umfeld, als dass ich so ohne Weiteres bereit sein könnte, meine Einstellung zu neuen Errungenschaften der Wissenschaft komplett zu Gunsten der Naturheilkunde aufzugeben.

Außerdem bin ich von sehr vielen wissenschaftlichen Erkenntnissen und Beweisführungen tatsächlich zutiefst überzeugt und dann voller Bewunderung für erzielte und nachweisbare Ergebnisse.

Allerdings akzeptiere ich inzwischen auch gemäßigte Wege, wo das eine neben dem anderen existiert. Dafür habe ich mich auch durch eigene Forschungen, besonders bei Naturvölkern, überzeugen können. Aber ich weiß auch, dass es Zeit braucht, um dieses neue, respektive alte Bewusstsein in den Köpfen der modernen Menschen wieder zu verankern.

So fragte ich meine kleine Revoluzzerin, die offensichtlich recht radikale Ansichten vertreten möchte, wieso sie denn aber Tiermedizin studiere, wenn sie die Schulmedizin derart rigoros verteufele.

„Nein", sagte sie ärgerlich, "das ist ein Missverständnis. Ich bin mir der Bedeutung wichtige Entwicklungen und Entdeckungen durchaus bewusst. Ich sehe nur nicht ein, weshalb Bewährtes einfach ignoriert wird und man Behandlungen unnötig verkompliziert, wenn es natürliche Methoden gibt, deren Wirkungen nicht zu überbieten sind."

„Florentine", sagte ich ernst, "ich will deinen Enthusiasmus ja keineswegs dämpfen", was ich nicht sagte, war, dass es besonders diese Begeisterungsfähigkeit war, die ihren Zauber für mich ausmachte, aber ich fügte noch versöhnlich an „die Dinge liegen viel komplizierter, als man das im Vorübergehen sehen kann.".
Sicherlich sollte man das Thema bei anderen Gelegenheiten wieder aufnehmen. Ich glaubte fest daran, dass jeder bei intensiver Betrachtung Verständnis für die Position des Anderen aufbringen kann.
Florentine wollte mir noch etwas Ergänzendes zu ihren Berufsplänen erläutern. Dazu sagte sie, dass sie ein abgeschlossenes Studium auch für formale Erfordernisse bräuchte, um einmal eine Tierarztpraxis betreiben zu können, und darin selbstverständlich Tradition und Moderne zusammenführen wolle.
Zudem wäre es ihr Ziel, sich zur Chirurgin ausbilden zu lassen, damit sie notwendige Behandlungen in eigener Praxis komplett selbst ausführen könne. Auch das zeitweise Arbeiten in einer Tierklinik wäre dann möglich.

Um das Minenfeld, auf dem ich so übervorsichtig herumeiern musste verlassen zu können, lenkte ich unser Gespräch auf Florentines Hobby und ließ mir erklären, mit welchen Methoden die

Tiere auf dem Ebelinghof behandelt würden, wenn es zu Verletzungen oder auch zu Organbeschwerden gekommen war.

Begeistert erzählte Florentine, dass ihr Vater beispielsweise bei der Behandlung der Pferde und aller anderen Hoftiere auf Chiropraktik, Osteopathie und Cranio Sacraltherapie schwöre. Das wäre besonders bei Pferden, die von verschiedenen Menschen geritten würden eine orthopädische Notwendigkeit, damit ihr Skelettsystem immer wieder austariert werden kann.

Ja und auch Heilkräuter kämen für die Hufpflege und Koliken und anderer gesundheitlichen Beschwerden bevorzugt zum Einsatz. Bei entzündlichen Gelenken, aber auch bei Wunden, arbeite man beispielsweise mit Kohlblattauflagen und Quarkwickeln.

Das Interessante dabei sei, dass genau die gleichen Methoden auch bei Menschen erfolgreich eingesetzt werden könnten, genauso wie viele der homöopathischen Anwendungen auch.

Ich beeilte mich, Florentine zu versichern, dass ihre Sicht der Dinge bei mir offene Türen einrennen würden. Die gesamte biochemische Industrie wäre ja seit mehreren Jahren schon auf der Suche nach traditionell bekannten Substanzen aus der Natur, und die fände man tatsächlich in aller Welt.

Man wäre zunehmend bemüht, so weit wie möglich auf schädliche Zusatzstoffe bei allen Zubereitungen von Medikamenten zu verzichten, um Folgeschäden bei den Behandelten weitgehend zu vermeiden. Gerne würde ich ihr gelegentlich darüber berichten, zu welchen überraschenden Funden und Ergebnissen Expeditionen gekommen seien, die in Ägypten, aber auch in Südamerika von unserer Firma unternommen worden sind, um den Nutzen von Heilkräutern anderer Völker zu erforschen.

So bestände bereits seit einigen Jahren eine fruchtbare Handelsbeziehung zu Ägypten, von der unsere Firma seit langem wichtige Zutaten, wie zum Beispiel ätherische Öle, Kräuter und Pflanzenauszüge beziehe.

Ich erzählte Florentine auch, dass ich selbst schon oft an solchen

Forschungsreisen teilgenommen hätte. Auf jeder der Expeditionen würde man auch Heilkundige des jeweiligen Landes begleiten, die bereit wären, ihre Erfahrungen zu teilen.

Mein Bruder experimentiere beispielsweise gemeinsam mit internationalen Wissenschaftlern, um die gewonnenen Erkenntnisse in unseren heimischen Laboren anwenden zu können.

Bei solchen Besuchen hatten wir zudem die Gastfreundschaft und Hilfsbereitschaft unserer Geschäftspartner kennengelernt. Meine Reisen in diese Länder verbände ich selbst auch gerne mit ein paar Urlaubstagen, in denen dann auch freundschaftliche Beziehungen entstanden sind.

Ich pflegte beispielsweise auch eine besondere Freundschaft zu einem großen Familienbund, der eine berühmte Pferdezucht seit mehreren Generationen betrieb. Deren edle Vollblut-Araberpferde würden in alle Welt importiert werden.

Hatte ich es doch gewusst: Florentine hörte nur „Pferdezucht" und hatte sofort hellwaches Interesse. Sie fragte mich neugierig nach Einzelheiten zu dieser Beziehung mit meinen ägyptischen Freunden. Lächelnd bot ich ihr an, sie demnächst mitzunehmen zu einer meiner Exkursionen in die ägyptischen Wüsten, Felder und Berge. Natürlich war mein Angebot nicht ernst gemeint, das wusste Florentine und das wusste auch ich (erst einmal). Aber sie seufzte sehnsüchtig und meinte, dass sie froh sei, noch so jung zu sein. In ihr Leben würden noch so viele Erfahrungen passen und sie müsse noch so unendlich viel sehen.

„Klar" dachte ich, "mit mir wirst du die Welt entdecken, aber das weißt du noch nicht."

Ich bot Florentine an, sich einmal einige der kleinen Filme anzusehen, die ich anlässlich einiger Besuche in Ägypten selbst gedreht hatte. Darunter wären Videos, die Begegnungen mit Heilkundigen des Landes zeigten, aber auch Aufnahmen von den herrlichen Rappen, für die besagte Pferdefarm berühmt war.

Florentine war sofort Feuer und Flamme, sodass sie gleich bereit war, demnächst einen Termin dafür anzudenken.

„Dann habe ich dich schon mal bei mir zuhause", dachte ich listig. Aber ich wollte mich klug verhalten und gab mich freundschaftlich, aber auch neutral genug, dass Florentine sich meiner harmlosen und freundlichen Absichten ohne Arg sicher sein konnte. Und dafür traf ich in den kommenden Wochen meine diplomatischen Vorbereitungen. Ich gewöhnte Florentine an mich, indem ich mich regelmäßig mit ihr auf einen schnellen Kaffee traf, sie zu einem Snack in ein kleines Bistro einlud, mit ihr ins Kino ging, weil ich vorgab, mit ihr unbedingt über ein gezeigtes Thema diskutieren zu wollen, das mich gerade beschäftigte. Und ich traf mich gelegentlich mit ihr für ein Stündchen, wenn wir beide ein wenig Zeit hatten, um an der Isar entlang zu wandern, oder im englischen Garten einen kleinen Spaziergang zu unternehmen.

Wenn man Florentine in dieser Zeit nach mir gefragt hätte, so würde sie mich sicherlich als einen ihrer besten Freunde bezeichnet haben. Da sie durch ihr Studium wenig Zeit hatte und dadurch keine weiteren Freundschaften pflegen konnte, nutzte ich die Gunst der Stunde und reservierte mir ständig kleine Zeiteinheiten mit ihr. So wurde es eine für beiden Seiten liebe Gewohnheit, einander regelmäßig zu treffen. Und mir wuchs Florentine immer mehr ans Herz, sodass ich mir ein Leben ohne sie überhaupt nicht mehr vorstellen mochte.

Ich musste mich in dieser gesamten Zeit dazu zwingen, meinen beruflichen Pflichten weiter akkurat nachzukommen.

Bei unseren Treffen, bedauerte sie häufiger, dass sie so lange nicht in Urmenau gewesen war, weil die Uni sie derzeit so fordere. „Ich versäume meine geliebte Faschingszeit, in der das ganze Dorf feiert", klagte sie.

„Wenn du dich für einen einzigen Abend von deiner Arbeit loseisen kannst, könnte ich dir eine Alternative bieten", schlug ich vor. „Im Münchener Haus der Kunst finden doch alljährlich

die berühmten Faschingspartys statt, die immer schon wochenlang vorher ausverkauft sind, weil alle Welt in diesem monu-
mentalen Ausstellungsgebäude feiern will."

Florentine sah mich erwartungsvoll an: "Wie aber das Schicksal
es fügt", lächelte ich spitzbübisch, „ist meine Familie mit dem
Direktor dieser heiligen Hallen befreundet, sodass ich für ein
Teilnahmeticket sorgen könnte."

Wie ich mir das schon gedacht hatte, konnte meine kleine Freundin der Versuchung nicht wiederstehen, denn für jeden Bayern
ist es ja eine Ehre, wenn für die Veranstaltungen im Haus der
Kunst eine Eintrittskarte ergattert werden kann.

„Eigentlich habe ich überhaupt keine Zeit", seufzte sie, "aber ein
kleiner Abend in diesem sagenhaften Ambiente muss einfach
drin sein. Aber ausgeschrieben ist ein Kostümball. Was zieht
man also an?"

Um Florentines Zeitplan nicht unnötig zu strapazieren, schlug
ich vor, zwei übergroße weiße T-Shirts zu besorgen, die von
Florentine mit einfachen Motiven bemalt werden sollten. Textil-
farben lieferte ich gleich dazu.

Als ich dann ihre Werke sah, staunte ich nicht schlecht. Die
Vorderseite ihres Hemdes hatte sie mit einer ganzen Ziegen-
herde bemalt, meines mit Kühen. „Malen kann sie also auch",
dachte ich, "die Tiere sind tatsächlich perfekt gelungen". Und es
sind dörfliche Themen, die sie hier aufgepinselt hat. „Sie hat
Heimweh", dachte ich, irgendwie tief gerührt.

Unsere beiden simplen Kostüme waren dennoch echte highlights und Hingucker, auf die wir während des Festes öfter
angesprochen wurden. Aber nicht nur unsere witzigen Hemden
zogen die Blicke vieler der Gäste auf sich, vielmehr war es
besonders Florentine, die mit ihren dicken Abstehzöpfen, deutlicher gemalten Sommersprossen und großen Schleifen wie Pipi
Langstrumpf, einfach hinreißend aussah. Sie erregte wieder
einmal Aufsehen. Ihre leuchtende Haarpracht, die auffallenden

Augen, der signalrote Mund und die schneeweiß blitzenden Zähne waren der Grund dafür, dass sie unentwegt angebaggert wurde. Lediglich unsere Kostüme, die demonstrierten, dass wir zusammengehören, bewahrte Florentine davor, ständig von mir weggezogen zu werden. Um sie zu schützen und besonders auch, damit sie mir in dem Gewimmel von übermütigen Menschen nicht verloren ging, zog ich sie fest an mich und ließ sie auch nicht los, als wir uns auf die übervolle Tanzfläche wagten. Dort aber war an Tanzen gar nicht zu denken, es herrschte eher ein rhythmisches Geschiebe bei dem man noch fester aneinander-gedrängt wurde, und notgedrungen in einer engen Umarmung verbleiben musste.

Florentines Augen waren mir nun ganz nahe. Ich legte behutsam meine Wange an ihre und wir bewegten uns auf der Tanzfläche eng umschlungen im Takt der stampfenden Bässe.

Ich war hingerissen, einfach nur bis in die Haarspitzen mit Glück angefüllt. Dieses Traumwesen in meinen Armen löste in mir nie gekannte Gefühle aus. Ich war mir der sinnlichen Energie zwischen uns voll bewusst, war aber auch tief berührt und alle meine Beschützerinstinkte waren ebenfalls geweckt. Ich wollte diese Kostbarkeit festhalten bis in alle Ewigkeit.

Als wir an der Bar Platz nahmen und uns jeder einen fruchtigen Cocktail bestellten, fehlten uns beiden die Worte. Wir saßen dicht beieinander zwischen den lachenden und lärmenden Menschen, ohne etwas zu sagen. Zu meiner Überraschung lehnte sich Florentine an mich und ließ es zu, dass ich sie noch ein wenig enger an mich zog.

Als wir beide, schon deutlich nach Mitternacht beschlossen, heim zu gehen, um an den Folgetagen noch „brauchbar für den Alltag" zu sein, holten wir an der Garderobe unsere Mäntel und liefen schweigend, dicht umschlungen durch die eisekalte Nacht. Ich hätte, so eng an eng mit Florentine, noch stundenlang weiter-laufen können. Das Viertelstündchen bis zu ihrer Wohnung gingen wir aneinander gekuschelt und wärmten uns gegenseitig. Vor ihrer Haustür angekommen, lösten wir uns voneinander und schauten uns lachend an. Weiter nichts. Ich wartete noch, bis Florentine ihre Haustür aufgeschlossen hatte und ihr Treppenhauslicht mir zeigte, dass sie auf dem Weg zu ihrer Mansarde war.

Ich versenkte meine Hände tief in meine Manteltaschen, schlug den Kragen hoch und ging nachdenklich die etwa zwanzig Minuten zu Fuß bis zu meiner Wohnung. Ich brauchte jetzt diesen Spaziergang durch die Dunkelheit in der ich die Hoffnung hatte, in der bitterkalten Nacht meine Gedanken klären zu können. Ob mir das gelungen ist? Eigentlich nicht. Irgendwie kannte ich mich selbst absolut nicht mehr. Völlig unverständlich war mir die behutsame Seite an mir, mit der ich Florentine glaubte behüten zu müssen. Ein Abschied an der Haustür ohne Kuss? Das hätte ich keinem Menschen, der mich kannte, erzählen können. Aber ich wollte nichts übereilen und warsicher, dass es wichtig und richtig war ihr, besonders aber auch mir, die Zeit einzuräumen, die wir beide brauchten, um einander zu entdecken, richtig kennen zu lernen. Denn eines war mir klar:in meinem Leben bahnte sich gerade etwas Besonderes an, keine Beziehung im Vorübergehen, sondern ein exquisites Geschenk, wie das Leben es einem wohl nur ein einziges Mal macht. Dafür kam mir in den Sinn, dass „der Weg das Ziel sei" und kein Zeitaufwand für die Wegstrecke dafür zu lang sein könnte.

Ziemlich durchgefroren aber überglücklich hörte ich, daheim angekommen, noch ein wenig Musik und freute mich auf meine Zukunft mit meinem Zauberwesen.

Als wir uns einige Tage später wieder zu unserem gewohnten kleinen Cappuccino-Treff wiedersahen, waren wir beide ein wenig verlegen. Ich staunte über mich selbst, hätte ich doch solche Situationen grundsätzlich souverän gemeistert. Dieses Mädelchen vom Lande aber hatte es tatsächlich geschafft, an meiner Seele zu rühren und mein sonst so sicheres und lässiges Auftreten völlig umzukrempeln. „Sie ist mir wichtig", dachte ich, „es erübrigt sich, hier eine Überlegenheit herauszukehren, wo ich von dieser innigen Zuneigung und dem zärtlichen Gefühl der Zusammengehörigkeit gänzlich erfüllt bin."

Ich nahm bei unserem Treffen behutsam Florentines Hände in meine Hände und registrierte dankbar, dass sie das zuließ und sich vertrauensvoll an mich lehnte. Auch jetzt sprachen wir nicht viel. Ich genoss ihre Nähe mit allen meinen Sinnen und war ganz erschrocken darüber, dass sie sich rasch wieder verabschieden wollte, weil sie dringend für anstehende Klausuren lernen musste. Das war dann auch der Grund dafür, dass wir uns an den Folgetagen nicht sehen konnten.

Ich erinnerte sie vorsorglich an den Videoabend mit ägyptischen Impressionen, die ich gerne mit ihr teilen wollte. Florentine lächelte ihr Zauberlächeln, versprach aber, dass sie an einen Besuch bei mir erst denken könne, wenn sie ihren Univerpflichtungen nachgekommen sei. Außerdem müsse sie vorher unbedingt ein Wochenende in Urmenau einplanen, ihr Vater bedürfe dringend ihrer Unterstützung bei einem Züchtertreffen auf dem Ebelinghof.

Ich musste mich also in Geduld üben. Wieder einmal. Am liebsten hätte ich mich an Florentines Fersen geheftet, wäre begeistert ihren Spuren gefolgt. Aber es hieß nun abzuwarten und nicht gewaltsam und übereilt vorzupreschen, wie das wohl eher meinem Wesen entsprochen hätte.

Stattdessen packte ich mich ebenfalls mit Arbeit zu und beschränkte den Kontakt zu meinem Lieblingsmenschen schweren Herzens auf regelmäßige Anrufe und lustiges, harmloses Geplänkel am Telefon.

Endlich dann, nachdem wir uns ganze zwei Wochen nicht gesehen hatten, sagte mir Florentine ihren Besuch zu. Ich musste innerlich über mich lachen, denn ich erwartete dieses Treffen in meiner Wohnung aufgeregt, wie ein Teenager. „Es ist nur ein Date" sagte ich mir. Aber mir war natürlich sonnenklar, dass es viel mehr war. Vielleicht war ja so ein Abend in „meinem ureigenen Revier" von entscheidender Bedeutung dafür, wie sich unsere Begegnungen in der nächsten Zeit gestalten würden.

Ich machte mir nun ausführliche Gedanken darüber, wie ich Florentines Besuch in meiner Wohnung vorbereiten könnte.

Dafür stellte ich Champagner kalt, aber auch Campari und frisch gepressten Orangensaft, denn meine Besucherin trank nur gelegentlich ein wenig Alkohol, wie ich sehr wohl wusste. Ein kleines Sortiment von delikaten Tapas hatte ich dezent auf einer Platte angerichtet. Das sollte nicht bemüht oder sogar spektakulär wirken, sondern nur, fast wie nebenbei, den kleinen Appetit ansprechen.

Sorgsam suchte ich für meine Vorführung die passenden Videos heraus, denn ich wollte Florentine einen Einblick in die interessanten und abenteuerlichen Seiten meines Berufes bieten, nachdem ich sie bei dem Rundgang durch unsere Familienfirma wohl reichlich überfordert hatte. Mit meinen Filmchen wollte ich stattdessen ihre Neugierde, ihr Interesse, und daneben auch Sehnsucht in ihrem Herzen wecken und ihre Lust darauf, ferne, ihr bislang noch völlig unbekannte Welten kennenzulernen.

Als meine ersehnte Besucherin dann endlich in meiner weitläufigen Diele stand, sich aus ihrem Daunenmantel geschält und den Schnee von ihrer Kapuze geschüttelt hatte, freute ich mich über die winterliche Frische, die sie in meine Wohnung brachte. „Warte nur", versprach ich ihr, "gleich kannst du deine Finger an dem Kräutertee wärmen, den ich für dich aufgegossen habe."

Florentine sah sich neugierig bei mir um und bewunderte meine elegante Etage mit dem gigantischen Ausblick über den Park bis hin zu dem schneeverhangenen Horizont, erleuchtet von den Lichtern der Stadt. Ich sah ihr lächelnd dabei zu, wie sie sich über meine riesige Fensterfront im Wohnraum freute und sichtlich darüber staunte, dass innen in meinem großen Kamin die brennenden Holzscheite heimelig loderten und wenige Schritte weiter sich Schneemassen auf der Terrasse häuften.

„Schön ist es bei dir", sagte sie bewundernd. Ich war nun froh, dass ich darauf verzichtet hatte, sie mit stimmungsvollem Kerzenlicht und üppigem Abendessen zu überfrachten. Das wäre einfach zu durchsichtig gewesen. So sprach der große Raum für sich, der ausschließlich mit einem wunderschönen, uralten Barockschrank und großen, weißen Sofas mit dicken Daunenkissen möbliert war. Edle Lampen aus Muranoglas sorgten für stimmungsvolles, warmes, festliches Licht.

„Für die herrlichen Bilder an der Wand nehme ich mir noch einmal Extrazeit, es wäre Verschwendung meiner Aufmerksamkeit, wenn meine Blicke nur flüchtig drüberhuschen würden", sagte meine Besucherin offensichtlich beeindruckt.
Ich war entzückt von Florentines einfühlsames Interesse, denn mir als Kunstsammler ist es besonders wichtig, dass meine kostbaren Gemälde von Betrachtern gebührend gehuldigt werden.
Wie ich mir das schon gedacht hatte, freute sich Florentine über Tee, den ich ihr anbot und der seinen würzigen Duft durch den ganzen Raum verströmte. Und wie ich das vor meinem inneren Auge bereits gesehen hatte, legte sie dankbar ihre kalten, klammen Finger um die große warme Tasse, die ich vor sie hinstellte.
Meine private Filmvorführung begann ich mit einem der Videos, das ein Mitarbeiter auf einer unserer Reisen gedreht hatte. Die Kamera begleitete uns durch unwegsame Wüstenabschnitte Ägyptens, geführt wurden wir von zwei einheimischen Heilkundigen, die uns mit ihren Kräutern und Gewürzen bekannt machten, die wir selbst als solche nie erkannt hätten. Wir zeigten ihnen unsere Freude und Dankbarkeit darüber, dass sie ihr Traditionswissen so aufschlussreich und selbstlos mit uns teilten durch Umarmungen und tiefe Verbeugungen.

Geschäftliche Vereinbarungen hatten ergeben, dass in dieser ärmlichen Gegend der gezielte Anbau von Heilpflanzen für eine sichere Existenz der Bauern sorgte und ein ausreichendes Einkommen für viele Familien ermöglichte.
Das alles erklärte ich Florentine und auch, dass der Einblick in

Zubereitungen, Anwendungsweisen und Erfahrungen der Natur-
völker von großer Bedeutung für wichtige Forschungen in der
westlichen Welt, wie auch für unsere Firma sei.
Auch die Ernährungsindustrie hierzulande sei hoch interessiert
an dem Wissen ferner Völker, um dieses auch hier nutzbar machen zu können.

Es war mir wichtig, dass meine Besucherin sehen konnte, dass
wir respektvoll umgehen mit den Überlieferungen anderer Völker und dass wir hier in unseren Labors nicht nur Retortenarbeit
leisten. Florentine sollte auch zur Kenntnis nehmen, dass ich mir
nicht zu schade dafür bin, in staubigen Klamotten in der Wüste
herumzukriechen wenn es gilt seltene Pflanzen zu sichten, und
ihrer Heilkraft und ihren wertvollen Nährstoffen auf die Spur zu
kommen.
Wie ich mir das gedacht hatte, war meine Besucherin tatsächlich
beeindruckt von den dokumentierten Expeditionen. Ich erklärte
ihr, dass solch Reisen inzwischen zur Firmenpolitik gehören,
und das gelte nicht nur für ein Unternehmen wie das unsere und
die Kosmetikbranche, vielmehr ist es weltweit zunehmend von
Bedeutung sich um die Traditionserfahrungen anderer Völker zu
kümmern, deren Kraft zum Teil schon seit Tausenden von
Jahren bekannt ist, Das gelte für die Heilwirkung genauso, wie
das Auffinden von wertvollen Substanzen zur Erhaltung von
Schönheit und Gesundheit. „Auf diese Weise sind auch oftmals
Medikamente entdeckt worden, die ihren Konkurrenten aus der
westlichen Pharmazie den Rang ablaufen", fügte ich noch an.

Florentine freute sich dann auch über die riesigen Felder, auf
denen Blühpflanzen angebaut wurden und unzählige Feldarbei-
terinnen tätig sind, die diese pflegen und ernten, um ätherische
Öle und Pflanzenauszüge zu gewinnen.

„Nachdem du dich nun mit mir durch Gestrüpp und Sand gequält
hast, musst du dich jetzt bitte auf eine kleine Erfrischung

einlassen", lockte ich Florentine und wies auf meinen eisge-kühlten Champagner. Sie musste nun doch lachen und stimmte einem kleinen Gläschen Schampus tatsächlich zu. Allerding bestand sie auf die Mischung mit ganz viel frischem Orangen-saft, den ich vorsorglich für sie bereitgestellt hatte.

„Und was die Videos anbetrifft, so hast du jetzt dem „Ernst des Lebens" ins Gesicht gesehen", sagte ich. "Als Belohnung für so viel interessierte Geduld kommt jetzt das Dessert".

Wenn wir auf den Erkundungsreisen in Ägypten sind, hänge ich nämlich zumeist noch ein paar Tage an, um meinen Freund Mustafa zu besuchen, der mit seiner Familie eine der spekta-kulärsten Pferdezuchten weltweit betreibt.

Es sind schwarze Araber, die er züchtet. Diese edlen Rappen werden von ihm in die ganze Welt exportiert. Mache dich also auf die Bekanntschaft mit den schönsten Pferden der Welt gefasst".

Ich nötigte Florentine vor dem Start des Filmes noch zu einem kleinen Zwischenimbiss von meiner Tapasplatte und freute mich darüber, wie sie bei jeder Kostprobe genussvoll aufstöhnte und sich über jedes neue Geschmackserlebnis freute. Ihre Be-geisterungsfähigkeit, mit der sie ihrer Freude Ausdruck geben konnte, entzückten mich immer wieder neu.

„Sie ist so unverdorben", dachte ich dann, "nimmt jede Kleinig-keit glücklich zur Kenntnis wie ein Kind, so ganz anders als viele meiner abgeklärten Freunde und Freundinnen, die schon alles erlebt haben, geschmeckt haben, gesehen haben und sich oftmals in gepflegter Langeweile üben."

Nun sollte es für meine liebste Besucherin spannend werden. Ich dimmte das Licht wieder etwas und legte einen der spektaku-lärsten Filme ein, die ich von meinen Lieblingsmotiven, den ägyptischen Rappen selbst aufgenommen habe.

Gleich zu Beginn der Vorführung, stürmte eine Herde dieser herrlichen Geschöpfe auf die erschrockenen Zuschauer zu. Ich lächelte, weil ich beobachten konnte, wie sich die Schreck-sekunde bei Florentine in helles Entzücken verwandelte. Nach diesem gewaltigen Auftakt, gewannen die einzelnen Pferde Konturen und man konnte gar nicht anders, als innerlich nieder-knien, vor stummer Bewunderung für diese eleganten und lei-denschaftlichen Geschöpfe. Und dieses gespannte Entzücken meiner Florentine blieb über die gesamte Länge des Filmes er-halten.

Betrachter der edlen Tiere waren grundsätzlich beglückt von derart viel Schönheit und ungestümem Temperament. Man hat tatsächlich den Eindruck, mittendrin zu sein in dieser rasanten Show einer solchen Fülle von erlesener Schöpfung und unge-zügelter Kraft und Freiheit und einer nicht zu stillenden Sehnsucht danach.

Ganz bewusst hatte ich nur dieses eine meiner unzähligen Videos gewählt, die ich von Mustafas Pferdezucht gedreht hatte. Ich wollte den gigantischen Eindruck, den ich mit diesen Auf-nahmen eingefangen hatte, nicht verwässern, indem ich noch und noch mehr davon zeigte. Ich wusste genau, was ich ausge-löst hatte mit der Stimmung, die den ganzen Raum erfüllte und die überraschte Zuschauerin in ihren Bann zog.

„Testosteron, pure Manpower", dachte ich. Flüchtig ging mir durch den Kopf, dass es leicht wäre, jetzt der Gunst der Stunde folgend, Florentines Unerfahrenheit und die sinnliche Atmos-phäre, die den Raum füllte auszunutzen.

Aber genau das wollte ich auf keinen Fall. Sinnvollerweise endete das Video weniger spektakulär und zeigte am Ende bezaubernde Fohlen, die, zum Teil in Großaufnahmen von ihren edlen Köpfen, das Herz eines jeden Zuschauers, besonders aber jeder Zuschauerin zum Schmelzen bringen mussten.

Als ich das Licht wieder normaler Raumbeleuchtung angepasst hatte, waren wir beide, Florentine und wieder einmal sogar auch ich, zunächst etwas benommen und konnten nicht gleich zurück-finden in die Normalität meiner Wohnung.

Wir sahen uns an und lächelten beide. Ich wusste, dass ich genau das erreicht hatte, was beabsichtigt war. Ich hatte meine kleine Pferdenärrin infiziert mit der Sehnsucht nach einem noch anderen Leben mit Pferden, als sie es kannte. Und dazu gehörte auch insgesamt ein anderes Leben, wie sie es ebenfalls noch nicht kannte.

„Das war überwältigend, unfassbar schön", sagte Florentine versonnen, "am allerliebsten würde man seinen Rucksack packen und das nächste Flugzeug besteigen, um diese wilde Pracht life zu erleben."

Ich war bis in meine Seele berührt, weil ich wieder einmal feststellen musste, wie ähnlich wir beide oftmals empfanden, dass wir ähnlich dachten und fühlten, ohne es in Worte fassen zu müssen.

„Genau das werden wir, wenn auch nicht sofort", versprach ich vorsichtig. Ein undeutbarer Blick aus Jadeaugen gab mir Rätsel auf. Wollte sie mir Zustimmung signalisieren oder baute sie gewohnheitsmäßig wieder an ihrer inneren Mauer zwischenuns? Mein Gast hatte dann nach den beiden sehr unterschiedlichen, aber heftigen Themen, die ich ihr per Videos zugemutet hatte, nun unzählige Fragen an mich.

Sie leistete damit quasi Abbitte für die rigorose Ablehnung, die sie für meine hochtechnisierte Berufswelt bisher wohl empfunden und mir signalisiert hatte.

Sie hätte ja nicht geahnt, wie umfangreich und interessant die wissenschaftliche Seite meines beruflichen Einsatzes sei. Doch, ja, sie könnte sich nun besser vorstellen, wie spannend sich solche Forschungsarbeit darstellt. Sie gäbe zu, keinen Gedanken an den komplizierten Backround verschwendet zu haben, der notwendig sei, um ein Unternehmen wie das unsere zu leiten und immer wieder zu modernisieren. Sie fände es nun logisch, dass man für eine geplante Nachhaltigkeit auch exotisches Wissen er-

erobern könnte. Und sie verstände nun besser, wie kompliziert es sei, solch ein Wissen auch für eine industrielle Fertigung aufzubereiten."

Wie schon oft vorher, beeindruckte mich Florentines rasche Auffassungsgabe. Sie, die kaum je vorher Einblick hatte in die Welt der Wirtschaft, durchschaute mühelos Zusammenhänge und auch die damit verbundenen Notwendigkeiten.

„Sie ist die Richtige", dachte ich wieder einmal, "mit ihr wird es Spaß machen, neue Welten zu erobern und zu immer neuen Ufern aufzubrechen. Und mir wird es zunehmend leichter fallen", dachte ich weiter, „alle meine privaten und geschäftlichen Handlungen auch mit ihren Augen zu sehen."

Mich berührten ja ihre Moralvorstellungen ohnehin. Sie hateinen reinen Charakter und will ein guter Mensch sein. Und es ist auch für mich bereichernd, die eigenen Wertemaßstäbe ebenfalls zu überdenken.

Solche Überlegungen hätte ich früher eher verlacht. Heute glaube ich zu wissen, dass sich damit der Schlüssel zum Glück finden lässt.

Einträchtig saßen wir noch ein Weilchen beisammen, aßen die Reste der leckeren Tapas auf, zu denen sich Florentine noch einen Tee erbat und ich erzählte ein wenig von meinen Ägyptenreisen, vor allem aber von meinen Besuchen auf der eindrucksvollen Pferdezucht meines Freundes Mustafa. Auch davon, wie diese große Ranch, die schon seit Generationen im Familienbesitz ist, von seiner ganzen riesigen Familie mit allen Brüdern, Cousins, Söhnen und Neffen betrieben wird.

Florentines Fragen nach der Rolle der Frauen in dieser Pferdezucht versuchte ich auszuweichen, denn mir war klar, wie sehr es ihr mißfallen müsste, dass man in der gesamten Umgebung von Hurghada ausschließlich reitenden Touristinnen begegnen kann. Und selbst die gäbe es auf der Ranch meines Freundes Mustafa nur selten. Die Frauen im traditionellen Agypten, insbebesondere in dieser ländlichen Gegend, kommen bedauerlicherweise in der Öffentlichkeit kaum vor.

Noch ganz erfüllt von diesem schönen Abend bot ich Florentine an, sie heim zu fahren. Sie aber wollte lieber zu Fuß gehen und den leise rieselnden Schnee genießen. Also schwang ich mich auch in meine dicke Jacke und zog die Fellstiefel an, um sie zu begleiten.

Auf dem Weg zu Florentines Wohnung gingen wir wieder Hand in Hand durch das sanfte Schneegestöber und einigten uns darauf, dass Schneeflocken offenbar eine nette und romantische Rolle auf unseren Heimwegen zu spielen scheinen.
Ich fühlte mich mit meiner Florentine an der Hand jung, unbeschwert und vollkommen glücklich. Im Gleichschritt marschierten wir durch die fast menschenleeren Straßen und erreichten nach meinem Gefühl viel zu schnell die Wohnung meiner Liebsten. Dort angelangt, klopfte ich den Pulverschnee von ihrer Jacke und schüttelte ihre Pudelmütze aus. Dann erhielt ich zum Abschied eine rasche Umarmung und überraschendweise auch einen kleinen, aber innigen Abschiedskuss. Als sich die Haustür hinter Florentine geschlossen hatte, blieb ich noch ein kleines Weilchen stehen, um dann glückerfüllt, im Walzerschritt durch das immer dichter werdende Schneetreiben zu meiner Behausung zurück zu tanzen.

Ich war glücklich. Ja, mit jeder Faser meines Herzens, meiner Seele und auch meines Körpers fühlte ich mich vollkommen glücklich, voller Freude und freudiger Erwartung. Ich musste dafür nichts formulieren, nichts benennen, nichts analysieren. Mein Denken war nicht von Einwänden oder Zweifeln getrübt, Ich wusste einfach nur: "so fühlt sich Glück an!"

Wieder daheim spürte ich noch der Anwesenheit meines Herzensmenschen nach, der soeben noch auf meinem Sofa gesessen hatte, dessen Champagnerglas noch auf dem Tisch stand und in dessen Gegenwart meiner Wohnung so gut zu Gesicht stand. Ich musste schmunzeln, denn es war noch nicht lange her, da hatte ich mein Appartement noch als meine Junggesellenhochburg betrachtet, die ich nur ungern gegen ein Familiendomizil hätte eintauschen wollen.

Nun aber wünschte ich mir nichts sehnlicher, als mit Florentine genau hier glücklich zu sein. Bewusst verschob ich weitere Pläne weit in die Zukunft und wollte zu gegebener Zeit, gemeinsam mit Florentine träumen und planen und erst einmal einfach nur mit ihr zusammen sein.

In der Firma bereiteten wir eine große Werbekampagne vor. Wir wollten darin unsere neue Sonnenkosmetik vorstellen, die ja frei von schädigenden Stoffen Schutz und Pflege bieten soll.

Lange hatten meine Familie und die Chemiker unserer Firma an der Entwicklung dieser anspruchsvollen Kosmetiklinie gearbeitet. Darin werden Substanzen aus einer bestimmten Kakteenart, die in der Wüste gedeiht, verarbeitet. Dazu verhelfen uns die Traditionerfahrungen der Wüstenbewohner, die genau wissen, wie man die Haut vor der Sonne schützt und dabei ihre Feuchtigkeit bewahrt. Diese spezielle Kaktee wird in großen Plantagen nun speziell für unsere Firma angebaut und importiert.

Im Rahmen eines groß angelegten Presseempfanges sollten unsere wissenschaftlichen Studien vorgestellt werden und tausende von Proben in Tiegeln an alle Anwesenden verteilt werden.

Die schönen Dosen und Flaschen mit „Wüstenzart", so derName der neuen Cremes und Fluids, waren bereits an Märkte und Verkaufsstellen ausgeliefert worden, sodass der Nachfrage die dem aktuell geplanten Werberummel folgen würde, gerecht werden kann.

Zeitungen, Zeitschriften, Fernsehsender und Radiostationen waren geladen und wurden mit wissenschaftlichen Informationen in vorgefertigten Texten versorgt, damit es zu einer werbewirksamen Berichterstattung kommen kann. Erwartungsgemäß wurde das Thema von den Medien interessiert aufgegriffen und mit Hilfe von unzähligen Prominenteninterviews in Windeseile verbreitet.

In dieser arbeitsintensiven Zeit war ich mit Florentine dennoch fast täglich auf einen kurzen Cappuccino verabredet. Ihre Zeit war ebenfalls knapp bemessen, weil sie fleißig auf Uni-Prüfungen hinarbeitete und ich, ich war arbeitstechnisch total eingespannt und hatte ebenfalls so gut wie keine freie Zeit.

Jedes kleine Treffen mit Florentine signalisierte uns zunehmend, dass wir beieinander sein wollten, die Nähe des Anderen brauchten und herbeisehnten. Nach mühsamem Hin- und Herplanen dann nahmen wir uns vor, endlich ein ganzes Wochenende für uns zu reservieren und nicht an Arbeit und nicht an Termine zu denken.

Dazu sollte ein Kinobesuch gehören, lange Spaziergänge, Frühstücken im Bistro und vielleicht gemeinsames Kochen. Erstmals würden wir zwei beinahe vollständige Tage für uns alleine haben. Darauf freute ich mich unbändig und wagte es gar nicht, genaue Pläne dafür zu machen oder Erwartungen daran zu knüpfen.

Und dann wurde es wirklich das allerschönste Wochenende meines Lebens. Jede Minute war von purem Glück erfüllt. Es gelang tatsächlich, alles auszublenden, was unseren Alltag normalerweise beschäftigte.

Wir verschwendeten keinen Gedanken an Beruf, Studium und Pflichten, sondern hatten nur Augen füreinander. Wir nahmen einander mit allen unseren Sinnen und Empfindungen wahr. Es erschien uns völlig selbstverständlich, dass wir beim Frühstück nahe beieinandersaßen, uns an den Händen hielten und von meinen und ihren Tellern gleichzeitig aßen. Lachend balancierten wir Messer und Gabeln, jeweils einhändig, einer mit der rechten der andere mit der linken Hand und amüsierten uns wie die Kinder über die dabei entstehenden Ungeschicklichkeiten.

Nie vorher hatte ich erlebt, wie symbiotisch zugehörig man sich einem anderen Menschen fühlen kann. Florentine und ich, wir waren wie ein Mensch, wir gehörten zusammen, das stand völlig außer Frage, das musste nicht erörtert werden. Ich fühlte so intensiv wie niemals zuvor und war mir ganz sicher, dass sie das ganz genauso empfand.

Spannend für mich war auch, dass wir es beide gleichermaßen genossen, miteinander so albern zu sein. Dafür sorgten auch Florentines pfiffige Ideen und ihre unbestreitbar frechen Antworten bei unseren kleinen Kabbeleien. Lachend wies ich sie darauf hin, dass ich wesentlich älter wäre als sie und sie mir mehr Respekt zollen müsste. "Einverstanden", sagte sie, "ich schiebe dann deinen Rollator, wenn es mal so weit ist."

Unsere Albereien sorgten für immer neue Lachsalven und waren weiter Anlass zu Neckereien und witzigem Schlagabtausch.

Wir hatten uns vorgenommen, unser freies Wochenende auch sinnvoll, beispielsweise auch als "Bildungsurlaub" zu nutzen. dafür sollten Besuche in einer Ausstellung herhalten.

Ich schlug dafür die Pinakothek der Moderne vor, weil dort der Eintritt für Kinder frei sei. lästerte ich im Hinblick auf Florentines jugendliches Alter. Die gab mir kess zurück, dass man auch mal nach Veranstaltungen Ausschau halten könne, bei denen Senioren ermäßigte Preise hätten.

So plänkelten wir uns freudestrahlend durch den Tag, nahmen alles um uns herum aufmerksam wahr und freuten uns über unser Glück.

Keine Termine, keine Pflichten. Wir genossen es, einfach nur in den Tag hineinzuspazieren. Dazu trug auch das Wetter bei. Es war ja nicht zu übersehen, dass der Winter sich verabschieden wollte. Blumengeschäfte hatten schon die ersten leuchtenden Primeln ausgestellt und Stiefmütterchen wandten uns ihre fantasievollen Gesichter zu.

"Weißt du was", schlug ich vor, "Wir überlassen Kultur und jedwedes Programm sich selbst und machen einfach …" "Garnichts!" ergänzte mein Lieblingswesen.

Übermütig fuhren wir mit der U-Bahn zu den Isarauen und wanderten eng aneinander gekuschelt am Ufer der Isar entlang. Dabei sammelten wir immer wieder schöne flache Steine und warfen sie gezielt auf die Wasseroberfläche und ließen sie darauf hüpfen. Lustig fand ich, dass Florentine mir in dieser Kunst weit überlegen war. Sie erklärte, dass solche Spielchen beliebtes Dorfvergnügen waren und die Kinder in Urmenau sich dafür am Dorfteich übten.

Am frühen Nachmittag setzten wir uns in ein einfaches Café und aßen einen wirklich guten Salat und dazu ein Brot mit Quark und Schnittlauch.

"Und wie lautet die Frage nun?", Florentine sah mich strahlend an und abwartend an.

"Was meinst Du?", frage ich zurück.

"Nun gilt es doch zu klären, ob wir zu dir, oder zu mir gehen!" Erst einmal sprachlos antwortete ich: "Dahin, wo du es möchtest, ich folge dir widerspruchslos." „Also gehen wir zu mir, ich habe nämlich Suppe gekocht."

Und dann hatten wir es sehr eilig. Wir rannten zum nächsten Taxistand, ließen uns an der Ecke von Florentines Straße absetzten und liefen Hand in Hand bis zu ihrer Haustür.

Übermütig nahmen wir immer zwei Stufen auf einmal und erreichten atemlos ihre schlichte Wohnungstür.

Angekommen in ihrer Winzwohnung nahm ich gerührt zur Kenntnis, dass sie Besuch erwartet hatte. Und der Besuch war ich.

Ich wollte meine Winterjacke irgendwohin hängen. Aber wohin? Nirgends gab es eine Garderobe, nirgends einen Haken. Florentine nahm mir vielsagend meine Jacke ab und hängte sie hinter den schmalen Schrank. "Raum ist in der kleinesten Hütte", lachte sie mich aus oder an? Ich lästerte, dass sie ja wohl ineinem

117

Wohnschrank hause, denn als Wohnung könne man ja so ein kleines Kämmerchen nicht bezeichnen. Aber in den nächsten Stunden wurde ich eines Besseren belehrt. Mich erwartete nämlich ein rauschendes Fest.

Ich erlebte zu meinem Erstaunen, dass man auf so wenigen Quadratmetern nicht nur leben, sondern überglücklich sein kann.

Schon bei meinem Eintritt in Florentines Zimmerchen schossen mir 1000 Gedanken durch den Kopf. Florentines Einladung in ihr schuhkartongroßes Wohnbett, das nahezu den ganzen Raum ausfüllte, war ja eindeutig. Da hatte ich mich wochenlang in vornehmer Zurückhaltung geübt, um mein scheues Reh nicht zu verschrecken, da nahm genau dieses zartbesaitete Wesen beherzt das Heft in die eigene Hand um mir unmissverständlich zu signalisieren, dass wir zusammengehörten. Und das in jeder Beziehung.

Ich gebe zu, dass ich nicht wenig staunte, als mir klar wurde, dass unser "Zufallstrip" in ihr Kämmerchen keineswegs zufällig, sondern von meiner Liebsten sorgsam vorbereitet worden war.

Trotz drangvoller Enge spürte ich geradezu, dass alles um uns herum auf das Willkommen eines Gastes ausgerichtet war. Man stelle sich vor, dass sogar Blumen auf dem Kühlschrank standen, wo es doch kaum genügend Platz für uns gab. Daneben stapelten sich Geschirr und Gläser, auf denen Florentine vorbereitete kleine Leckereien servierte, die sie zwischen uns auf einem Tablett auf das „Wohnbett" stellte. Davor reichte sie eine absolut köstliche scharfe Apfelsuppe, die wir mangels Stellplatz durch die Luft schwenken mussten.

Und dann, ich traute meinen Augen nicht, wurde eine Flasche eisgekühlten Champagners hervorgezaubert. Champagner in Florentines Kühlschrank, ich war baff. Wenn das nicht eine Hommage an meine Gepflogenheiten war so etwas wie eine Liebeserklärung sozusagen, denn bei meinem Naturkind war ja eher ein Saft oder gesunder Tee angesagt als ausgerechnet Champagner.

Dieser allerschönste Tag in meinem Leben und auch die Nacht

und noch dazu der kommende Tag wurde von uns freudestrahlend in Florentines Zimmerchen, von der Größe einer Sardinenbüchse, verbracht. Wenn einer von uns sich umdrehen wollte, musste der andere sich ebenfalls danach richten.

Ich werde diese wundervollen Stunden niemals vergessen. Verliebt und hoch beglückt wie Teenager genossen wir die Gegenwart und die Liebe des anderen als den allerkostbarsten Schatz.

Gewiss, ich hatte in meinem Leben schon etliche heiße Nächte verbracht, glühend vor Leidenschaft und wildem Sex. Aber noch nie vorher war ich so erfüllt von Liebe und sinnlichem Begehren gewesen, wie in diesen Stunden mit Florentine. Das Allerschönste aber war, dass wir nicht nur von unseren Sinnen durch Tag und Nacht getragen wurden, sondern dass wir so viel alberten und lachten, als wären wir tatsächlich Teenager, die dabei waren, jung und unschuldig das Land der Liebe zu erobern.

Wer da glaubt, für Liebe braucht man Platz, der irrt. Man benötigt tatsächlich einfach nur den geliebten Menschen und sonst weiter gar nichts. Ich staunte am allermeisten über mich selbst. War das wirklich der gleiche Constantin Fehringer, der sich über bedingungslose Liebe eigentlich eher lustig gemacht hatte? Und nun? Ich war einfach nur glücklich und wünschte mir nichts sehnlicher, als mein Mädel bis in alle Ewigkeit in meinen Armen halten zu können

Aber, das war mir auch neu: im hintersten Winkel meines Herzens blitzten kleine Angstgedanken auf, die mich befürchten ließen, dass eine solche Glückseligkeit nicht andauern könnte.

Eilig wischte ich diese Regungen weg, denn nichts, aber auch gar nichts deutete darauf hin, dass meine glückliche Hochstimmung nicht anhalten könnte, denn auch Florentine schwang ja mit mir gemeinsam auf dieser Wolke von innigem Glück.

Nun war es also klar, wir waren ein Paar. Ich hätte es am liebsten herausgeschrien, es allen Leuten gesagt und auch mir selbst immer wieder klargemacht, dass Florentine meine war, meine Flo-

119

rentine, dass wir zusammengehörten und dass es daran absolut keinen Zweifel gab.

Florentine wollte das Osterfest, das in Urmenau für die Familie, wie auch für den gesamten Ort eine große Sache war, dazu nutzen, mich als neues Familienmitglied vorzustellen. Sie selbst war an diesen Tagen in diverse kirchliche Rituale eingebunden, die der Tradition geschuldet waren und die sie selbstverständlich absolvierte. Die Ebelings waren zwar kaum religiös festgelegt, respektierten jedoch auch die kirchlichen Traditionen, die mit Ostern verbunden sind. Florentine kümmerte sich in diesem Rahmen dabei besonders um die Kinder und Jugendlichen, für die das große Ostereiersuchen der Höhepunkt des Festes war, wie ich es amüsiert beobachten durfte.

Wie immer bei den Dorffeiern wurde üppig getafelt, und ich genoss wieder die liebevolle Atmosphäre und die gute Laune, die am Tisch der Familie Ebeling herrschte.

Außer mir waren derzeit keine Pensionsgäste im Haus. Allerdings war dieses Mal auch Sebastian dabei, dessen Ausbildung in Frankreich beendet war und der nun, von neuen Erkenntnissen erfüllt, seine Arbeit als Landwirt wieder aufgenommen hatte und diese im Familienbetrieb ausbauen wollte.

Mit einigem Erstaunen war zur Kenntnis genommen worden, dass Florentine und ich und gemeinsam zum Osterfest angereist waren. Da wir jedoch beide aus München kamen, hielt sich das Befremden in Grenzen, denn als Freund der Familie, der den Dorffesten beiwohnte, war ich ja inzwischen den Dörflern bekannt.

Für etwas familiäre Aufregung sorgte dann erst Florentine, als sie darum bat, dass sich alle Ebelings am Osterdienstag zu einem kleinen Abendimbiss und einem Gläschen Wein zusammenfinden sollten, sie hätte etwas mitzuteilen.

Als alle versammelt waren, richteten sich alle Augen auf mich, denn es musste ja wohl mit mir zu tun haben, daß auch ich zu dieser außerordentlichen Zusammenkunft gebeten wurde. Ich hatte Florentine gefragt, ob ich bei ihren Eltern um ihre Hand anhalten sollte. Sie antwortete mir etwas ärgerlich, dass ich mich unterstehen solle, sie wäre ihr eigener Mensch und träfe Entscheidungen für ihre Person auch alleine. Sie bräuchte dafür keine Zustimmungen und nicht einmal Ratschläge.

Ja, so war mein Schatz, eigenwillig und eigensinnig. Ich lächelte innerlich und war gespannt auf die Reaktion meiner künftigen Schwiegerfamilie, von der ich mir wünschte, dass sie nicht allzu erschrocken sein würde über den überraschenden Schwiegersohn.

So schlug es dann doch wie eine Bombe ein, als Florentine in einfachen Worten mitteilte, dass sie und ich seit wenigen Wochen ein Paar wären und eine gemeinsame Zukunft planten.

Niemand sagte nach dieser überraschenden Verkündigung ein Wort. Ratlos sahen sich alle an. Mutter Elsa alleine sagte nach einer Weile staunend: "Aber wir ahnten ja nicht ..." Und dann ergoss sich ein Stimmengewirr über uns, das erst einmal sortiert werden musste, bis wir alle Fragen beantworten konnten, die sich uns stellten. Flo fragte seine Schwester, wie es denn mit ihrer Beziehung zu Lars stände, der sich doch sicherlich auf Gemeinsamkeit mit ihr Hoffnungen gemacht hätte. Ich war froh, dass er diese Frage stellte, die ich selbst bisher nicht gewagt hatte anzuschneiden. "Ja, was war mit Lars?" auch ich wartete gespannt auf ihre Antwort. Florentine entgegnete ernst, das sie ihm nie Versprechungen gemacht hätte, ihn vielmehr bewusst auf Abstand gehalten habe. Ja, auch sie hatte ihn zeitweise durchaus als möglichen Partner in Betracht gezogen, aber bereits in Teenagerzeiten hatte sie ihm schon klargemacht, dass sie sich nicht so früh binden, sich nicht so früh festlegen wolle wie ihre Geschwister und dass sie noch viel Zeit für die eigene Entwicklung bräuchte. Ja sie hätte ihm sogar mehrfach unmissverständlich erklärt, dass er besser nicht mit ihr rechnen solle, sie rate ihm vielmehr, sich vorsorglich unter den anderen Töchtern des Landes umzusehen, denn sie selbst wüsste nicht einmal, wohin für sie die Reise hingehen könnte. Und damit

121

meinte sie Persönliches und Berufliches. Fairerweise, so versicherte sie jetzt ihrem Bruder, wolle sie Lars noch einmal persönlich klarmachen, dass sie nunmehr gebunden sei, denn sie wüsste natürlich, dass er sich weiter Hoffnungen mache.

Nach der Schockstarre, in die im ersten Moment die Anwesenden gefallen waren, riefen und fragten nun alle durcheinander: "Und was ist mit deinem Studium, was ist mit unserem Hofkonzept, wo wirst du wohnen, was soll aus deinen Pferden werden, welche Rolle wird die Familie für dich in der Zukunft spielen?" Vater Ebeling stand langsam auf und sagte mit laut tönerner Stimme. "Halt! Lasst das Mädel in Ruhe, sie muss selbst entscheiden, wohin ihr Weg sie führt. Sie wird uns schon rechtzeitig sagen, welchen Platz wir in ihrem Leben behalten."
Alle hielten erschrocken inne und mancher angefangene Satz blieb in der Luft hängen, ohne zu Ende gesprochen zu werden. Jeder der Ebelings schaute fassungslos auf den Vater, weil der als Familienmitglied sonst der ruhende Pol war und sich nur selten äußerte, schon gar nicht in der autoritären Weise, wie soeben. Jetzt setzte er sich wieder und sein Gesicht war genauso verschlossen, wie man das von ihm gewohnt war. Von ihm wanderten die Blicke der Anwesenden zu Florentine und auch zu mir, sodass ich mich ebenfalls aufgefordert sah, mich zu äußern. Ich nahm dazu die eiskalte Hand meiner Florentine, die ganz dicht, wie schutzsuchend, neben mir saß und ich schaute jedes einzelne Familienmitglied nacheinander an: "Ich verstehe nur zu gut, dass die Nachricht von unserer Liebe für viel Aufregung und auch Unverständnis sorgt. Auch wir sind davon überrascht, dass es uns passiert ist. Aber wir sind überglücklich und wollen gemeinsam in eine spannende Zukunft gehen."
Ich versicherte dann noch, dass ich Florentines Ambitionen mit allen, mir zur Verfügung stehenden Möglichkeiten unterstützen werde. Auch die Zugehörigkeit zu ihrer Familie soll keine Minute in Frage gestellt werden. Und ich würde es als Ehre betrachten, künftig ebenfalls zu dieser Familie zählen zu dürfen. Es war

mir ein Bedürfnis zusätzlich zu erläutern: "Wir beide, Florentine und ich, werden viel Zeit dafür aufwenden, die Komplikationen, die sich für alle Beteiligten durch unsere neue Situation ergeben, aufzudröseln, damit niemand gefühlsmäßig, aber auch beruflich nicht, auf der Strecke bleibt. Wir wissen ja selbst noch nicht genau, wie alles aussehen wird und was sich für uns ergibt, aber Urmenau ist nicht aus der Welt und soll auch für uns ein wichtiger Standort bleiben. Ich bitte also um euer Vertrauen und versichere, dass ich alles dafür tun möchte, Florentine glücklich zu machen." Nach einem kurzen Schweigen bedeutete Vater Ebeling seiner Frau, die Sektgläser auf den Tisch zu stellen, damit die Familie mit dem besten Jahrgang des Ebelingschen Rebensaftes auf unser Glück anstoßen könne.

Wieder einmal war ich beeindruckt von der Haltung dieser groß-artigen Menschen, die uns ohne einen einzigen negativen Ein-wand gratulierten, uns umarmten und uns einfach nur von Her-zen Glück wünschten.

Ich sah in Florentines erleichtertes Gesicht und dachte an mein eigenes kompliziertes Umfeld mit all den Vorbehalten, die bei uns üblich waren. Ich hoffte nur, dass es mir gelingen kann, auch bei meinen snobistischen Freunden, sowie auch den Geschäfts-verbindungen, besonders aber in meiner Familie auf das nötige Verständnis zu stoßen, was erst ein harmonisches Miteinander ermöglichen würde. Die Einstellung meiner Angehörigen dazu, das ahnte ich schon jetzt, könnte deutlich sperriger verlaufen.

Ich selbst war also erst einmal erleichtert, dass die erste Hürde genommen war und ich Eingang gefunden hatte in den Kreis meiner Lieblingsfamilie, der ich mich nun sogar als zugehörig betrachten durfte. Meine Florentine allerdings war den gesamten Weg während unserer Rückkehr nach München wortkarg. Ich wagte gar nicht, in ihr trauriges Gesicht zu sehen und spürte welch ein innerer Kampf in ihr tobte. Wir wussten ja beide nur zu gut, dass unser persönliches Glück auch mit weiteren Ab-schieden von Florentines ursprünglicher Lebensplanung verbunden war. So behielt ich ihre kalte Hand nahezu die gesamte Fahrstrecke über tröstend und wärmend in meiner Hand.

Für uns selbst gab es in den darauffolgenden Wochen also viel zu klären, zu diskutieren und nachzudenken. Aber das Glück, dass wir einander hatten, überwog in dieser schweren Zeit und wir waren sicher, dass es uns gelingen würde, richtige Entscheidungen zu treffen, die gut für uns waren und niemanden auf der Strecke zurücklassen mussten.

Wenn ich aber gedacht hatte, dass es relativ problemlos sein würde, Florentine in meinen eigenen Alltagsablauf einzugliedern, so sah ich mich gehörig getäuscht. Sie machte mir auch unmissverständlich klar, dass sie mit mir leben wollte, aber keine Lust dazu hätte, ausschließlich mein Leben zu führen. Sie gab mir in diesem Zusammenhang zu verstehen, dass es selbstverständlich für sie sei, alle Menschen kennenzulernen, die mir wichtig sind. Sie wäre natürlich auch bereit, mich zu wichtigen beruflichen Anlässen zu begleiten und mir zur Seite zu stehen. Dafür wäre es ihr zudem ein Anliegen, das dafür nötige Hintergrundwissen zu erwerben, um meine Belange mit mir besprechen zu können, zu verstehen, was mich bewegt und welche Sorgen oder Pläne ich habe. Vorrangig für sie aber sollten ihre eigenen Angelegenheiten sein, die sie engagiert weiterverfolgen wolle, das müsse ich ebenfalls akzeptieren.

Ich mochte mit ihr darüber vorerst keine Grundsatzgespräche führen, denn ich setzte auf unsere Verbundenheit, in der sich ihr ernsthaftes Interesse im Laufe der Zeit sicherlich auch auf meine beruflichen Pläne erstrecken würde. Denn mir schwebte natürlich vor, dass meine zukünftige Frau nicht nur den Alltag, sondern auch meine beruflichen Ambitionen mit mir teilen würde. "Kommt Zeit, kommt Rat" dachte ich optimistisch. Zuerst wollte ich ihr Gelegenheit geben, sich an die Situation an meiner Seite zu gewöhnen. Dafür musste sie in vieler Hinsicht ihre bisherige Lebensplanung deutlich umstellen und sich auch von eigenen lieben Gewohnheiten verabschieden. Das wäre für sie sicherlich schwer genug.

Wunderschön war es jedenfalls, Florentine jeden Tag bei mir zu haben. Obwohl sie es rundweg abgelehnt hatte, ihre kleine Studentenwohnung zeitnah aufzugeben, waren doch ihre persönlichen Sachen im Laufe der letzten Wochen in mein Penthaus gewandert. Ich gestand ihr, innerlich widerstrebend, zu, dass sie sich mit der eigenen Wohnung einen Fluchtweg offenhielt und ein letztes Stück Freiheit sicherte. Darauf angesprochen, widersprach sie mir vehement: "wenn ich einmal entschieden bin, dann bleibt das so, das müsstest du von mir bereits wissen" räsonierte sie, "aber es gibt mir das gute Gefühl, nicht komplett in einer Abhängigkeit gelandet zu sein.

Wir beide genossen es nun sehr, nebeneinander aufzuwachen, durch den Park zu joggen, miteinander zu frühstücken und dann, jeder für sich, in den Tag zu starten und uns dann wieder auf den gemeinsamen Abend zu freuen.

Florentine war eine fleißige Studentin, die ihre Semester grundsächlich mit Bravour abschließen wollte. Sie brauchte dafür genügend Zeit zum Lernen. Sie handelte mit mir aus, dass neben der knappen Zeit die wir gemeinsam hatten, auch noch Platz für regelmäßige Besuche nach Urmenau übrigblieb, die wir manchmal gemeinsam, sie aber auch oft alleine absolvierten. Ich bemerkte sehr wohl, dass sie immer ein wenig Traurigkeit im Herzen hatte, wenn sie zurückkam, und mir war klar, dass sie ihre Familie und ihr dörfliches Umfeld sehr vermisste.

Ich setzte auf den Faktor Zeit, der schon alles richten würde und versuchte, ihre schwarzen Gedanken wegzuküssen.

Meine Eltern und Geschwister hatte ich schon vor einiger Zeit davon unterrichtet, dass es nun Florentine in meinem Leben gibt und welche Rolle sie in meinem Herzen spielt. Diese Nachricht wurde dann auch erwartungsgemäß kommentiert. Alle Einwände gegen meine neuen Pläne waren verständlicherweise dann auch von der Enttäuschung gefärbt, dass Leonie, die ja von allen geschätzt wurde, nicht mehr an meine Seite gehören sollte.

Besonders meine Mutter und meine Schwester waren enttäuscht darüber, dass ich eine unbestreitbar wertvolle Frau gegen ein so "junges Ding vom Lande" eingetauscht hatte. Da bekam ich zu hören, dass ich dabei war, mich lächerlich zu machen. "Von dem Altersunterschied will ich nicht reden", äußerte meine Mutter missbilligend.

"Wie will ein solches Mädelchen sich in unseren Kreisen behaupten? Sie hat keine Erfahrungen in Bezug auf gesellschaftliche Pflichten, sie spricht kaum andere Sprachen, spielt weder Golf noch Tennis und ist mit Sicherheit in Bezug auf Smalltalk völlig hilflos", ergänzte meine Schwester, die ebenfalls keinen Hehl daraus machte, wie sehr sie es bedauerte, ihre Freundin Leonie nicht mehr als Schwägerin sehen zu können.

"Alles, was man für unsere Stellung wissen muss, wird Florentine von mir lernen", erwiderte ich ungehalten, "und was ihre Jugend anbetrifft, so macht sie das leicht wett mit dem Ehrgeiz, der auch allen ihren eigenen Plänen und ihrem Studium zugrunde liegt."

"Und wie sieht es mit Euren gemeinsamen Plänen aus?", warf mein pragmatischer Vater ein, "interessiert sie sich für unsere Firma, ist damit zu rechnen, dass sie künftig darin eine Rolle spielen wird? Wenn sie Tiermedizin studiert, wie passt das zu unseren Firmenkonzepten?"

"Das alles wird sich finden", erklärte ich verärgert, "ich werde ihr jedenfalls keinen Druck machen, sich ad hoc von ihren bisherigen Plänen zu verabschieden und sich komplett meinen Interessen zuzuwenden. Es liegt nun an mir, sie von meinen Plänen und unserer Firma zu überzeugen und zu begeistern."

Meine Geschwister enthielten sich erst einmal ihrer Stimmen, aber ihren abschätzigen und zweifelnden Einwürfen war zu entnehmen, wie sie zu meiner "unsagbaren Entscheidung", wie meine Schwester es nannte, standen. Meine Schwester machte ohnehin aus ihrem Missfallen absolut kein Hehl.

Ich war froh, dass ich die Diskussion um meine Beziehung zu Florentine im Vorfeld ausgefochten hatte. Es wäre mir sehr arg gewesen, wenn ich meine Liebste mit den unzähligen Vorbehalten hätte konfrontieren müssen, die meine Leute mir nicht ersparten.

Allerdings konnte ich sicher sein, dass meine Eltern, wie auch meine Geschwister es nicht an der gebotenen Höflichkeit und auch Freundlichkeit fehlen lassen würden, wenn sie Florentine persönlich begegneten.

Außerdem war ich mir sicher, dass mein Zauberwesen auch die Herzen meiner Familie gewinnen würde, wenn sie es denn wollte. Aber das war auch ein großes Fragezeichen, das ich mir eingestehen musste, denn Florentine konnte spröde und abweisend sein, genauso, wie hinreißend charmant und herzlich.

Sie entsprechend zu briefen nützte bei ihr wenig, eigensinnig, wie sie war. Also hieß es für mich, gespannt und zugegeben etwas angespannt, abzuwarten, wie ihr Einstand in meinen Familienkreis sich gestalten würde.

Meine kluge Mutter wählte für die Einführung von Florentine ein Familientreffen am Nachmittag. Die Familienatmosphäre war dann auch einigermaßen entspannt, sodass Florentine tatsächlich freundlich willkommen geheißen wurde. Die fünf netten Kinder meiner Geschwister, im Alter von 3-12 Jahren hatten daran einen großen Anteil. Sie waren zwar anfänglich etwas verlegen, tauten jedoch ganz schnell auf, nachdem sie verstanden hatten, dass die junge Dame an der Seite ihres Lieblingsonkels jetzt zu unserer Familie gehören sollte. Entsprechend wurde sie gleich in Beschlag genommen

Florentine, die sich auf den Umgang mit Kindern ja perfekt versteht, fand sofort Zugang zu der kleinen Rasselbande, sodass es dann nicht ganz einfach war, sie wieder loszueisen, damit sie sich auch dem Umgang mit den Erwachsenen stellen konnte.

Diese, das beobachtete ich zufrieden, sahen das junge Mädchen, gegen das ja so viel Vorbehalte geäußert worden waren, zunehmend mit milderen Augen. Sie nahmen erstaunt zur Kenntnis, wie entzückt die Kiddies von ihr waren, wie sie sich von ihnen vereinnahmen ließ und wie sie ausgelassen mit ihnen lachte und spielte.

So war dann auch die Äußerung meiner Mutter, dass dieses "Dorfmädchen" wie sie sich vorher ausgedrückt hatte, doch eigentlich ganz reizend sei. Man müsse nun abwarten, wie sie sich auch gesellschaftlich schlagen würde, wenn sie an meiner Seite entsprechende Pflichten in der Öffentlichkeit zu absolvieren hätte.

Aber genau das sollte sich als erster kleiner Streitpunkt zwischen mir und meiner Liebsten herausstellen. Ich erwartete schließlich von meiner zukünftigen Frau, dass sie mich zu wichtigen Terminen begleitete, die auch fast immer einen geschäftlichen Hintergrund hatten. Florentine aber hatte wenig Lust, als meine "Dekoration", wie sie es nannte unterwegs zu sein. Sie meinte, ihre Zeit wäre viel zu kostbar, um sie mit sinnfreiem Blabla zu vergeuden. Es war nicht einfach, sie davon zu überzeugen, dass es zu meinem Beruf gehört, mich bei kulturelle Events zu zeigen, für mich wichtige Leute zu treffen, oder meine Mutter bei ihren Benefizveranstaltungen zu unterstütztn.

Nach ellenlangen Diskussionen einigten wir uns schließlich darauf, dass Florentine mich nur zu wenigen, besonderen Terminen begleiten sollte. Dazu zählten für mich auch Festivitäten wie Filmfestspiele, Presseball und einige wenige Jubiläen z.B. die von Geschäftsfreunden, den Sportvereinen oder Geburtstagen von prominenten Leuten. Dafür wurde von mir selbstverständlich erwartet, dass ich von meiner Partnerin begleitet würde.

Als ich alle diese Termine für Florentine aufgelistet hatte, war ich selber erschrocken, dass es so viele Pflichtdaten waren, die wir abzuarbeiten hatten. Gemeinsam mit meiner Liebsten gingen wir dann noch einmal die Namensliste durch und überlegten genau, wo dabei tatsächlich ihre Anwesenheit unabdingbar wäre. Es stellte sich heraus, dass übers Jahr eine ganz schön lange Latte zusammenkam. Stellten wir Florentines eigene Pflichtdaten daneben, blieb für unsere gemeinsamen Unter- nehmungen erschütternd wenig Zeit übrig. Seufzend versicherten wir einander, dass wir besonders sorgfältig abwägen wollten, was wir davon noch unter den Tisch fallen lassen könnten, denn auch Urmenau sollte ja ein wichtiger Fixpunkt für uns beide, besonders aber für Florentine bleiben.

Einig waren wir darin, dass wir uns durchaus solchen Überlegungen stellen mussten, denn es ging ja darum, gemeinsame Wege zu finden. Dazu gehörte eben auch das Interesse für die beruflichen Verpflichtungen des anderen.

Für die erste diesbezügliche Bewährungsprobe sollte es dann auch bald einen Anlass geben. Meine Mutter bat uns, sie zu einer Opernpremiere zu begleiten. Sie konstatierte, dass das eine gute Gelegenheit wäre, Florentine dezent bei einem kleinen Teil der Münchner Gesellschaft einzuführen und sie einigen namhaften Leuten vorzustellen.

Als ich Florentine das unterbreitete, erwiderte sie ganz erschrocken, dass sie in Bezug auf klassische Musik ganz unwissend sei. Sie habe tatsächlich noch nie eine Oper besucht. In Urmenau waren ja nur die Volksweisen bekannt, die im Chor, mit Klavierbegleitung und als Flötenunterricht für die Kinder üblich waren. Und über Abendgarderobe verfüge sie auch nicht. "Was soll ich bloß anziehen?" klagte sie, "ich bin für solche Festivitäten absolut nicht ausgestattet" Meinen Vorschlag, mit ihr einkaufen zu gehen, lehnte sie brüsk ab. So lieh sie sich von Paula ein festliches Kleidchen, dass für ihre schlanke Figur noch ein wenig abgeändert werden musste. Paula war es dann auch, die extra nach München anreiste um Florentines Haarpracht zu einem dekorativen Knoten im Nacken aufzustecken, der ihre kleine Schwester dann ein wenig exklusiver und erwachsener erscheinen lassen sollte.

Als wir beide fertig angekleidet waren, schaute ich mir mein Mädel etwas zweifelnd an. Das Festgewand von Paula war recht hübsch, aber elegant geht anders, dessen war ich mir bewusst. Aber auch, dass wir in Bezug auf die äußere Erscheinung meiner Zukünftigen wohl noch ein wenig Arbeit vor uns hätten. Die jedoch wollte ich nicht gleich komplett verschrecken und setzte darauf, dass Florentines zauberhaftes Aussehen die Mängel einer etwas unangemessenen Kleidung wettmachen würde.

Und dann kam alles noch viel schlimmer, als ich das hätte ahnen können. Unser gemeinsamer Auftritt war ein einziges Spießrutenlaufen. Mit meiner Mutter angefangen, die ihre künftige Schwiegertochter von oben bis unten musterte. Sie verbarg nur mühsam ihr niederschmetterndes Urteil und sagte lediglich, dass es wohl besser sei, in Zukunft gemeinsam eine Garderobenauswahl zu treffen.

Ich war froh, dass unsere Familie in der Oper über eine geräumige Loge verfügt, in der wir auch Gäste willkommen heißen können. Schon vor Beginn der Vorführung kamen laufend Bekannte vorbei, um uns zu begrüßen, sicherlich aber auch, weil sich wie ein Lauffeuer herumgesprochen hatte, dass Leonie nicht mehr die Frau an meiner Seite war, sondern ein blutjunges Ding, das nun kritisch und auch hämisch taxiert wurde.

Florentine stand schüchtern neben mir und versuchte, liebenswürdig den vordergründig freundlichen Begrüßungen und Vorstellungen zu begegnen. An ihrem Auftreten war nichts auszusetzen, aber ihr war die Unsicherheit anzumerken, mit der sie versuchte, dem auf sie niederprasselnden Smalltalk souverän zu begegnen.

Ich spürte, dass sie sich ihres schlichten Kleidchens bewusst war, das sich fast ärmlich gegen das Gewoge der uns umge- benden Luxusroben abhob. Ich dachte bei mir, dass es meine Aufgabe war, mein Mädchen davon zu überzeugen, dass es keineswegs ehrenrührig ist, wenn sie sich von mir mit einer passenden Garderobe ausstatten läßt, die man ja auch als eine Art von Berufskleidung betrachten könne. Es war natürlichunabdingbar, dass Florentine sich auch in optischer Hinsicht denarroganten münchner Snobs gewachsen fühlen kann.

Ich hatte sehr wohl die kritischen Blicke registriert, von denen Florentine gestreift wurde und ich mochte nicht wissen, welche gehässigen Kommentare dabei die Runde machten.

Man sollte nicht glauben, wie viele von den kleinen Themen, denen man bisher keine Aufmerksamkeit geschenkt hatte, nun noch besprochen und reguliert werden mussten, weil sich mit mir und Florentine zwei Welten getroffen haben, die unterschiedlicher nicht sein könnten und nun irgendwie kompatibel ge-machen werden müssen. Die Garderobenfrage war nur eine davon. Die Koordination meiner Termine, ihrer Termine und unserer gemeinsamen Termine waren ebenfalls nur einige der komplizierten Punkte, die unter ein Dach gebracht werden mussten. Zudem lag mir daran, dass sich bei kleinen gemeinsamen Reisen meine Welt behutsam sicherlich auch meiner Liebsten erschließen würde.

Eine Einkaufsreise nach Paris sollte jetzt erst einmal so schnell wie möglich dafür sorgen, dass eine passende Garderobe für die künftigen Auftritte meiner Verlobten bereitstand. Allerdings musste ich für die kleine Reise von nur einer Woche mit den passenden Argumenten ein wenig tricksen. Dafür stellte ich nicht den geplanten Einkauf, sondern einen Stadtbummel durch Paris in den Vordergrund, damit Florentines Aversion gegen das ungeliebte Ausgestattetwerden ihr nicht die Lust auf die Stadt der Liebe vergällen würde.

Zuversichtlich setzte ich darauf, dass die Freude an schöner Kleidung den Frauen schließlich in den Genen angelegt sei und auch für meine Florentine ansteckend sein müsste. Ich hatte bereits in der Vergangenheit mehrfach meine Schwester, meine Mutter, oder auch Freundinnen zu Modeschauen und Messen nach Paris oder Mailand begleitet und pflegte auch Kontakte zu namhaften Modehäusern, die mit unserer Firma auch gelegentlich gemeinsame Werbekampagnen geplant hatten oder für deren Modestrecken von uns passende Kosmetiklinien entworfen worden waren.

Ich überlegte nun, wo wir Einkäufe tätigen könnten, die Florentines Typ entsprechen, die nicht zu elegant wirken, aber dennoch für anspruchsvolle Auftritte geeignet sind.

Die großen Modehäuser befand ich dafür als wenig geeignet. Ich befragte dazu also meinen bewährten Fotografenfreund Lorenzo, der ja im Modezirkus daheim war, nach seinen Empfehlungen. Er bot mir sogleich begeistert an, uns zu begleiten. Für Florentine verschrieb er uns ein neues Atelier in Paris, das von zwei jungen Frauen betrieben würde, die er gut kannte. Diese, eine Engländerin und eine Französin, machten derzeit von sich reden, weil sie zauberhafte junge Mode entwarfen. Der Name dieser neuen Modelinie trug den Namen „Duft der Straßen von Paris". Lorenzo verhieß mir Überraschendes.

"Sie wird Euch gefallen, die etwas futuristische Mode der beiden Mädels, wie sie genau zu Florentine passt", versprach er.

Bewusst hatte ich für unsere Parisreise die ersten drei Tage ja weitgehend freigehalten. Außer einem Besuch im Louvre, dem berühmten Kunstmuseum, dem Pflichtprogramm für jeden Neubesucher in Paris, ließen wir die Atmosphäre dieser romantischen Stadt auf uns wirken. Wir nahmen uns Zeit, in uralten kleinen Gassen zu bummeln, antike Kirchen zu bewundern und in kleinen Bistros zu essen oder auf der Straße zu sitzen und hier und dort einen Espresso zu trinken und dazu köstliche Petit Fours zu probieren. Es machte mir riesigen Spaß, meiner Floren-tine so ein ursprüngliches Paris vorzustellen.

Mitten in der Altstadt lag das kleine altmodische Hotel, in dem ich uns eingebucht hatte und in dem ich immer gerne wohnte, wenn ich allein in Paris war. Oftmals hatte ich in der Vergangenheit auch in einem der Luxuspaläste residiert, wenn ich mit Freunden unterwegs gewesen war oder meine jeweiligen Freundinnen beeindrucken wollte. Florentine aber sollte Paris so erleben, wie es vor dem üblichen Touristenstrom verborgen bleibt, wie es aber das Herz berühren kann.

So freute ich mich denn auch mit ihr, wenn sie Details entdeckte, die sie regelrecht in Verzückung geraten ließen. So bewunderte sie beispielsweise die antike Badewanne mit den verschnörkelten Emailleeinlagen an den Armaturen in unserem schmalen Hotelbad, oder sie brach in Jubel aus, wenn sie die fantasievollen

Türknäufe aus Messing an den alten Türen entdeckte. Ihre kindliche Begeisterung machte auch mich glücklich und ließ mich Paris noch einmal aus einem ganz anderen Blickwinkel erleben als ich das bisher zu sehen gewohnt war.

Ohne Termindruck ließen wir uns glücklich dahintreiben, genossen die Nähe des anderen und spürten, wie wir uns immer wichtiger wurden. Das antike Paris bot uns dafür eine zärtliche Kulisse.

Aber der allerschönste und intensivste Bummel hat ja auch irgendwann mal ein Ende und so wurde es Zeit, uns dem wesentlichen Grund für unseren Paristrip zuzuwenden. Florentine hatte dazu zähneknirschend ihre Zusage gegeben, nichtsahnend welche Ausmaße die geplanten Einkäufe annehmen sollten.

Zunächst wollten wir uns dafür mit Lorenzo treffen und mit ihm gemeinsam unsere geplante Einkaufstour beginnen. Diese beabsichtigten wir, mit Muße zu erledigen. Aber die Muße konnten wir uns abschminken. Es ergaben sich immer neue Notwendigkeiten in Bezug auf eine komplette Garderobe für meine Liebste, die ja für alle Gelegenheiten ausgestattet werden sollte. Es gab kein Zurück, wir mussten alle Besorgungen erledigen, um dieses Thema für die nächste Zeit hinter uns zu haben.

Der Mitwirkung meines Fotografenfreundes Lorenzo bei dem geplanten Einkaufsbummel sah ich mit gemischten Gefühlen entgegen, denn ich kenne die Übereifrigkeit dieses Ehrgeizlings nur zu gut. Wenn es um seine Fotoziele geht, kennt er keine Bremse und würde für ein gelungenes Foto seine Oma verkaufen. An seine Selbstlosigkeit mochte ich also nicht recht glauben und ermahnte mich dazu, lieber auf der Hut sein, als ihm zu viel Vertrauen zu schenken. damit sein Eifer mir nicht einen Strich durch die Rechnung macht, und meine Florentine überforderte. Andererseits kennt sich Lorenzo in der Modewelt super gut aus und kann uns sicherlich behilflich sein, zügig unsere Kaufziele zu erreichen. Lorenzo holte uns von unserem Hotelchen ab und dirigierte das Taxi zu der angegebenen Adresse am Rande der

Stadt. Etwas ratlos standen wir zunächst vor einem Komplex von zusammenhängenden, großen, alten Backstein-Fabrik-gebäuden und hatten einige Mühe, den Eingang zu dem gesuch-ten Atelier zu finden. Ein uralter, geräumiger, klappriger, für die Personenbeförderung umfunktionierter Lastenaufzug brachte uns in die dritte Fabriketage und hielt direkt in einem riesigen Loft, wo wir inmitten einer Werkstatt, umgeben von Stoffballen und Nähmaschinen, landeten. Eine Dame mittleren Alters, die sich als Direktrice Claudine vorstellte, lotste uns durch dieses geschäftige Gewusel bis hin zu einer überdimensional großen, schmucklosen Flügeltür, die weit geöffnet in eine weitere hohe Fabrikhalle führte. Auch hier stapelten sich Stoffe und Näh-zubehör. Um ganze Legionen kopfloser Schneiderpuppen waren bunte Stoffbahnen drapiert und an fahrbaren Metallständern baumelten lange Reihen von unzähligen Kleidungsstücken. Eine Ecke des Riesenraumes war hell erleuchtet und mit weißen Papierbahnen ausgelegt. Mehrere Fotografen lichteten farben-frohe Kleidungsstücke ab, die von zwei jungen Frauen emsig herbeigeschleppt wurden. Claudine bedeutete uns, auf herum-stehenden Stühlen Platz zu nehmen und bat uns mit nervösen Gesten, die Fotosession nicht zu stören. Sie setzte sich neben uns und erläuterte das Geschehen vor uns flüsternd auf Englisch, damit auch Florentine, die nur ein paar Brocken Französisch verstand, der Übersetzung einigermaßen folgen konnte.

Interessiert betrachteten wir die Models, die eilig vorbeide-filierten und bezaubernde Mode an uns vorbeitrugen, um sie fotografieren zu lassen. Statt einer Begrüßung winkten uns die beiden Akteurinnen, die das ganze Geschehen managten und riefen uns ihre Namen, Claire und Joleen, zu. Durch die Foto-strecke, deren Zuschauer wir sein durften, erhielten wir bereits einen vielseitigen Eindruck von dem Stil der Mode, die von ihrem Atelier repräsentiert wurde. Direktrice Claudine erläuterte jedes einzelne Modell und erklärte auch die dafür verwendeten Stoffe. Sie betonte mehrfach, dass es hier in dieser Fabrikation ein wichtiges Anliegen sei, nur wertvolle und natürliche Stoffe zu verwenden, die auch ausschließlich mit Naturfarben behandelt worden sind. "Und", setzte sie stolz hinzu, das habe natürlich seinen Preis. Sie bat uns, ihr mitzuteilen, welche der Modelle uns besonders gefielen und notierte dies dann auf einem mitgebrachten großen Notizblock.

Lorenzo setzte sich zu uns, nachdem er die beiden Modeschöpferinnen mit dem üblichen Wangenkuss begrüßt hatte, ohne dass diese in ihrer Arbeit innehielten.

"Naaaa?", äußerte er sich fragend, besonders an Florentine gewandt, "welchen Eindruck habt ihr?". "Wunderschön" erwiderte sie hingerissen, "jedes einzelne Stück ist zum Verlieben schön."

"Wusste ich es doch!" rief mein eitler Lorenzo, "Ich weiß einfach, was meinen Lieblingsmodellen steht. Hier wird junge Mode gemacht, die eine so außergewöhnliche Schönheit wie Florentine nicht verkleidet, sondern ihre Vorzüge noch unterstreicht."

Mein Seitenblick auf Florentine zeigte mir, dass sie nicht ihre übliche, konsequente Abwehrhaltung eingenommen hatte wie immer dann, wenn von ihrem Aussehen die Rede war, sondern dass sie selbst auch von den schönen Kleidern und der bunten Umgebung derart angetan war, dass sie seine Worte gar nicht richtig wahrnahm. Ich aber war auf der Hut und lenkte unsere Gespräche in weniger gefährliche Bahnen.

Als Claire und Joleen endlich Zeit für uns hatten, sparten wir nicht mit unserer begeisterten Anerkennung und ließen uns von ihnen beraten, welche Auswahl wir für Florentines Ausstattung treffen sollten. Besonders die Engländerin Joleen musterte Florentine immer wieder interessiert und nötigte sie, eine Reihe von Kleidern, Jacken, Mänteln und Kostümen anzuprobieren, die sie mit raschen Bewegungen immer wieder von den Bügeln nahm. Widerwillig ließ Florentine sich auf die Prozeduren des Anprobierens ein. und kam dann jeweils aus der Ankleidekabine, um mein Urteil einzuholen. Die beiden Modeschöpferinnen konnten kaum fassen, wie gut nahezu alle ausgesuchten Modelle ihrer künftigen Kundin passten und auch standen. Sie machten aus ihrer Bewunderung für deren Aussehen und ihre Ausstrahlung keinen Hehl und meinen guten Fotografenfreund musste ich zurückhalten, damit er mein eigenwilliges Mädel nicht auchnoch verschreckte und mit seinen übereifrigen Angeboten möglicherweise riskierte, dass die ganze Einkaufstour in Frage gestellt wurde. Dennoch machte er von jedem der Kleider die sie anprobierte, ein Foto. Auf ihre misstrauische Frage, was er damit vorhabe, versicherte er scheinheilig, dass er diese auf keinen Fall veröffentlichen würde. Er wolle sie vielmehr mir und ihr zum Geschenk machen, damit es uns dann künftig leichter fallen würde, Florentines Garderobe je nach Anlass zusammenzustellen. Tatsächlich erleichterten diese Aufnahmen bereits nach Beendigung der unzähligen Anproben, die Florentine über sich ergehen lassen musste, die Auswahl der Garderobe die wir bestellen wollten, und auch das Ergänzen durch die dazu passenden Accessoires.

Ich musste zugeben, dass Lorenzo mit dem „Duft der Straßen von Paris" genau den richtigen Instinkt gehabt hatte, denn wir wurden tatsächlich üppig fündig und konnten fast sämtliche Garderobenteile ordern, die Florentine für alle Anlässe benötigen würde und für die wir sie ausstaffieren wollten.

Joleen stellte für die Modelle auch eine Auswahl von Schuhen bereit, die sie telefonisch bei einer befreundeten Firma orderte und die gleich in der passenden Größe angeliefert wurden.

Gemeinsam sichteten wir also die von Lorenzo angefertigten Fotos und trafen unsere Auswahl. Bei jeder Zustimmung für jeden Kauf musste ich mit Florentine verhandeln, der es sichtlich peinlich war, dass ich so viel Geld für sie ausgeben wollte. "Es ist einfach nötig", versicherte ich ihr, "hier geht es nicht um private Wünsche, sondern um Investitionen für passende Auftritte", argumentierte ich.

Claudine und Joleen waren hingerissen von den Fotos, die Lorenzo während der Anproben von Florentine geschossen hatte. Er hielt sich diplomatisch zurück, als die beiden Modeschöpferinnen uns darauf ansprachen und uns versicherten, dass Florentine tatsächlich eine außergewöhnliche Schönheit sei, die sich perfekt dafür eigenen würde ihre Mode zu präsentieren. Jedes der Fotos würde strahlen und wäre ein Hingucker. Die Rede war von Bildern, die ohne besondere Gestaltung, praktisch im Vorübergehen geschossen worden waren und erstaunlicherweise kaum einer Bearbeitung bedurften.

Florentine wäre eben außergewöhnlich fotogen, stellten sie fest. Gerne würde man sie für Werbekampagnen gewinnen und mit ihren Auftritten in die Saison starten. Und, versicherten die beiden unisono, solch ein Einsatz würde sich für das Modell finanziell sehr lohnen.

"Aha, daher weht der Wind", dachte ich. Ich hatte mich schon gewundert, dass Lorenzo uns seine Begleitung so eifrig andiente, Er hatte von Anfang an im Auge gehabt, Florentine zu überlisten und sie für seinen Modezirkus zu gewinnen.

Ich musste meine Liebste gar nicht erst anschauen, um zu wissen was in ihr vorging. Ich spürte es genau, am liebsten hätte sie alle Einkäufe rückgängig gemacht und wäre geflohen. Sie griff hilfesuchend nach meiner Hand und schüttelte nur einfach wortlos den Kopf. Ich war es dann, der höflich, aber bestimmt die gut gemeinten Angebote ablehnte.

Lorenzo gesellte sich zu uns und versuchte nun ebenfalls zu argumentieren: "Florentine hat ein Jahrhundertgesicht", schmeichelte er, "wer sie als Zugpferd einkaufen kann, hat mit ihr einen Joker und die Saison für sich entschieden und kann problemlos die Aufmerksamkeit der Modewelt für sich gewinnen!"

Florentine ließ nun meine Hand los und sagte ärgerlich: "ich bedanke mich für die freundliche Einschätzung, aber ich möchte hiermit einfürallemal klarstellen, dass ich ein anderes Leben habe und dass Modellstehen, in welcher Art auch immer, für mich nicht in Frage kommt. Es gibt gewiss eine Schar von hübschen Mädchen, die sich über ein solches Angebot sehr freuen würde, für mich jedenfalls kommt das überhaupt nicht in

Betracht." Betroffen sahen sich Lorenzo und die beiden Mode-
frauen an. Ihr "Aber ... " wurde von mir unterbrochen. Ich sagte
versöhnlich, dass wir uns über die Einkäufe sehr freuen würden
und dass jedes einzelne Teil genau der Persönlichkeit ihrer
künftigen Trägerin entspräche, aber dass wir Kunden bleiben
wollten, nicht aber Geschäftspartner werden.
Als wir uns verabschiedeten, ließen wir zwei fassungslose Mo-
deexpertinnen und einen hochengagierten, nun wieder einmal
tief enttäuschten Fotografen zurück. Sicherlich ist es ihnen allen
dreien noch nie passiert, dass ein so verlockendes Angebot, wie
sie glaubten Florentine gemacht zu haben, derart brüsk aus-
geschlagen wurde.
Innerlich schmunzelte ich und war doch heimlich stolz drauf,
dass meine Liebste so standhaft den glitzernden Verlockkungen
zu widerstand und dass sie primär sich selbst gehören wollte.
"Sie ist charakterstark", dachte ich stolz "und sie ist nicht ver-
führbar". Umso höher durfte ich es einschätzen, dass sie gegen
ihre eigentlichen Prinzipien, mir zuliebe, Kompromisse einging,
und mir entgegenkamen, weil es die Vernunft gebot und sie
einsah, dass sie neben mir nicht als kleines graumäusiges Mädel
vom Lande wahrgenommen werden durfte.

Mit dem Einkauf der Garderobe endete unsere Pariser Shoppingtour noch nicht. An den zwei Folgetagen besorgten wir edle
Handtaschen, passend zu den Fotos, die uns Lorenzo widerstrebend überlassen hatte, wählten wunderschöne Schals und
eine Auswahl von bezaubernden Dessous. Dabei war es nicht so
ganz leicht, Florentine davon zu überzeugen, dass unter ein
fließendes Seidenkleid auch zarte Spitzenwäsche gehörte und
nicht ihre, durchaus adrette, gewohnte Baumwollsportwäsche,
die sie sonst trug.
Es machte mir einen Riesenspaß meinen Schatz auszustaffieren.
Ich hatte dabei das Gefühl, für einen kostbarer Edelstein nun die
passende Fassung zu wählen. Mein Herz hüpfte vor Freude,
wenn ich sah, dass Florentine nicht nur als Naturkind eine

auffallende Attraktion war, sondern in der passenden Kleidung eine atemberaubende Schönheit, die überall Aufsehen erregte. Niemals wieder sollte es passieren, dass sie an meiner Seite von irgendwem abschätzig oder gar herablassend betrachtet würde.

Aber unser Parisbesuch war immer noch nicht ganz beendet. Wenn wir schon im Kaufrausch waren (ich jedenfalls), wollte ich das weltberühmten Kaufhaus Lafayette, nicht auslassen. Florentine bestaunte darin nicht nur die überreichen Luxusangebote in jeder Etage, sondern besonders auch die drangvolle Enge, verursacht durch die Menschen, die dicht an dicht auf den Bürgersteigen vor dem Kaufhaus flanierten oder vorbeihasteten. Florentine, die sich schutzsuchend an meinen Arm klammerte, meinte, dass sie freiwillig niemals hier ihre Einkäufe tätigen würde und seien die Auslagen noch so verlockend.

Eigentlich hatte ich vor, mit Florentine auch eine Fahrt in der berühmten Pariser Metro zu unternehmen, denn auch das gehört ja zum Pflichtprogramm eines Parisbesuches. Aber diese Idee verwarf ich schnell, denn dabei müsste ich sie wieder vor den Menschenmassen schützen, die sich auf den Bahnsteigen und in den Bahnen drängten.

Wir entschlossen uns stattdessen dazu, an unserem letzten Tag lieber ganz entspannt kleine Spaziergänge durch romantische Straßen zu unternehmen, in kleinen Edelbistros einzukehren und auf besinnliche Weise Abschied von Paris zu nehmen.

Florentine sollte die wunderschöne Stadt in romantischer Erinnerung behalten, nicht den Eindruck von menschenüberfüllten Straßen und stressigen Einkäufen mit nach Hause nehmen.

Nach unserem Gefühl hatten wir Tonnen von Mode einkauft. Diese waren sicher schon auf dem Weg nach München, wo ich in meinem Ankleidezimmer Platz für Florentines Garderobe gemacht hatte.

Mein Herz war von Freude erfüllt, darüber, dass sie mir damit auch noch ein Stückchen näher gerückt war. Ich konnte mir jetzt schon vorstellen, dass ich jeden Morgen, wenn ich die Wahl für mein eigenes Tagesoutfit treffe, liebevoll über die eine oder andere ihrer Seidenblusen oder Kleider streicheln würde und sie mir damit jedes Mal noch näher und noch vertrauter sein würde. Ich versprach Florentine, dass wir irgendwann zu einer späteren Zeit einmal eine Parisvisite planen würden und uns dann um alle die lohnenden Sehenswürdigkeiten kümmern, für die wir bei dieser Kurzreise keine Zeit gefunden hatten.

Der Alltag holte uns schnell wieder ein, als wir in München wieder eingetrudelt waren. Für Florentine standen Klausuren an, weil ihr aktuelles Semester sich dem Ende näherte.

Für sie war es zudem beinahe zu ungeliebter Routine geworden, dass sie mich zu Events oder kulturellen Veranstaltungen begleitete und sich auch mit meiner Hilfe dafür die jeweils passende Kleidung aus ihrer neuen Garderobe auswählte. Dabei waren tatsächlich die Fotos sehr hilfreich, die Lorenzo in Paris gefertigt und uns überlassen hatte. Dafür wollten wir uns bei ihm demnächst noch einmal mit einem schönen Abendessen bedanken, denn ihr Entstehen war für ihn ja eigentlich einer völlig anderen Motivation entsprungen, dessen waren wir uns sehr wohl bewusst.
Nun aber waren wir die dankbaren Nutznießer. Das wollten wir keinesfalls versäumen, ihm gegenüber entsprechend zu äußern.

Für mich stand wieder einmal eine Geschäftsreise nach Ägypten an. Ich wollte mich 10 Tage lang dort um unsere Firmenbelange kümmern. Danach sollte Florentine ebenfalls für einige Tage anreisen und mit mir gemeinsam die Pferdezucht meines Freundes Mustafa besuchen, wie ich es ihr versprochen hatte. Allerdings ahnte ich nicht im mindesten, was ich mir selber damit einbrockte.
Nach Abschluss meiner geschäftlichen Aktivitäten in Ägypten

holte ich Florentine vom Flughafen Hurghada ab. Ich hatte einen einheimischen Chauffeur samt Auto gebucht, der uns durch die Wüstenstraßen bringen sollte, denn ich hatte wenig Lust, mit einem Mietwagen in dem fremden Land selbst zu fahren und mich möglicherweise nicht zurechtzufinden, zumal es oft nicht so leicht war, sich sprachlich zu verständigen. Neben der arabischen Sprache, die ich nur unzulänglich beherrsche, gibt es ja zahlreiche Dialekte, die für Ausländer absolut unverständlich sind.

Überglücklich nahm ich jetzt erst einmal mein Lieblingswesen nach ihrem Flug in Empfang. Wie schon so oft war mir wieder staunend bewusst, wie glücklich es mich machte, an Florentine zu denken und wie sehr ich mich, jeden Tag neu, auf sie freute. Eine so tiefe Sehnsucht nach einem Menschen hatte ich nie vorher empfunden, hätte ich mir nicht einmal vorstellen können. So machte mein Herz auch jetzt wieder einen glücklichen Sprung, als ich sie endlich sah. Wie immer, sah sie zauberhaft aus. Einen kleinen Schreck bekam ich allerdings, als ich sah, dass sie mit Shorts bekleidet war, bei den mehr als 30 Grad im Schatten sicher verständlich, jedoch in einem arabischen Land eher ungünstig, weil das lüstern, respektive missbilligend begafft wird. Florentine war diesen Blicken dann leider längere Zeit ausgesetzt, denn die Abfertigung in dem durchaus modernen Flughafen dauerte erfahrungsgemäß endlos, auch wenn ich durch Trinkgeldzahlungen die Abläufe ein wenig zu beschleunigen versuchte. Obwohl Florentine nur mit Handgepäck reiste, wurde sie x-mal kontrolliert und abgetastet.

Endlich konnte ich sie in meine Arme schließen und wir sanken erleichtert auf den Rücksitz unseres klimatisierten Taxis.

Nur eine gute Autostunde entfernt befindet sich die große Zuchtanlage meines guten Freundes Mustafa.

Ich wollte Florentine ein besonderes Erlebnis bieten und hatte für uns eines der wenigen Gästeappartements reserviert, die direkt auf dem Camp nur Freunden der Betreiber zur Verfügung stehen. Das garantiert natürlich ein schöneres Erleben, als das Logieren in einem der nahe gelegenen, aber unpersönlichen Luxushotels.

Wir fuhren die letzten Kilometer ganz langsam, praktisch im Schritt bereits an den Pferdekoppeln vorbei, durch die Zufahrt zu dem pompösen Herrenhaus im Kolonialstil, das von Mustafas großer Familie bewohnt wird.

Am liebsten wäre meine kleine Pferdenärrin sofort ausgestiegen und hätte sich sattsehen wollen an den edlen Araberpferden, für die diese Zucht-Ranch berühmt ist. Ich vertröstete mein ungeduldiges Mädel und verwies auf die kommenden Tage, die wir von morgens bis abends in Gesellschaft der Pferde verbringen könnten.

Allerdings hätte ich diesbezüglich mit der aufwändigen Gastfreundschaft meines ägyptischen Freundes rechnen müssen, die uns weitgehend in Beschlag legen wollte. Zu unserem Empfang war ein großer Teil der Familie versammelt und wir wurden durch ein Defilee von begeisterten Verwandten gereicht. Von Urgroßeltern, Cousins, von Onkels und Tanten, bis hin zum Kleinkind wurde uns jeder der Anwesenden vorgestellt und wollte umarmt werden. Für uns war zudem bereits ein üppiges Gastmahl vorbereitet.

Ich hätte es wissen müssen! In Ägypten wird Gastfreundschaft großgeschrieben und es gibt kein Entrinnen. Möglichst alle Köstlichkeiten, die man auftrug, sollen gekostet werden und es wird ständig nachgereicht und duftender Tee wird nachgegossen.

Florentine, die ja das Leben in einer Großfamilie gewohnt war, genoss sichtlich das lärmende Gewimmel in exotischer Atmosphäre und die liebevolle Herzlichkeit, mit der wir umsorgt wurden. Verwunderlich fand sie indessen, dass ausschließlich die Frauen der Familie für die Bedienung der Gäste zuständig waren. Alle Frauen und die älteren Mädchen trugen zwar schöne, malerische Gewänder, hatten aber ihre Haare streng unter seidenen Kopftüchern verborgen.

Dass Florentine in Sandalen mit nackten Beinen am Tisch saß, wurde dezent von unseren weiblichen und männlichen Gastgebern übersehen. Außer von den Kindern. Diese, allesamt entzückenden, dunkel gelockten Kleinen hielten sich anfänglich neugierig zurück, um sich dann schüchtern an Florentine heranzupirschen und ihre roten Locken und ihre nackten Beine zu berühren.

Die erschrockenen Erwachsenen beeilten sich dann, sich dafür zu entschuldigen, aber wir lachten die Verlegenheit weg. Florentine flüsterte mir zu, dass sie sich gleich nach dem Essen umziehen würde, um nicht weiter derart unangenehm aufzufallen.

Endlich wurden wir in unser prächtiges Gästezimmer geführt. Das angrenzende extrem große Badezimmer nahmen wir beide sogleich für eine kühlende Dusche in Anspruch. Eine kleine Siesta erfrischte uns zusätzlich. Lächelnd versicherte ich meiner Liebsten, dass ich nur zu gerne ein ganzes Jahr neben ihr auf den kühlen Laken liegen bleiben würde. Aber unsere Zeit hier auf der Zuchtranch war ja begrenzt und unser Gastgeber hatte uns jetzt, zum Spätnachmittag, zu einer ersten kleinen Führung durch seine Ställe eingeladen. Das wollte sich Florentine auf keinen Fall entgehen lassen. An den nächsten Tagen dann würden wir sicherlich Gelegenheit haben, ausführliche Spaziergänge an den weitläufigen Koppeln vorbei zu machen.

Mustafa war schon von mir darüber informiert worden, dass besonders Florentine sich brennend für seine Pferde interessierte und dass ihre Familie daheim ebenfalls eine Pferdezucht betrieb. Deren Ausmaße sind allerdings winzig klein gegen die gigantischen Eindrücke, die wir hier auf dem Anwesen von Mustafas Familie erleben durften.

Um den Landessitten besser angepasst zu sein, zog sich Florentine um. Sie trug nun ein knöchellanges Leinenkleid mit halblangen Ärmeln, und fragte mich, ob sie damit züchtig genug bekleidet sein würde. Statt der Sandalen, die ihre hübschen Zehen freiließen, hatte sie leichte Ballerinas gewählt, gegen die es sicherlich ebenfalls keine moralischen Einwände gäbe.

Mustafa erwartete uns schon und geleitete uns durch eine lange, überdachte Säulengalerie, die zu den Ställen führte. Florentine staunte mit großen Augen. Dieses riesige Stallgebäude war klimatisiert und so peinlich sauber, als würde es von Menschen bewohnt und müsse klinischen Ansprüchen genügen. Uns wurde erklärt, dass hier kranke Tiere versorgt werden und die Zuchtstuten brächten hier ihre Fohlen zur Welt.

Und diesbezüglich könne er uns auch eine Überraschung bieten. In nur wenigen Stunden würde eine besonders wichtige Geburt erwartet. Ein Tierarzt stände schon bereit, um Shakiretta, einer wertvollen und bildschönen Stute dabei zu helfen. Der Vater des zu erwartenden Fohlens wäre der vielfach prämierte Ramos de Hurghada, und es gäbe bereits Kaufanfragen für das Ungeborene, denn andere Sprösslinge dieser erfolgreichen Zuchtpaarung ständen schon seit Jahren prominent auf der Weltrangliste wertvoller Araberpferde. Das zu erwartende Fohlen wurde dementsprechend unter Pferdeliebhabern schon hoch bewertet, obwohl es noch gar nicht das Licht der Welt erblickt hatte.

Wenn wir also Lust hätten, könnten wir gerne der Geburt dieses besonderen Fohlens beiwohnen. Florentine war sofort Feuer und Flamme und würde auch gerne ihren Nachtschlaf opfern, um bei der Geburt dabei sein zu können, verkündete sie. Sie bedauere nur, dass sie nicht selbst in die Pferdebox steigen durfte, um die bereits hechelnde Stute bei dem Geburtsvorgang zu unterstützen.

Mustafa hatte uns jedoch erklärt, dass in seinen Ställen sorgfältig auf Keimfreiheit geachtet würde und nur das entsprechend präparierte Personal und die Tierärzte direkten Zugang zu den Pferden hätten. Die Box von Shakiretta aber biete genügend Einblick, sodass der Geburtsablauf von außen genau beobachtet werden könne. Stattdessen wäre der direkte Kontakt mit den vielen Koppelpferden, die auch durch diverse Unterstände gegen die oftmals sengende Sonne geschützt sind, zu jeder Zeit möglich.

Direkt an Florentine gewandt, von der er wusste, dass sie Tiermedizin studierte, verhieß unser Gastgeber, dass sie in den nächsten Tagen auch die separat gelegene Koppel sichten dürfte, in der alle Stuten mit ihren Fohlen stehen würden.

Jetzt aber war es schier unmöglich, meine Florentine für etwas anderes zu interessieren, als die bevorstehende Geburt. MitMühe und Not gelang es mir, sie dazu zu bewegen, zwischen- durch einen kleinen Imbiss einzunehmen. Florentine saß, res- pektive stand, wie angewurzelt an der Box der fohlenden Stute, der sie nur zu gerne mehr tröstende Nähe gegeben hätte.

Dann aber ging alles ganz schnell und Shakiretta konnte mit Hilfe des Tierarztes und einem Stallassistenten das kleine Foh- len, von dem man durch Ultraschalluntersuchungen ja schon wusste, dass es ein Hengstfohlen sein würde, ein wunderschö- nes, wohlgestaltetes Pferdekind zur Welt bringen. Das wurde sorgfältig mit frischem Stroh abgerieben und auf seine hohen, staksigen Beinchen gestellt. Dicht gedrängt an den Leib der Mutter suchte es schon nach Nahrung und folgte damit seinem Urinstinkt. Dabei begann es ungeschickt und gierig zu saufen, nachdem ihm von den menschlichen Helfern der Weg zur Nah- rungsquelle gebahnt worden war.

Alle standen wir andächtig an der Box und bestaunten das Wunder der Natur und das bildschöne Geschöpf, das sie wieder einmal hervorgebracht hatte.

Florentine hatte Tränen in den Augen und wollte unbedingt darauf warten, bis das kleine Pferdchen in der Box herumstelzen würde. Mustafa verwies sie auf den Folgetag, an dem auch die Mutterstute sich erholt hätte, damit sie und ihr Sprössling für Besuche bereit seien.

Kaum konnte ich Florentine von der kleinen Pferdefamilie loseisen, wollte sie aber unbedingt dazu bewegen, auch noch anderen Aktivitäten mit mir nachzugehen.

Mustafa hatte noch etwas ganz Besonderes geplant. Für uns stan-

145

den gesattelte Pferde bereit, mit denen wir, geführt von einem der Gauchos, wie Mustafa scherzhaft seine Mitarbeiter im Sattel nannte, einen Ritt in die Wüste unternehmen sollten.

Das war in der Tat ein unvergessliches Erlebnis. Wir ritten direkt in den Sonnenuntergang hinein und besuchten Beduinen, die uns zu einem Tee einluden. Florentine strahlte. Ich wusste, Florentine auf dem Rücken eines Pferdes, und ihre Welt ist in Ordnung. Gemächlicher ließen wir es dann angehen, als wir zum Camp zurückritten. Leider konnten wir keinen Besuch bei unserem Neugeborenen mehr antreten, denn die Stallungen waren bereits geschlossen und die Pferde durften durch nächtliche Unruhe nicht gestört werden.

Es war mir eine Freude, Florentines Begeisterung für die unerwarteten Eindrücke zu erleben. Mit ihr sah ich die Wunder der Natur wieder mit anderen, mit ihren Augen. Sie machte mich entzückt auch auf die kleinen Dinge aufmerksam, die ich längst nicht mehr wahrnahm, die ich vielleicht immer schon als Selbstverständlichkeit konsumiert hatte, ohne mir darüber im Klaren zu sein, wie privilegiert wir Wohlstandsmenschen sind obwohl ja aus genau diesen kleinen Dingen des Lebens Glück gemacht ist.

Nach einer kurzen Nacht dann hatte es Florentine eilig, nach einem flüchtigen Frühstück, der Mutterstute Shakiretta und ihrem Fohlen ihre Aufwartung zu machen, wie sie ihren Stallbesuch bezeichnete. Der zauberhafte kleine Rappe stakste dann auch schon auf seinen hohen Beinchen durch die Box und musterte aus seinen riesigen schwarzen Augen die neugierigen Besucher. Florentine jubelte, als er immer wieder näherkam und sogar neugierig ihre ausgestreckten Finger beschnupperte. "Dieses kleine Pferdchen ist tatsächlich das hübscheste und auch frechste Fohlen, das ich je erlebt habe", seufzte sie.

"Verliebe dich nicht in den kleinen Kerl", warnte ich, "in wenigen Tagen reisen wir ab und du kannst dein Herz nicht hier bei ihm lassen." Traurig nickte Florentine. Sie wusste ja auch, dass schon eine Reihe von Interessenten ihr Auge auf diesen vielversprechenden kleinen Hengst geworfen hatten. Mutlos bat Florentine mich darum, Mustafa zu fragen, wieviel der Erwerb dieses edlen Arabernachwuchses denn kosten würde.

"Willst du ihn kaufen", fragte ich scherzhaft. "Wenn er erschwinglich ist, würde ich das tatsächlich erwägen" antwortete sie unerwartet ernst.

"Nun, ein kleines Vermögen müsste man für seinen Erwerb schon aufbringen", antwortete ich ihr, noch immer nicht ahnend, wie ernst sie es meinen könnte mit ihren Überlegungen.

"Ich bin nicht ganz so arm, wie du das annimmst", führte sie ihren Gedankengang weiter aus. "Meine Großeltern mütterlicherseits haben uns ein kleines Vermögen hinterlassen. Meine Eltern haben ihren Anteil in den Hof gesteckt und wir Geschwister verfügen noch über beträchtliche Summen."

Ich war nun doch etwas erschrocken. Was ging in meiner zukünftigen Frau vor. was wollte sie mit einem exotischen Fohlen. Als Reitpferd käme es erst in mehreren Jahren in Betracht, und für die väterliche Zucht in Urmenau wäre ein solcher Araberhengst auch eine komplizierte Angelegenheit, die nicht wirklich in das bisherige Zuchtprogramm der Ebelings passte und noch dazu spezieller Kenntnisse bedurfte.

Und überhaupt - wie sah es mit unseren persönlichen Zukunftsplänen aus. Urmenau konnte künftig ohnehin nicht der Lebensmittelpunkt von uns als Paar sein. Alleine schon Florentines Studium der Tiermedizin passte eigentlich kaum in eine Zukunft, wie ich sie mir für uns beide vorstellte und wie es unseren Möglichkeiten entsprach. Aber ich wollte meine fleißige Studentin nicht damit schockieren, dass ich schon im Vorfeld unserer Ehe sämtliche Illusionen beschnitt, die bis dato zu ihrer Lebensplanung gehörten. Um ehrlich zu sein, schob ich alle Gedanken, die sich mir diesbezüglich immer mal wieder aufdrängten, rigoros zur Seite und verließ mich darauf, dass sich alles zur rechten Zeit so fügen würde, dass es für uns beide passte. Der Kauf eines Pferdchens jedenfalls hielt absolut keiner Argumentation stand, passte in keine unserer gemeinsamen

Planungen. Um Florentine die Unmöglichkeit solcher Idee vor Augen zu führen, fragte ich Mustafa tatsächlich nach dem Preis für sein neues Fohlen, das noch keinen Namen trug.

Unser ägyptischer Gastgeber lachte lauthals bei meiner Frage und nannte eine derart horrende Summe, dass es sich damit ohnehin erübrigte einen Kauf auch nur anzudenken. Ich erzählte Mustafa, dass Florentine unsterblich in den kleinen Hengst verliebt sei und ihn am liebsten mitnehmen würde. Ich war froh, dass sich Mustafa die Zeit nahm, Florentine zu erklären, wie der Kauf eines Fohlens bei ihm ablief. Dieses würde bei ihm grundsätzlich erst frühestens nach einem Jahr abgegeben. Es sei für die seelische Stabilität eines jungen Pferdes unabdingbar, dass es diese Zeit bei der Mutter verbringt und zusätzlich mit ande- ren jungen Pferden aufwächst, um von ihnen zu lernen. Und auch nach einer Übergabe an andere Züchter müsse gesichert sein, dass das Jungpferd in eine Herde käme, die es auffangen würde und deren Gesellschaft für sein weiteres Gedeihen wich-tig sei. Auch ein endgültiger Kaufpreis würde grundsätzlich erst festgelegt werden, wenn sich abzeichnete, welche besonderen Eigenschaften und Talente sich entwickeln würden. Er, Mustafa ließe sich auch zu keiner Eile nötigen. Er würde einem Interessenten grundsätzlich auch erst dann eine Kaufzusage geben, wenn er es für richtig hielt und wenn er den Käufer für den passenden Halter für speziell dieses Pferd einschätzte.

Florentine äußerte daraufhin scherzhaft, dass sie dann ja noch ein wenig Zeit hätte. Sie könnte dann auch schon mal sparen, auch wenn sie noch keine Ahnung hätte, wie ein solches Vermögen aufzubringen sei, wie es zum Erwerb des Fohlens ja wohl offensichtlich nötig wäre.

Ja, Florentine sagte das lachend, aber meinte sie, was sie Mustafa geantwortet hatte wirklich scherzhaft? Ich sah sie nachdenklich an und dachte, dass ich sie schon so weit kannte, als dass ich befürchten müsste, dass diesem sogenannten Scherz möglicherweise ernsthafte Überlegungen zugrunde liegen könnten. Irgendwie war ich doch froh, dass die immense Summe, die

Mustafa für den Kauf seiner Pferde aufrief, außerhalb von Florentines Möglichkeiten lag und dass bei weitem auch das kleine Vermögen, das die Großeltern ihr vererbt hatten, nicht dafür ausreichte, nicht einmal dann, wenn es mit den Reserven der Geschwister zusammengelegt würde. Und ich selbst wollte mich aus solchen Überlegungen sorgfältig heraushalten, auch wenn es mir nicht schwerfallen würde, hier eine Finanzierung anzubieten. Alleine der Gedanke, mit welchen Komplikationen der Erwerb und das Halten eines solchen Pferdes verbunden wäre, ließ mich frösteln. Nein, bei aller Liebe, man kann nicht jeder Illusion nachgeben, das wusste ich als Geschäftsmann nur zu gut.

Unvergessliche Tage verbrachten wir noch auf der Zuchtranch in Ägypten. Stundenlange Ausritte am Strand, bei denen Pferd und Reiter auch ins Meer durften, vermittelten tatsächlich das Glück dieser Erde, das ja auf dem Rücken der Pferde liegen soll. Wir beschlossen jedenfalls, dass dieser Urlaub auf der Pferdefarm in Ägypten nicht der letzte sein würde.

Aber bei allen den vielen wundervollen Erlebnissen, die wir beide gleichermaßen genossen, zog es Florentine doch morgens und abends immer wieder zu ihrem Schützling. Der kleine Frechdachs kannte sie schon und schnupperte zutraulich an ihren ausgestreckten Fingern, um dann rasch wegzustaksen, wenn sie nach ihm greifen wollte. Mit Sorge sah ich, wie ihre Bindung zu dem kleinen Pferd immer enger wurde.

Unser Abschied rückte unaufhaltsam näher. Mir war klar, dass Tränen fließen würden. "Nun gut", dachte ich "aber zumindest ist es vom Tisch, dass der kleine Araber Bewohner von Urmenau werden könnte".

Vor lauter Abschiedstrubel, den Mustafa mit seiner Familie wieder veranstaltete als wir abreisten, war nur wenig Zeit für Herzeleid, als sich Florentine von ihrem Liebling verabschieden musste. Sie versprach ihm jedenfalls unter Tränen, ihn bald wieder zu besuchen. Und ich versprach ihr das auch. Schließlich beträgt die Flugzeit zwischen München und Hurghada kaum mehr als vier Stunden. Der zeitliche Aufwand lohnt sich also bereits für ein verlängertes Wochenende. Eine solche Freude, das nahm ich mir fest vor, wollte ich ihr gelegentlich machen.

Im Alltag in München angekommen, drehte sich das Karussell unserer gemeinsamen Pflichtübungen immer weiter. Florentine hatte sich daran gewöhnt, dass an meiner Seite auch öffentliche Auftritte zu absolvieren sind, die sie inzwischen fast routiniert und mit viel Charme erledigte.
Allerdings konnten Florentine dauerhaft keine Pflichtprogramme übergestülpt werden, das musste ich immer deutlicher erkennen. So hielt ich öfter mal die Luft an, wenn wir einen offiziellen Auftritt absolvieren mussten. Es konnte dann schon passieren, dass mein Naturkind den obligatorischen Hut, den die Damen bei bestimmten öffentlichen Anlässen zu tragen pflegen, dazu benutzte, um sich bei großer Hitze Luft zuzufächeln. Oder sie zog bei einem vornehmen Dinner, zu dem wir geladen waren, einfach die High Heels aus, weil ihre Füße gerade schmerzten. Es konnte auch passieren, dass sie in einem Konzert ihren Kopf auf meine Schulter legte und einfach einschlummerte.

Auch wenn wir gemeinsam ihre Garderobe sichteten und auswählten, was zu bestimmten Anlässen passen könnte, gab es oftmals kleine Kämpfe, weil Florentine beispielsweise nicht einsehen konnte, dass ihre bequemen Snickers beim besten Willen nicht zu dem ausgesuchten Cashmerekostümchen oder dem Kleid aus fließender Seide passen sollten. Auch konnte sie nur schwer akzeptieren, dass eine Friseurin ihre Haarpracht in einen seriösen Knoten bändigen sollte, wo sie selbst gerade Lust dazu hatte, sich den Wind durch die offenen Haare wehen zu lassen. Ich war nur zu oft damit befasst, meine Liebste den benötigten gesellschaftlichen Zwängen anzupassen um sie nicht den abfälligen Blicken der Leute auszusetzen. Die mehr oder weniger missbilligenden Bemerkungen meiner Mutter und meiner Schwester versuchte ich weitgehend zu ignorieren.

Florentine aber verstand gar nicht, was von ihr erwartet wurde. Sie war so arglos und natürlich, so entwaffnend und zauberhaft, dass es mir selbst wehtat, sie immer wieder korrigieren zu müssen. Dabei hatte ich oftmals ein schlechtes Gewissen und hatte nicht selten das Gefühl, dass ich ihre Lebensfreude beschnitt.

Da war es insbesondere mein Freund Lucas, der mir öfter mal den Kopf wusch. Er war es ja gewesen, der mir damals, nach meiner Trennung von Leonie davon abgeraten hatte, mich in das Liebesabenteuer mit "diesem Dorfmädchen" zu stürzen.
Er und seine Frau, die mich und Leonie immer mal wieder zu einem Familienessen eingeladen hatten, waren inzwischen zu glühenden Fans meiner Florentine geworden. Wir hatten, gleich zu Beginn unserer Beziehung einen sehr fröhlichen Tag in ihrem Haus verbracht. "Vergiss einfach, was ich dir gesagt habe, als du mich um Rat gefragt hast", war jetzt die Aussage von Lukas. "Ich finde heute, dass dir nichts Besseres passieren konnte, als dieses zauberhafte, völlig ungekünstelte Wesen, das unerklärlicherweise in dich verliebt ist", fügte er scherzhaft an. "Übrigens ist meine Frau Illa genauso hingerissen von ihr, wie ich":
"Kann es sein, dass Eure Begeisterung für meine Liebste dadurch beeinflusst ist, dass Eure Kinder so angetan sind von ihr?"
"Ja, auch das. Schließlich willst du mit Florentine eine Familie gründen. Wer derart liebevoll und zugewandt mit Kindern umgeht, hat eine reine Seele und ist eine kostbare Blume, die man hegen und pflegen muss." Auf meine Klage, dass Florentine sich schwertut, die für mich notwendigen gesellschaftlichen Verpflichtungen zu erfüllen, sagte er eindringlich: "Denke gut darüber nach, wo es wirklich notwendig ist, diesem so natürlichen Geschöpf die Flügel zu stutzen und sie anzupassen an gesellschaftliche Regeln, von denen wir glauben, sie unserer geschäftlichen Welt schuldig zu sein."
"Ja", bestätigte seine Frau Illa, "dieses Mädchen ist wirklich etwas Besonderes. Hüte dich davor, aus einer wunderschönen Blume eine nützliche Salatpflanze machen zu wollen!"

Über den Vergleich mussten wir alle drei lachen, aber ich machte mir dann doch Gedanken über Freiheitsberaubung und über Normenanpassungen, die ich meiner Liebsten wohl unbewusst zumutete.

Aber schließlich leben wir in genau dieser Welt, deren Regeln man sich auch dann unterwerfen muss, wenn es mal schwerfällt. Wie wir solche Themen in unserer gemeinsamen Zukunft händeln sollten, wusste ich allerdings auch nicht. Die quälenden inneren Einwände aber schob ich erst einmal weit von mir. "Es wird sich alles schon noch ergeben", dachte ich etwas beklommen.

Am glücklichsten waren Florentine und ich, wenn sie mich auf kleinen Reisen begleitete, wenn ich an Tagungen oder Messen teilnehmen musste und Florentine derweil durch die Städte streifen konnte. Wenn ich dann meine Pflichten erledigt hatte, ging ich gerne gemeinsam mit meiner Liebsten auf die Pirsch und wir eroberten manches malerische Viertel und kamen mit Menschen unterschiedlichster Kulturen ins Gespräch. Solche gemeinsamen Zeiten waren leider meistens kurz bemessen, bezogen sich oft nur auf ein bis zwei Tage. Aber die hatten dann einen besonderen Zauber für uns, denn die Pflichtprogramme die in der bayrischen Heimat auf uns warteten, konnten wir dann zurücklassen, sie einfach vorübergehend ausblenden.

Wir waren an solchen Urlaubstagen, die wir unserem Arbeitsalltag abtrotzten, ganz nahe beieinander und spürten unsere liebevolle Zusammengehörigkeit intensiv. Dort beschäftigten uns keine Fragen der Etikette oder auch Erwartungen, die auf uns gerichtet waren oder die wir uns selbst auferlegen mussten.

Meine Mutter und meine Geschwister hatten sich notgedrungen damit abfinden müssen, dass nicht Leonie, sondern Florentine nun mit mir verbunden war.

Ich vermutete, dass sie alle das mit innerlichem Zähneknirschen akzeptierten. Sie verhielten sich nachgerade freundlich meiner Zukünftigen gegenüber, aber menschliche Wärme geht anders.

Das spürte Florentine ganz sicher, aber sie äußerte ihre Enttäuschung darüber niemals, sondern blieb unterschwelligen Anfeindungen gegenüber liebenswürdig und freundlich.

Lediglich mein Vater war entzückt von dieser Schwiegertochter, mit der er ausgelassen lachen konnte und die ihm so offen und ungekünstelt begegnete.

Mir blieb allerdings nicht verborgen, dass meine geliebte Florentine längst nicht so glücklich war, wie ich mir das für sie gewünscht hätte, das glaubte ich subtil wahrzunehmen. Aber ich schob das dem Stress mit ihrem Studium und unseren aufwändigen Repräsentationsterminen zu.

Uns blieb in der Tat nicht allzu viel Zeit für Gemeinsamkeiten und Florentine konnte nur gelegentlich in ihr geliebtes Heimatdorf fahren. Ich war dennoch davon überzeugt, dass wir es in der Zukunft schaffen würden, mehr Zeit für unsere Liebe abzuzweigen und auch, dass Florentine sich mit meiner Welt, die ihr weitgehend fremd geblieben war, besser anfreunden würde.

Vor meine Glaswand, die mein Appartement von der Terrasse trennte, hatten wir für Florentine einen Arbeitsplatz eingerichtet. Dafür hatte ich aus dem Hause meiner Eltern einen antiken Schreibtisch organisiert, der meiner geliebten, verstorbenen Großmutter gehört hatte. Dazu passte ein zierlicher Sessel, der mit englischem Leinen mit verspieltem Blumenranken bezogen war. Damit hatte Florentine nun in meiner Wohnung einen Platz, der nur ihr gehörte. Es erfüllte mich oft mit Rührung, wenn sie dort arbeitete oder las. Ich sah ihr gerne beim Lernen zu, wenn sie hochkonzentriert über ihre Papiere gebeugt ihre Umgebung völlig ausgeblendet hatte.

Wenn ich diesen schönen Menschen beobachtete, der mein Herz vereinnahmt hatte und von dem ich wusste, dass er zu mir gehörte, war ich erfüllt von Stolz und zärtlichen Gedanken. Ich wollte sie glücklich machen, ja, das sollte mir bevorzugtes Anliegen sein.

Mit Besorgnis allerdings nahm ich zur Kenntnis, dass sie oft gedankenverloren in die Weite sah. Sie hatte dann einen so leeren Blick, der so gar nicht zu ihrem sonst so heiteren Wesen passte. "Sie ist nicht wirklich glücklich", dachte ich dann, "aber das liegt sicher daran, dass noch so viele Themen ungeklärt sind und dass noch nicht feststeht, wie genau unsere gemeinsame Zukunft aussehen wird und noch so Vieles der Umstellung und der Korrektur bedarf". So beschwichtigte ich mich innerlich, wenn sich Sorgengedanken in mein Bewusstsein drängten.

"War unser Glück in Gefahr?" waren kleine Gedankensplitter, die ich dann schnell wieder aus meiner Wahrnehmung entfernte. Ich fragte mich natürlich auch ob ich tatsächlich von ihr erwarten durfte, dass sie die Mehrzahl ihrer eigenen Zukunftspläne, die ja ein Resultat ihres ganzen bisherigen Lebens waren, mir zuliebe zurückstellen sollte? "Was war mit ihrem Studium?" Eine Tierarztpraxis passt ja nun wirklich nicht in unsere Lebensweise. Eine Kleintierpraxis für Meerschweinchen, Zierhasen, Hunde, Katzen und Vögel, wie es in einer Stadt möglich wäre, war sicher nicht vereinbar mit Florentines Berufsvorstellung. Sie war mit Herz und Seele ein Landkind und fühlte sich wohl inmitten von Pferden, Kühen und weiten Feldern.

„Aber vielleicht war ja ein schöner, weitläufiger Garten eine Alternative für das verlorene Landleben", sinnierte ich. Wir hatten die Möglichkeit eine schöne alte Villa in München Grünwald, die bisher vermietet gewesen war, sich aber im Besitz unserer Familie befand, zu beziehen. Dieses Haus verfügte über einen parkartigen großen Garten und sollte für uns renoviert und umgebaut werden. Ich hatte eigentlich gedacht, dass wir diesen Umbau gemeinsam planen könnten, aber Florentine zeigte sich für dieses schöne Anwesen wenig begeistert. Ich führte das auf ihren Lernstress und unsere vielen Aktivitäten zurück, die uns wenig Zeit ließen, uns mehr um uns selber zu kümmern.

Eher amüsiert, aber auch leicht genervt, wies Florentine die Angebote, die immer noch gelegentlich aus Paris eintrafen, jedes

Mal zurück, auch wenn ihr darin nachdrücklich in Aussicht gestellt wurde, dass sie in der Modewelt als Model eine beachtliche Karriere machen könnte. Auch mein Fotofreund Lorenzo hatte seine Hoffnung, Florentine für seine Fotopläne zu gewinnen, nicht gänzlich aufgegeben. Immer mal wieder fragte er nach, ob sie denn wirklich ihren Chancen, ein Star-Model zu werden, konsequent aus dem Weg gehen wollte.

Ich musste jedoch zugeben, dass ich heimlich stolz darauf war, dass meine Schöne so viel Aufmerksamkeit erregte und dass sie den sicherlich verlockenden Angeboten so hartnäckig widerstand und sich davon absolut nicht beeindrucken ließ.

Ja, und dann kam Rom. Ich plante dafür, es ging um eine der wichtigsten Tagungen der Kosmetikindustrie, unsere Firma zu vertreten. Diese internationale Konferenz wurde mit einem großartigen Empfang eröffnet, zu dem auch die Partner und Partnerinnen der Firmeneigner, oder ihrer Geschäftsführer aus aller Welt erwartet wurden.

Nur alle fünf Jahre gab es eine solche Veranstaltung, bei der auch ein riesiges Presseaufgebot zugegen war, das für die größ-ten Modezeitschriften und Lifestilmagazine berichtete.

Stolz stellte ich meinen Geschäftsfreunden Florentine vor, die so hinreißend aussah, dass sie wieder einmal alle Blicke auf sich zog. Wir hatten dafür gemeinsam aus ihrer Pariskollektion ein wunderschönes türkisfarbenes Chiffonkleid ausgewählt, dessen vorderer Saum kniekurz, der hintere bodenlang war. Dazu trug sie silberne hochhackige Sandaletten und eine silberschimmernde Kette, die in ihre leuchtenden Haare geflochten war. Auf weiteren Schmuck verzichteten wir ganz, der hätte nur abgelenkt von dieser auffallend schönen Frau, die ich glückstrahlend an meine Seite platzierte.

Die aber fühlte sich zunehmend belästigt, weil sie immer wieder von den anwesenden Fotografen aufgefordert wurde, sich in einer fotogenen Pose zu präsentieren. Ich sah schon mit Besorgnis, dass ihr freundliches Lächeln langsam wie eingefroren wirkte, und sie erst erleichtert aufatmete, als wir endlich zu dem festlichen Dinner Platz nehmen konnten, wobei die Reporter ausgeschlossen waren.

Mehrmals wurde ich jedoch von Berufskolleginnen und Kollegen gefragt, ob Florentine das neue Gesicht für unser nächste Werbekampagne sei, denn sie erregte, wie überall wo sie auftauchte, bewundernde Aufmerksamkeit. Befremdet nahm man dann zur Kenntnis, dass ich die Frage verneinte und Florentine als meine Verlobte vorstellte. "Das ist wirklich bedauerlich", konstatierte ein spanischer Geschäftsfreund, "eine solche Schönheit stellt man sich sehr eindrucksvoll auf den Titelseiten der internationalen Modeblätter vor und eher nicht am heimischen Kochherd."

Florentine aber war froh, als unser Pflichtprogramm beendet war und wir uns am späten Abend endlich in die Suite die wir in der unmittelbaren Nachbarschaft, in einem eleganten Hotel bewohnten, zurückziehen konnten.

Florentine durfte nun an den zwei Folgetagen ihren eigenen Ambitionen nachgehen und sollte sich auf einen ausgiebigen Einkaufsbummel in Rom freuen. Dafür konnte sie auf die halsbrecherisch hohen High Heels verzichten und sich bequem für den Tag anziehen.

Und sie sah wieder einfach unglaublich süß aus in ihrem weißen Leinenkleid, auf dessen Rock eine leuchtend rote große Mohnblume gedruckt war. Rote flache Sandaletten, die zu ihren rot lackierten Zehnägeln passten, und eine große weiße Strohtasche vollendeten ihren hinreißenden Sommerlook.

Mühsam hatte ich Florentine für ihre Shoppingtour eine größere Summe aufgedrängt, die sie partout nicht annehmen wollte. Sie behauptete, gar nicht zu wissen, was man beim Shoppen erstehen sollte, sie hätte doch alles, was man braucht und noch viel mehr. Aber ich argumentierte, dass es zu einer richtigen Frau gehörte, auch mal die Boutiquen einer Stadt unsicher zu machen und zu shoppen, bis die Fußsohlen brennen.

Unsicher frage mich meine Liebste mit gerunzelter Stirn, ob sie denn das Geld tatsächlich ausgeben könne, wofür sie wollte. Das bejahte ich nur zu gerne und beeilte mich, zu meinem Kongress zu kommen. Dies nicht, ohne meiner Florentine noch viel Spaß bei ihrem Stadtbummel zu wünschen. Wenn ich geahnt hätte, wie dieser sich gestalten würde, hätte ich sie nicht so bedenkenlos ziehen lassen.

Der Tag war dann für mich besonders anstrengend und die Konferenz dauerte länger, als erwartet. Danach konnte ich einigen persönlichen Gesprächen die für unsere Firma wichtig waren nicht entgehen, und traf erst spät im Hotel ein. Florentine schlief bereits. Ich schaute mich in unserem Zimmer um und suchte nach den Bergen von Einkaufstüten, die ja immer das Ergebnis eines ausgiebigen Einkaufsbummels sind. Ich konnte aber nichts entdecken. "Vielleicht sind die Einkäufe ins Hotel geschickt worden", dachte ich. Aber das würde ich am nächsten Tag ja erfahren.

Und genau das erfuhr ich dann bei Frühstück in der Tat. Unsere Konferenz war schon relativ früh angesetzt worden, sodass ich alleine frühstücken wollte, und Florentine noch schlummern ließ, damit sie geruhsam in einen weiteren römischen Tag trödeln konnte. Ich fragte sie nur, nachdem sie verschlafen durch die halbgeöffneten Augen blinzelte, wie der gestrige Tag gewesen war. Sie lächelte verschlafen und sagte begeistert: "Wunderbar, es war einfach wundervoll. Und Rom gefällt mir richtig gut". Ich wünschte ihr noch einen weiteren wunderschönen Tag in dieser Stadt und bedauerte, dass ich sie nicht begleiten konnte. Aber der nächste Tag sollte ja uns beiden gehören und ich wollte ihr viele Sehenswürdigkeiten zeigen, von denen Rom ja unzählige zu bieten hat. Nach einem flüchtigen Kuss eilte ich in den Frühstücksraum, um noch rasch ein schnelles Frühstück einzunehmen.

Etwas verwundert nahm ich die teils amüsierten, teils etwas kritischen Blicke meiner Berufskollegen und Kolleginnen zur Kenntnis, die mich dort empfingen. Alle jedenfalls schienen an mir interessiert zu sein. Etwas verunsichert fragte ich meinen

Sitznachbarn, einen mir bekannten Hersteller von Kosmetik-
zutaten, was ich denn an mir hätte, dass mich die Anwesenden
so auffallend musterten. Der aber lachte und wies auf die aufgeschlagenen Zeitungen, in denen hastig geblättert wurde.

"Haben Sie die heutige Tageszeitung „Giorno di Roma" noch
nicht gesichtet? Ihre Frau scheint ja in Rom mächtig Furore zu
machen, denn über sie wird sogar schon auf der Titelseite berichtet".

Mir schwante Schreckliches. "Was um Himmels Willen hatte
Florentine wieder angestellt?" Ich wagte es kaum, mir ein Exem-
plar des „Giorno di Roma" an der Rezeption des Hotels zu besorgen. Es wunderte mich dann schon gar nicht mehr, dass mich
auch der Rezeptionist vielsagend ansah und zu mir sagte, dass
auch er entzückt sei über die zauberhafte Signora, über die sich
ganz Rom freue.

Mir wurde heiß und kalt und ich beschloss erst einmal zu sichten,
was die Zeitung über meine Florentine zu berichten hatte, was
der Anlass für einen solchen Aufruhr sein mochte. Ich schwänzte
also die erste Stunde des Events und entfaltete meine Zeitung.
Schon von der Titelseite lachte mir auf einem Farbfoto meine
Florentine entgegen, die barfuß ihre Sandaletten in der Hand
trug. Das Bild nahm ein Viertel der Seite ein und verwies auf
weitere Fotos auf den Innenseiten.

"Oh, mein Gott", dachte ich erschüttert, "was mochte mich noch
erwarten?" Als ich dann mit bebenden Fingern die Zeitung
aufschlug, sah ich auf den kompletten ersten beiden Seiten
Florentine in Aktion. Die Überschrift lautete: "Ganz Rom liegt
ihr zu Füßen". Darunter zeigten Fotos, wie Florentine auf dem
Campo de Fiori, dem berühmten Markt mit Gemüse, Obst und
Blumen in der Nähe unseres Hotels, den Tisch gedeckt hatte,
indem sie eine große Gruppe von Obdachlosen bewirtete. Diese
lagerten auf Decken und ihren Rucksäcken und anderem Gepäck
auf der Erde und bedienten sich von einer üppigen Tafel, die
Florentine in ihrer Mitte aus Kisten und Kartons aufgebaut hatte.
Darauf befanden sich Käse, Wurst, verschiedene Schinken und

eine große Auswahl von Antipasti, sowie Brotsorten und Säfte. Ein Junge servierte Kaffee und Tee und Florentine schnitt Kuchen und verteilte Süßigkeiten. Sie war barfuß und ihre Sandaletten wurden auf einem Extrafoto in Großaufnahme gezeigt.

Ein Artikel berichtete, dass diese bezaubernde Signorina ein Herz hätte für die Armen von Rom und dafür sorge, dass diese sich an ihrer Schlemmertafel mal so richtig sattessen können und sich als Menschen fühlen, die ernst genommen würden.

Und immer wieder wurde thematisiert, wie schön diese überraschend aufgetauchte Gastgeberin sei, und dass sie erstaunlicherweise die Frau eines der Industriellen sei, die gerade in Rom zu der Konferenz für Kosmetik und Heilmittel zusammengekommen wären.

Mir war ganz flau im Magen und ich bestellte mir einen doppelten Amaretto, um mich zu beruhigen. "Was dachte sich Florentine? das geht gar nicht!", räsonierte ich innerlich, "wir können doch nicht auf eine solche Weise für Aufsehen sorgen, das muss sie doch verstehen, schließlich haben wir uns als Familie immer im Hintergrund gehalten und unser Privatleben nicht veröffentlicht." Ich war mehr als verärgert und überlegte angestrengt, wie ich Florentines Alleingang in die Öffentlichkeit vor der Familie und meinen Berufskollegen rechtfertigen könnte.

Ich wagte mich kaum in den Konferenzsaal, in dem ich dann wieder erlebte, dass alle Augen auf mich gerichtet waren. Und nicht jede der Mienen war amüsiert, das erkannte ich auch.

In der Pause dann wurde ich gefragt, ob ich diese ganze Situation inszeniert hätte, um Werbung zu machen. Als ich das verneinte und erwiderte, dass diese Aktion allein die Idee meiner Verlobten gewesen sei und ich erst am Morgen davon erfahren habe, erntete ich Kopfschütteln. Missbilligende Kommentare machten mir vollends klar, dass man in unserer Branche auf diese Weise nicht ins Gespräch kommen wollte. Und an mich wurde mehrfach die Frage gestellt, wie es passieren kann, dass meine Frau einen solchen Alleingang veranstaltet, ohne dass ich angeblich das Geringste davon geahnt hätte.

Es fiel mir schwer, mich für den Rest des Tages zu konzentrieren und ich konnte es kaum erwarten mich zu verabschieden, um Florentine die Leviten zu lesen.
Als ich dann endlich in unserem Hotelzimmer anlangte, musste ich feststellen, dass Florentine ausgeflogen war. Ein Zettel lag auf dem Bett und besagte, dass sie noch unterwegs wäre und sich auf das Abendessen mit mir freue. Ja, und sie schrieb auch, dass sie mir viel zu erzählen hätte und dass Rom einfach herrlich sei.
Zornbebend suchte ich die Hotelbar auf und traf dort wieder einige der Kongressteilnehmer. Zu meinem Leidwesen sorgte die Obdachlosenaktion meiner Florentine unter ihnen noch immer für viel Heiterkeit und auch reichlich Spott. Da konnte mich auch der Spruch eines der Anwesenden wenig trösten, der sagte: "Machen Sie sich keinen Kopf, es gibt schlimmere Schicksale, als zu sehen, dass eine bildhübsche Frau lieber Obdachlose bewirtet als sinnlos shoppen zu gehen. Und was wollen sie, ganz Rom ist einfach nur entzückt".

"Ja, ganz Rom ist entzückt, aber ich bin hier, um unsere internationalen Geschäftsbeziehungen zu pflegen und nicht, um auf solche Weise ins Gespräch zu kommen", dachte ich ärgerlich.
Noch ärgerlicher wurde ich, als sich Fotografen auf mich stürzten, die wissen wollten, wie man die Schöne erreichen könne, von der ganz Rom spräche.
"Das legt sich wieder und gerät auch wieder in Vergessenheit, sagte ein weiterer Konferenzteilnehmer beschwichtigend; "Sie wissen doch, nichts ist älter als die Zeitung von gestern".

Ich zog mich dann ans Ende der langen Bar zurück und signalisierte durch mein verschlossenes Gesicht, dass ich mich Gesprächen oder Diskussionen nicht stellen wollte. Um mich zu beruhigen, bestellte ich mir einen Champagnercoctail nach dem anderen und ging dann wutentbrannt in mein Zimmer, um auf Florentine zu warten.

Erschöpft legte ich mich angezogen aufs Bett, und fiel champagnerschwer in einen tiefen Schlaf. Ich bemerkte gar nicht, wie Florentine recht spät heimkam und fand mich lediglich mitten in der Nacht zugedeckt auf meinem Bett liegend. Neben mir lag die schlafende Florentine. Nur nebulös erinnerte ich mich an den vergangenen Tag und hielt mir stöhnend den schmerzenden Schädel, den ich selbst durch meine leichtfertige Alkoholsession verursacht hatte.

Ich suchte in meinem Koffer im Halbdunkeln nach einer Alka Seltzer um wieder klare Gedanken fassen zu können und stürzte die schäumende kalte Medizin mit einem Zug hinunter. Meiner ersten Regung, Florentine zu wecken, um „ihr Flötentöne beizubringen" widerstand ich, zog mich aus um hoffentlich doch noch zu einigen Stunden Schlaf zu kommen, auch wenn dieser recht kurz ausfallen würde. Morgen, morgen wollte ich mit Florentine sprechen. Ich würde ihr klarmachen, wie man sich an der Seite eines seriösen Geschäftsmannes zu benehmen hat.

Mit nur noch mäßigem Brummschädel wachte ich am späten Vormittag auf, weil Kaffeeduft in meine Nase stieg. Mein blinzelndes Auge nahm dann Florentines lachendes Gesicht wahr. Sie hatte unser Frühstück aufs Zimmer bestellt, weil sie meinte, dass ich ein Katerfrühstück besser in geschütztem Raum einnehmen sollte.

Aus zusammengekniffenen Augen beobachtete ich Florentine ärgerlich. "Du bist gestern wohl ordentlich versumpft, was?" fragte sie nachsichtig lächelnd und völlig arglos. Ich antwortete nicht und wollte ihr damit signalisieren, dass ich ziemlich sauer sei. Mein finsteres Gesicht aber schob sie wohl auf die Nachwehen von viel zu viel Alkohol.

"Wir müssen reden", sagte ich nur, nachdem ich den starken Kaffee genossen und eine Kleinigkeit zu mir genommen hatte. Die vergnügte Munterkeit von Florentine reizte mich zudem und

161

ich fragte sie wütend, weshalb sie so bedenkenlos mein Ansehen in der Geschäftswelt untergrabe.

Schlagartig wich die Sonne aus ihrem Gesicht und machte einer erschrockenen Betroffenheit Platz. "Ich weiß nicht, was du meinst" antwortete sie mir, "habe ich etwas falsch gemacht?"

Auf meine Frage, wie sie den gestrigen Tag denn verbracht hätte, sagte sie kleinlaut, sie wäre mit einigen Obdachlosen verabredet gewesen und hätte ihnen Schuhe gekauft und andere Besorgungen gemacht. Dann wäre man gemeinsam zu einem Stadtfest gegangen und alle hätten ausgelassen miteinander getanzt.

"Und du hast nicht bemerkt, dass sämtliche Reporter der Stadt sich an deine Fersen geheftet hatten um Fotos von dir zu ergattern und dass du nun das Gesprächsthema von Rom bist?"

Florentine sah mich erschrocken an und fiel dann regelrecht in sich zusammen. "Ich dachte, dass die Fotoreporter darauf aufmerksam machen wollten, wie die armen Menschen leben und dass es wichtig sei, die Bürger darauf hinzuweisen. Die Fotos bezogen sich doch auf die Obdachlosen und die Lebensmittel zum Sattessen, über die sich alle gefreut haben, nicht auf mich."

"Nein?" giftete ich zurück, "du bist der Mittelpunkt der ganzen Aufregung, die du verursacht hast", sagte ich wütend " und schlug die Giorno die Roma vom gestrigen Tag vor der schockkierten Florentine auf.

"Ich möchte nicht sehen, was es heute wieder Sensationelles zu berichten gibt über das Agieren dieser mildtätigen Deutschen", sagte ich sarkastisch.

Florentine bedeckte ihr Gesicht mit beiden Hände und schluchzte: "Das habe ich nicht gewollt, die Fotografen hatten mir doch versichert, dass sie über die Obdachlosigkeit berichten würden." Etwas versöhnt nahm ich meine Liebste in die Arme und tröstete sie. Mir war klar, dass sie den Raffinessen der Paparazzi nicht gewachsen sein konnte und ihnen einfach auf den Leim gegangen war. Andererseits konnte ich auch deren Jagdfieber verstehen, denn sie hatten in Florentine ein lohnendes Fotoobjekt entdeckt, das es nun "auszubeuten" galt, denn die Bilder mit ihr waren hinreißende Hingucker, das musste ich leider zugeben. Und wie ich es erwartet hatte, wurde auch im heutigen Giorno di Roma wieder von den Aktionen mit den Obdachlosen berich-tet und Florentine prangte in Großaufnahme auf einem Foto in einem Schuhsupermarkt, umringt von bedürftigen Gestalten, die Schuhe anprobierten. Aber auch andere Zeitungen hatten das Thema inzwischen aufgegriffen. So war meine Florentine un-versehens zur populärsten Person des römischen Tages gewor-den.

Auf unsere Pläne, noch ein paar Urlaubstage in dieser traumhaft schönen Stadt zu verbringen, verzichteten wir, denn wir wurden aufgrund der Berichte und Fotos überall erkannt und ange-sprochen. So packten wir eilig unsere Sachen und reisten nach Mailand, um in Ruhe über Grundsätzliches sprechen zu können was dringend anstand. Das aber wäre nötig, wollten wir künftig ein gemeinsames Leben führen, das nicht ständig von Miss-verständnissen überschattet wurde.

Florentine saß im Auto kleinlaut neben mir und wagte es kaum, ihren Blick zu heben.

Wir beide wussten, dass wir zu einem tragbaren Konsens kom-men mussten, denn zwischen unser beider Leben hatten sich unerwartet tiefe Gräben aufgemacht, die zu überwinden sich als zunehmend schwierig herausstellte.

Zu allen Problemen kam auch noch ein weiteres Ärgernis, für das Florentine absolut nichts konnte. Bei unserer Firma in Mün-chen hatten sich nämlich inzwischen Agenturen, aber auch Zei-tungsredaktionen gemeldet, die Florentines Fotos gesehen hat-ten, und sie unbedingt für Fotokonzepte gewinnen wollten.

Dass mein Vater und meine Geschwister nicht gerade erfreut über solche unfreiwillige Art von Publicity waren, lässt sich sicherlich denken.

Als ich Florentine vorhielt, dass sie durch ihr unbedachtes Verhalten solchen Rummel um ihre Person angeheizt hätte, war sie einfach nur traurig. Mir war klar, dass sie mir niemals hatte schaden wollen. Sie gab sich in jeder Situation einfach so wie sie es gewohnt war. Es war nicht ihre Art, sich zu verstellen. Und wenn ich ehrlich sein wollte, dann war es ja meine Idee gewesen, dass sie auffällig gestylt wurde und in eine Gesellschaft eingeführt werden sollte, die nicht die ihre war. Ich selbst war es, der bedenkenlos dafür gesorgt hatte, dass man allerorts auf sie aufmerksam wurde. Ich war es gewesen, der sie dafür modisch verkleidet und ihre Schönheit der Öffentlichkeit unübersehbar präsentiert hatte. Nun wurde ich die Geister, die ich selber gerufen hatte, nicht mehr los.

Und dass sie nicht glücklich war über die Rolle, die ich ihr an meiner Seite zugedacht hatte, wurde uns beiden klar und immer deutlicher.

Wir waren der festen Überzeugung gewesen, dass uns unsere große Liebe schon den richtigen Weg weisen und uns helfen würde, auch unwägbare Hürden zu überwinden. Nun aber standen wir vor einem riesigen Scherbenhaufen und wussten nicht einmal genau, wie er entstanden war und auch nicht, wie man ihn aufräumen oder sein Entstehen künftig vermeiden könnte.

Unsere Aussprache dann war ein trauriges Gespräch. Erstmalig thematisierten wir nicht nur unsere Gemeinsamkeiten, sondern das, was uns trennte. Dabei mussten wir widerstrebend eingestehen, dass es deutlich erkennbar mehr unüberbrückbare Gegensätze gab, als Verbindendes. Wir hatten für unsere Aussprache ein Straßencafé gewählt und saßen nun dort dicht nebeneinander Hand in Hand, und unser beider Herzen waren zentnerschwer. Nur mühsam hielten wir die Tränen zurück. Alle beide. Dennoch war ich mir der sinnlichen Energie bewusst, die uns beide umfing. Aber ein solches Bewusstsein machte alles nur noch schwerer. Wir umklammerten einer die Hände des anderen, als wollten wir einander nie mehr loslassen.

"Ich will dich nicht verlieren", flüsterte ich meiner Liebsten zu, "wir gehören doch zusammen": Auch sie versicherte mir mit tränenumflorter Stimme, dass sie am liebsten immer nur hier sitzen bleiben wolle, um mich nicht loslassen zu müssen.

"Lass uns für einige Tage nach Ägypten reisen", schlug ich ihr hoffnungsvoll vor, "dort waren wir unbeschwert glücklich. Wir lassen für einige Tage alles hinter uns, und reiten gemeinsam in den Sonnenuntergang am Meer entlang und besuchen deinen Liebling Meraltargo. Vielleicht gelingt es uns, die Gedanken zu klären und wir können Wege finden, die unser beider Verschiedenartigkeiten auf einen gemeinsamen Nenner bringen. Vielleicht kann uns dabei auch ein wenig die Weisheit Mustafas behilflich sein."

Florentine sah mich mit ihren schönen Augen, die nun in Tränen schwammen, traurig an und nickte hoffnungslos, wie mir schien. Beide wussten wir, dass es wenig Sinn machte, uns noch weiter auseinanderzusetzten und aufzulisten, wer von uns Konzessionen machen könnte und wer beharren musste auf seinem Lekonzept. Wortlos spazierten wir dann den ganzen Nachmittag durch Mailand und zwangen die Gedanken weg von unserer inneren Zerrissenheit. Wir besuchten den Mailänder Dom mit seinen alten Terrassen, und fanden noch Zeit für den Besuch im Reflektorium des alten Klosters Maria delle Grazie, wo wir andächtig eine Weile vor Leonardo da Vincis Abendmahl verharrten. So gelang es uns tatsächlich unsere persönlichen Empfindungen für einige Momente aus dem Gedankenkarussell zu verbannen. "Später, später findet sich für alles eine Lösung", so dachten wir beide niedergeschlagen und wenn wir ehrlich waren, ohne übermäßig große Zuversicht. Wir hielten einander weiter fest, als würden wir verloren gehen, wenn einer von uns losließe.

Wortkarg nahmen wir ein wunderbares Dinner im Hotelrestaurant ein, um am Folgemorgen gleich nach dem Frühstück in unser Flugzeug nach München einzuchecken.

Florentine wollte nach unserem Kurzurlaub noch ein paar Tage in Urmenau verbringen und ich suchte mein Heil darin, dass ich liegengebliebene Büropflichten und aufgelaufene Geschäftstermine abarbeitete. Mein Vater suchte mich in meinem Büro auf und bat mich zu einem Vier-Augengespräch. Ich ahnte schon, dass es um Florentine gehen sollte.

Mein Vater versicherte mir dann tatsächlich auch, dass er durchaus verstünde, wie wichtig sie mir sei und wie sehr auch er sie und ihren Charakter und ihre schöne Seele schätzen würde. Er gab aber zu bedenken, was mir selbst längst klar war, dass dieses, unbestritten zauberhafte Geschöpf einfach nicht in unse-ren nüchternen Geschäftsalltag passte. Sie sei, das versicherte er mir glaubhaft, auch ihm ans Herz gewachsen. Aber manchmal im Leben ginge es eben darum, der Vernunft zu folgen und den Verstand nicht völlig auszuschalten und den Gefühlen nicht die Oberhand zu lassen. "Du musst verstehen, dass deine Florentine sich in einer Geschäftswelt, wie wir sie mit unserer Firma repräsentieren, nicht wirklich wohl fühlen kann. Deine Versuche, sie unseren Traditionen und auch dem Lebensstil unserer Familie anzupassen, müssen einfach scheitern. Und sie selbst kann mit uns auch nicht glücklich sein, wenn ihr laufend "die Flügel gestutzt werden", damit sie den von uns geforderten Normen entspricht."

"Ich kann ohne sie nicht sein", antwortete ich ihm, "ich habe noch niemals vorher so tief für einen Menschen empfunden. Ich verzichte lieber auf alle Annehmlichkeiten, die ich durch unsere Firma und alle Privilegien habe, als sie zu verlieren".

Mein Vater sah mich nachdenklich an: "Darum geht es nicht alleine, du bist im Moment bereit auf alles zu verzichten, was dich bisher ausgemacht hat. Freilich, du verarmst nicht, wenn du dich von unserem Unternehmen löst, du verfügst ja über eigenes Vermögen. Aber es geht um deine gesellschaftliche Stellung und damit auch um einen Beruf, den du, abgelöst von allen gewohnten Geschäftsverbindungen, nicht ausüben kannst. Hast du dir das auch genau klargemacht?"

Bekümmert suchte ich nach Gegenargumenten, auch für mich, denn ich wollte einfach nicht glauben, dass es für zwei Menschen, die sich so innig liebten, wie meine Florentine und ich, keine Chance für ein gemeinsames Leben geben sollte.

Aber mein Vater fuhr gnadenlos weiter fort: "Und welche Hobbys verbinden euch? Deine Verlobte geht völlig auf in ihrer Tierliebe samt Pferdezucht, in ihren Reiterseminaren, in ihren landwirtschaftlichen Aktivitäten und jetzt in ihrem Studium. Das alles ist mit deinen und unseren Interessen kaum vereinbar. Oder willst du ihr die eigenen Wünsche und Ziele komplett nehmen?" Das war noch nicht alles, was mein Vater mir zu sagen hatte: "Und was ist mit deinen eigenen privaten Ambitionen? Was ist mit Golf und mit Tennis? Wie sieht es mit Skiurlauben aus, wie mit Teilnahmen an Segelregatten? Willst du deine zukünftige Frau dafür begeistern, dass sie sich deinen Hobbys anschließen möge, weil für ihre eigenen Passionen ja kaum Zeit bliebe?" Innerlich musste ich meinem Vater zustimmen. In jedem der vorgebrachten Punkte. „Würde ich auf alle die gewohnten Vergnügungen verzichten wollen? Oder sollte ich von Florentine erwarten können, dass sie ihren eigenen Leidenschaften Lebewohl sagt, um mit mir mein Leben zu leben?"

"Als absoluten Mangel empfinde ich auch", fuhr mein Vater eindringlich fort, "dass deine Florentine sich überhaupt nicht für unsere Firma interessiert. Dies merkt man ihr auch bei den öffentlichen Auftritten an. Also würde es auch nie eine Zusammenarbeit mit ihr in unserem Familienunternehmen geben, wie es ja doch immer geplant gewesen ist, nicht wahr?".

Mein Vater sah mir eindringlich in die Augen und ich spürte seine Sorgen um mich und uns alle.

Tief berührt von seinen Worten versprach ich meinem Vater, alles wirklich sorgfältig zu überdenken, was Florentine und ich dann letztendlich selbst entscheiden müssten. Es ging ja vordringlich um uns und unser Glück und damit unser Schicksal. Da durften die Belange der Firma und die Erwartungen meiner Familie nicht die Hauptrolle spielen.

In meinem Kopf aber herrschte absolutes Chaos, das ich nicht geordnet bekam und mein Herz war tonnenschwer. Ich versuchte, meinen düsteren Grübeleien Einhalt zu gebieten und richtete meine Gedanken jetzt bewusst auf die bevorstehende kleine Reise nach Ägypten. Ich wusste nur, dass ich zu jedem Entgegenkommen bereit war und konnte mir einfach nicht vorstellen, dass oder wie ich ohne Florentine weiterleben könnte.

Es war meine Art eigentlich nicht, nur für die Gegenwart Sorge zu tragen, Immer hatte ich schon die Planungen für die nächsten Schritte und für ihre Konsequenzen im Sinn gehabt. Und das galt für geschäftliche Unternehmen genauso, wie für meine privaten Ambitionen. Derzeit aber wagte ich nicht, über den Tag hinaus zu denken. Es passte eigentlich nicht zu mir, einer Illusion nachzugeben, der völlig die Grundlagen fehlten. In unserem speziellen Fall aber wollte ich unbedingt an eine Art von Wunder glauben, wohl, weil ich mir das so sehr wünschte.

Ich wollte mich dafür auf die Reise mit Florentine freuen und machte daran alle meine Hoffnungen bezüglich unserer Zweisamkeit fest. Ich wollte glauben, dass diese Reise wie eine positive Zäsur in unserem Leben wirken könnte und als Wegweiser dafür, wie es weitergehen könnte mit uns beiden. Ein kindlicher, ein naiver Glaube, wie sich bald herausstellte.

Als Florentine aus Urmenau wieder bei mir in München eingetroffen war, hatten wir gerade mal Zeit, unser Gepäck zu richten, das wir für die Reise nach Ägypten brauchten. Besorgt forschte ich in Florentines Gesicht, um feststellen zu können, wie sie fühlte und ob sie für mich noch so tief empfand, wie ich für sie. Eigentlich war ihre Miene immer wie ein offenes Buch für mich gewesen. Auch jetzt sah ich in ihrer Begrüßung für mich Herzlichkeit und ehrliche Freude, mich zu sehen. Aber die übermütige Fröhlichkeit, die unseren Umgang miteinander immer so leicht und lustig gemacht hatte, war einem vorsichtigen Ernst gewichen.
"Ich habe sie befangen gemacht" dachte ich, "sie kann sich nicht mehr bedenkenlos ihren Gefühlen, ihrem koketten, witzigen Wesen hingeben, das so bezaubernd gewürzt war mit Schlag-

fertigkeit und frechen Sprüchen". Diese Erkenntnis traf mich wie ein scharfes Messer. "Sie will es mir recht machen, sie ist vorsichtig und hat Angst, etwas Falsches zu machen oder zu sagen." Ich dachte an das Gespräch mit meinem Vater und fragte mich, ob es nicht Freiheitsberaubung war, was ich mit ihr betrieb. Da vertraute mir das bezauberndste Wesen der Welt grenzenlos und ich habe nichts Eiligeres zu tun, als sie umzuerziehen und hinein zu bugsieren in die von anderen Leuten vorgegebenen Verhaltensmuster. Mir drängte sich der Vergleich mit einem schillernden Vogel auf, der sich jubilierend in die schimmernden Lüfte erheben will und den ich dazu zwinge, sich erdenschwer auf dem Boden fortzubewegen.

Mich ließen solche traurigen Gedanken nicht los und ich richtete meine irrationalen Hoffnungen auf die Woche in Hurghada.

Endlich im Flugzeug, seufzten wir beide erleichtert auf und konnten damit beginnen, den Alltag hinter uns zu lassen und uns aufeinander zu freuen. Ich war sicher, dass sich Florentine, genau wie ich, viele Gedanken über unsere Zukunft gemacht hatte. Als ich sie danach fragte, antwortete sie mir ernst, dass sie an nichts anderes denken könne, und dass sie genau wisse, dass es ihre Schuld sei, dass vieles so schieflaufe und dass sie der Anlass für so mache ärgerliche Situationen gewesen sei. Sie sei sehr traurig darüber, mich so enttäuscht zu haben. Nun denke sie unablässig darüber nach, ob sie sich so verbiegen könne, dass sie mein Leben tatsächlich bereichere, nicht vielmehr belaste, wie das wohl immer häufiger der Fall sei.

Erschrocken, machte ich mir bewusst, dass meine Liebste bereits dabei war, sich von mir zu entfernen. Ich spürte ja schon seit ihrer Ankunft in München ihre reservierte Haltung und fürchtete, dass ich dabei war, sie zu verlieren.

Dann aber wurde der Kurzurlaub doch noch zu einer Reise voller Glück. Der Empfang, den uns Mustafas Familie wieder bereitete, trug uns mit seiner Wärme und Begeisterung durch die

Ferientage. Die Ritte am Strand und der Besuch bei den Noma-
den und ihre Herzlichkeit wärmten unsere Seelen und halfen
dabei, auch wieder übermütig und selbstvergessen miteinander
umzugehen.

Herzzerreißend aber gestalteten sich die Besuche zu dem inzwischen halbwüchsigen Meraltargo, dem Araberfohlen, in das
sich Florentine gleich bei dessen Geburt so unsterblich verliebt
hatte. Zu sehen wie auch er auf sie reagierte, war berührend. Es
schien, als würde er flirty auf ihre Zurufe, ihre ausgestreckten
Finger und ihre Versuche ihn zu streicheln eingehen, um dann
keck wegzuspringen und sich ihr zu entziehen.

Er entwickelte sich, wie Mustafa stolz konstatierte, zu einem
stolzen und bildschönen Burschen, der bereits weltweit unter
Züchtern große Aufmerksamkeit erregt hatte. Florentine besuchte ihn nun täglich morgens und wenn es möglich war, auch am
Abend. Von der Mutterstute argwöhnisch beäugt, versuchte sie,
dem kleinen Rappen immer näher zu kommen. Und es schien,
als würde sie von ihm schon ungeduldig erwartet, wenn sie ihn
besuchte.

Als wir abreisten, weinte Florentine bitterlich und versprach dem
Fohlen wieder, dass sie ihn bald besuchen würde. Mustafa lachte
freundlich und versprach, ihn noch eine ganze lange Wei-le bei
seiner Mutter zu lassen, sodass sie ihn mit Sicherheit noch
anträfe, wenn sie wiederkäme.

Auf der ganzen Rückreise war Florentine ungewohnt schweigsam. Immer wieder kullerten aus ihren schönen Augen glitzernde Tränchen, die ich auf den Abschiedsschmerz von Meraltargo zurückführte.

In München ging jeder von uns wieder den eigenen Pflichten
nach und wir sahen uns kaum. Oft schlief Florentine schon,
wenn ich nach einem stressigen Bürotag heimkam, oder sie
selbst kam spät nach Hause oder aber sie war schon nach Urme-

nau aufgebrochen. Wir lebten eine Zeitlang nebeneinander her ohne gemeinsame Aktivitäten. Fast hatte ich den Eindruck, dass wir einander unbewusst aus dem Weg gingen.

Mein Vater lud zu seinem 70. Geburtstag ein und Florentine sagte freudig zu, als hätte sie darauf gewartet, allen unseren Familienmitgliedern die sich komplett zu meines Vaters Ehrentag versammeln würden, zu begegnen.

Wieder einmal mehr stellte ich fest, wie liebenswürdig und unwiderstehlich meine Liebste sich geben konnte. Sie ließ sich für den Besuch widerstandslos von mir bei der Kleiderauswahl beraten und sah einfach nur hinreißend aus. Ihr leuchtendes Haar hatte sie zu einem einfachen Zopf geflochten und trug dazu die Jadeohrringe, die ich ihr in Paris geschenkt hatte. Zu einem knielangen Kleid aus blütenbunter Seide mit weit schwingendem Rock passten die signalroten Wildlederpumps perfekt. Bevor wir aufbrachen, betrachtete ich sie beglückt und mein Herz war übervoll und irgendwie auch wieder einmal seltsam berührt von der Idee, dass dieses schöne Geschöpf tatsächlich zu mir gehörte.

Alle meine trüben Gedanken und Zweifel waren wie weggeblasen, als ich dann erleben durfte, wie es Florentine ausch diesmal gelang, bei der Geburtstagsfeier alle Anwesenden zu verzaubern. Sogar mein Vater, das beobachtete ich erstaunt, konnte kaum die Augen von meiner Liebsten wenden.

Sogar meine Mutter nahm sie mehrmals in die Arme, was für ihre Verhältnisse ungewöhnlich war, denn sie war ein sehr zurückhaltender Mensch, der tiefe Gefühle nicht nach außen trug. Besonders begeistert aber waren wieder die Kinder meiner Geschwister, sie klebten förmlich an Florentine und mochten sich gar nicht von ihr trennen.

"Na also", dachte ich, "sie alle sind eingenommen von ihr, alle sind ein wenig verliebt in sie, dann muss es doch auch möglich sein, dass unsere großen Unterschiede miteinander harmonieren, und dies auch in der Umwelt Akzeptanz finden kann." Ich war jedenfalls superstolz darauf, wie es meiner eigenwilligen Florentine wieder gelungen war, die Menschen für sich zu gewinnen.

Als ich sie auf unserem Heimweg zu dem grandiosen Erfolg beglückwünschte, den sie bei meinen Leuten einheimsen konnte, lächelte sie versonnen und bat mich, auch ein Treffen mit Lucas und Illa, meinen Jugendfreunden zu vereinbaren. Sie wolle sich bei den beiden dafür bedanken, dass diese sie schon zu Beginn unserer Beziehung so freundlich aufgenommen hatten.

Nur zu gerne wollte ich ihr diesen Wunsch erfüllen, wunderte mich nur darüber, denn Florentine ging eigentlich gesellschaftlichen Verpflichtungen lieber aus dem Weg, als sie zu suchen.

Ein wenig traurig machte es mich, dass wir in den Folgetagen zwar liebevoll miteinander umgingen, ich empfand jedoch zwischen uns eine ungewohnte Distanz, die eine ersehnte Nähe nicht recht zuließ. Ich erklärte mir Florentines Verhalten mit dem Unistress, den sie derzeit zu bewältigen hatte.

Der Besuch bei Lucas und Illa verlief genauso liebenswürdig, wie ich unser Familienfest erlebt hatte. Das nette Ehepaar ließ mich an diesem Nachmittag mehr als einmal wissen, wie angetan beide von meiner Zukünftigen sind und dass ich mich glücklich schätzen kann, einen solchen Schatz erobert zu haben. Besonders Illa zog Florentine oft an ihre Seite und machte kein Hehl aus ihren freundschaftlichen Gefühlen für sie. Beim Abschied legte jeder, besonders auch die Kinder, Wert darauf, mit festen und langen Umarmungen zu demonstrieren, wie gerne man einander habe. Innerlich beruhigt nahm ich nach der herzlichen Verabschiedung meine Liebste bei der Hand und wir gingen langsam zu unserem Auto.

Auch während der Fahrt ließ ich Florentines Hand nicht los. Ein wenig enttäuscht war ich dann daheim, als sich Florentine mit Kopfweh entschuldigte und gleich zu Bett ging. Ich selbst ließ den schönen Tag noch langsam ausklingen, genoss ein Glas Wein und hörte dazu ein wenig Musik. Bewusst zuversichtlich wollte ich in die Zukunft blicken und ignorierte das mulmige

Gefühl, das mich schon seit Wochen quälte. Ich ahnte jedoch nicht im Mindesten, welche Katastrophe sich über mir tatsächlich zusammenbraute.

Als ich am nächsten Morgen aufwachte, hatte Florentine bereits liebevoll den Frühstückstisch gedeckt und mich mit dem Kaffeeduft aus dem Bett gelockt. Wir plauderten ein wenig über Belanglosigkeiten. Ich wusste ja, dass Florentine nach Urmenau fahren wollte und wünschte ihr schöne Tage mit ihrer Familie. Als wir uns voneinander verabschiedeten, hielt mich Florentine ungewöhnlich lange und innig fest, so als würde sie sich gar nicht mehr von mir lösen wollen. Sie flüsterte mir zu, dass sie sich nicht genug für alles bedanken könne, was ich für sie getan habe und dass sie mich sehr lieb habe.

Ich wunderte mich ein wenig über ihre sentimentale Stimmung und brach vor ihr in Richtung zu meinem Büro auf. Florentine wollte noch die Küche aufräumen und dann auch gleich abreisen.

Ich ging, voller zärtlicher Gedanken für meine Liebste in meinen Büroalltag und schalt mich wegen der dunklen Gedanken, die mir mein Unterbewusstsein aufdrängen wollte und die mich den ganzen Tag über nicht verließen. Mehrfach versuchte ich dann, Florentine auf ihrem Handy zu erreichen, um ihr etwas Liebes zu sagen, bekam aber keinen Anschluss.

Als ich am Spätnachmittag deshalb etwas besorgt in Urmenau anrief, sagte mir ihre Schwester, dass Florentine nicht dort sei und man sie auch nicht erwarte.

Unruhig verabschiedete ich mich im Büro hastig von meiner Sekretärin und eilte heim, um von dort aus wieder zu versuchen, Florentine telefonisch zu erreichen.

Unsere Wohnung empfing mich seltsam fremd. Sie war perfekt aufgeräumt, ja sogar Florentine Jacke und ihr Mantel hingen nicht in der Flurgarderobe. Alarmiert nahm ich auch zur Kenntnis, dass ihre Hausschuhe und andere ihrer Schuhe, die dort gestanden hatten, nicht mehr zu sehen waren. Als ich den Garderobenschrank öffnete, fehlten auch Florentines Straßensachen. Ich eilte ins Schlafzimmer und öffnete ihren Schrank und atmete auf, als mir darin Florentines gesamte Garderobe entgegenleuchtete.

Dennoch, etwas ratlos ging ich in die Küche, um mir eine Kleinigkeit zum Essen zuzubereiten. Als ich mich am Esstisch niederlassen wollte, stockte mein Schritt, weil ich ein weißes Couvert auf dem Tisch liegen sah. Noch nichts ahnend dachte ich, Florentine hätte mir eine Nachricht hinterlassen. Und so war es denn auch, nur dass die Nachricht mir das Blut in den Adern stocken ließ und mir das Gefühl vermittelte, dass mein Herz aufhören wollte zu schlagen. Vor mir lag ein Abschiedsbrief. Florentine schrieb mir:

Mein Liebster,
verzeih´ mir, dass ich mich auf diese Weise aus deinem Leben stehle.
Das hast du nicht verdient. Aber wenn ich dir gegenüberstehe, habe ich nicht die Kraft zu gehen. Aber ich muss gehen, das weiß ich nur zu genau und das weißt auch du.
Aber auch wenn ich nicht mehr bei dir sein kann, habe ich nicht aufgehört, dich zu lieben. Und diese Liebe zu dir wird mich mein ganzes Leben lang begleiten. Mit niemandem wird es so sein wie mit dir. Aber wenn ich bleibe, ist bald nichts mehr von der Florentine übrig, die du so liebst. Und wir müssen dann auseinandergehen, wenn nichts mehr davon geblieben ist von dem großen Gefühl, das wir beide füreinander haben.
Ich habe dir so unendlich viel zu verdanken und ich würde so gerne für immer an deiner Seite bleiben. Aber da gehöre ich einfach nicht hin, das wissen wir doch beide.
Verzeih mir also den Weg, den ich gewählt habe, um wieder in ein eigenes Leben gehen zu können und wieder ich zu werden.
Die Treffen mit deiner Familie und deinen wichtigsten Freunden waren auch mir wichtig, weil ich innerlich auch von ihnen

Abschied nehmen wollte. Bitte richte ihnen meinen Gruß aus und erkläre ihnen, dass ich nicht anders kann.
Meine Semesterferien nutze ich, um mich wieder zu sortieren. Ich bin dafür nicht in Urmenau, sondern bleibe für einige Wochen unerreichbar. Bitte mache es uns nicht unnötig schwer und suche mich nicht.
Mein Herz bleibt für immer ein Wohnort für dich, auch wenn ich dich darin ganz fest einschließen und den Schlüssel wegwerfen muss.

Ich umarme dich innig, deine Florentine

Ich sank schluchzend auf einen Küchenstuhl und wollte es nicht fassen, was ich las. "Nein" sagte ich laut, "nein, ich kann dich nicht gehen lassen. du gehörst doch zu mir!"

Ich rief hilfesuchend meinen Freund Lucas an und sagte ihm, dass Florentine mich verlassen hätte.
"Bleib wo du bist", sagte er mir, "ich komme und wir reden".
Ehe ich ihm sagen konnte, dass ich lieber alleine bleiben wolle, hatte er schon aufgelegt. Bei meinen verzweifelten Versuchen, ihn zu erreichen, um ihn am Kommen zu hindern, ging er nicht ans Telefon. "Er weiß genau, dass ich sein Kommen verhindern will", dachte ich traurig, "Also werde ich ihn bitten, gleich wieder zu gehen, wenn er bei mir eintrifft."

Aber ich hatte nicht mit der penetranten Ausdauer meines Freundes gerechnet. er war keineswegs gewillt, sich abwimmeln zu lassen. Vielmehr steuerte er, als ich ihm die Tür geöffnet hatte, zielsicher auf meine Hausbar zu und schnappte sich eine Whiskyflasche. Nachdem er zwei Gläser mit Eiswürfeln gefüllt hatte, setzte er sich an den Küchentisch und bedeutete mir, ebenfalls daran Platz zu nehmen. Das muss man sich mal vorstellen: e r f o r d e r t e m i c h d a z u a u f , a n m e i n e m T i s c h Platz zu nehmen.

Als ich nun zur Kenntnis genommen hatte, dass sich mein Feund Lucas nicht vertreiben ließ, setzte ich mich seufzend an seine Seite, mit dem Gedanken, nur einen einzigen gemeinsamen Drink mit ihm zu nehmen. Daraus dann aber wurde eine voll-trunkene Nacht, in der ich mein Leid buchstäblich im Alkohol ertränkte. Mein Lucas bewies mir seine Freundschaft, indem er genauso eifrig dem Whisky zusprach wie ich und er mir einfach nur zuhörte. Von Zeit zu Zeit nickte er zustimmend, wenn ich zum widerholten Mal meiner Wut, meiner Enttäuschung, letzt-endlich aber meinem Schmerz Ausdruck gab.

Im Rückblick weiß ich den Freundschaftsdienst, den mir mein Freund Lucas mit dieser alkoholseligen Nacht, mitsamt dem hef-tigen nachfolgenden Kater sehr zu schätzen. Er war einfach nur für mich dagewesen und ich konnte mein Leid herausschreien, konnte weinen, und mich von ganzem Herzen elend fühlen. Er leistete mir Beistand, in dem er im wahrsten Sinn des Wortes "bei mir stehen blieb".

Lucas schwänzte am Folgetag seine Büropflichten und auch ich entschuldigte mich bei meiner Sekretärin, die nun die Aufgabe hatte, alle vereinbarten Termine zu verlegen. Wir beide waren sturzbetrunken in mein breites Bett gefallen und in einen unru-higen, komaähnlichen Schlaf gesunken.

Als ich mittags wieder mühsam das Licht der Welt erblickte, schaute ich erstaunt auf meinen "Beischläfer" und rappelte mich qualvoll hoch, um uns beiden ein randvolles Glas Wasser mit je einem Alka Selzer für unsere Lebensrettung zu bereiten.

Jawohl, wir hielten uns beide stöhnend den Kopf. Bei Lucas Anruf daheim stellte dieser den Lautsprecher seines Handys laut, damit ich seine Frau Illa schadenfroh lachen hören konnte. Sie hatte schon geahnt, wie dieser Abend enden würde, nachdem ihr Mann ihr beim Weggehen noch kurz zugerufen hatte, dass ein Rettungseinsatz bei mir gefragt war und weshalb ich seines Beistands bedurfte.

Ich orderte für uns Übernächtigte telefonisch ein deftiges Frühstück bei einem befreundeten Gastronomen. Nach der ersten Tasse starken Kaffees meldeten sich langsam unsere Lebensgeister wieder und wir beide versuchten unsere Gedanken und Worte wieder zu ordnen, wohl wissend, dass uns der Sinn beileibe nicht nach einer Fortsetzung unseres gestrigen Absturzes stand.

Ziemlich schweigsam zwangen wir uns dann doch dazu, dem deutlichen Kater einige würzige Bissen aus dem üppigen Frühstücksangebot entgegen zu setzen.

In Bezug auf meinen jammervollen Auftritt in der Nacht teilte ich meinem Freund entschlossen mit, dass ich die Entscheidung von Florentine nicht akzeptieren werde. Ich würde um sie kämpfen und alles tun, um sie zurückzuerobern.

Lucas schaute mich zweifelnd an: "Hast du denn ihre Gründe, die sie zu der Trennung bewogen haben, verstanden?", fragte er vorsichtig.

Ärgerlich antwortete ich ihm, dass es doch möglich sein müsse, einen Weg zu finden, wenn man das wirklich wolle. Diese Liebe zueinander könne doch kein Irrtum gewesen sein. Man müsse eben reden und auch bereit sein, um die Beziehung zu kämpfen.

"Hast du dich denn auch mal in ihre Situation versetzt?", führte Lucas weiter aus, „sie ist es doch, die ihr Leben, ihre Pläne, ihr Wesen und ihre Träume aufgeben muss, wenn sie mit Dir einverständlich leben will, das kann doch für eine gleichberechtigte Partnerschaft nicht gesund sein."

Verständnislos sah ich meinen Freund an: "es geht um Liebe", sagte ich wütend, "dass so ein Gefühl einem Menschen nur einmal im Leben begegnet, das habe ich gerade schmerzvoll erfahren dürfen. Und genau deshalb bin ich geradezu verpflichtet, dieses Gefühl zu bewahren und nicht einfach aufzugeben, weil es Gewitterwolken am Horizont gibt, das bin ich mir und schließlich auch ihr schuldig"

Lucas schüttelte freudlos den Kopf und gab seiner Enttäuschung

177

darüber Ausdruck, dass ich vernünftigen Argumenten leider nicht zugänglich sei und dass mein Hirn durch extremen Liebeskummer total vernebelt wäre. Außerdem verdächtigte er mich, dass meine Eitelkeit sicherlich tief verletzt sei, weil ich es war, der verlassen wurde. Wutentbrannt entgegnete ich ihm, dass mir solch ein eitles Getue fern sei. Meine Liebe zu Floren-tine sei echt und mein Schmerz beziehe sich darauf, dass ich sie für immer verlieren könnte, nicht auf den Erhalt meines Egos.

Als wir uns zum Abschied umarmten, war uns beiden klar, dass ich meinen Weg fortsetzten würde, und sei er noch so unvernünftig. Lucas wünschte mir viel Kraft für meine nächsten Schritte. Allerdings machte er kein Hehl daraus, dass er sich kaum vorstellen könne, dass es mir gelänge, Florentine zurückzugewinnen.
Es versteht sich wohl, dass ich nach einer solchen Ansprache keinen guten Gedanken für meinen Freund aufbringen konnte.
Er versäumte dennoch nicht, mir zu versichern, dass er sofort an meiner Seite wäre, wenn ich jemanden zum Reden oder zum Trösten bräuchte.

Obwohl Florentine mir geschrieben hatte, dass sie nicht nach Urmenau reisen würde, wollte ich genau dorthin fahren, um mein verwundetes Herz bei ihren Geschwistern, vor allem aber bei ihrer Mutter Elsa auszuschütten. Was ich mir davon versprach, wusste ich selber nicht. Jedenfalls hatte ich das Bedürfnis, mit den Leuten zusammen zu sein, die meiner Liebsten am nächsten standen. Vielleicht erwartete ich Trost? Oder ich hoffte auf Fürbitte, dass ihre wichtigsten Menschen vielleicht ein Wort zu meinem Gunsten bei ihr einlegen würden.

Erst einmal aber traf ich einige Radikalmaßnahmen, um nach dem Alkoholexzess wieder auf die Beine zu kommen. Ich zwang mir dafür einige schweißtreibende Sportübungen ab und schockkierte meinen Körper mit einer ausgiebigen eisekalten Dusche.

Mit einem großen Strauß gelber Rosen bewaffnet, lenkte ich mein Auto nach Urmenau. Ich preschte in unvernünftig hohem Tempo über die Autobahn und nahm dann auch die Landstraße zu meinem Zielort in unverantwortlicher Raserei, weil ich es kaum erwarten konnte, endlich in der Ebelingküche zu sitzen.

Dort traf ich dann nur Mutter Elsa an, die mich mit gewohnter Herzlichkeit, aber mit ernster Miene begrüßte. Sie hielt mich an beiden Armen fest und sah mir eindringlich ins Gesicht, wobei sie mich besorgt fragte, wie es mir ginge. Es war mir klar, dass sie wusste, wie es um mich und Florentine stand.

Als ich ihr sagte, wie traurig ich darüber sei und dass ich so sehr darauf hoffte, dass nicht einfach alles vorbei sei, was Florentine und mich verband, nickte sie verstehend. Mutter Elsa setzte sich mit mir an den langen Tisch und hörte sich meine Klagen geduldig an und hielt dabei tröstend meine Hände.

"Mein lieber Constantin", sagte sie mitfühlend, du bist uns in der Zeit, in der wir dich kennengelernt haben, ans Herz gewachsen. Dies nicht erst, seitdem du mit unserer Florentine verbandelt bist. Als wir allerdings von eurer Liebe zueinander erfahren haben, waren wir nicht wenig erschrocken. Wir haben das akzeptiert, obwohl uns allen, jedem Einzelnen unserer Familie klar war, wie problematisch eine solche Verbindung für euch zu leben ist. Wir kennen unser Mädchen doch genau und können uns kaum vorstellen, dass sie in einer Welt glücklich sein kann, die so anders ist, als alles, was sie bisher gekannt hat. Aber wir haben auch gesehen, wie glücklich unser Kind war und wir haben so sehr gehofft, dass eure gemeinsamen Pläne sich trotz aller Bedenken verwirklichen lassen."

Ich konnte meine Tränen nicht zurückhalten und versicherte der Frau, die soeben noch meine „Schwiegermutter in spe" gewesen war, dass Florentine die Liebe meines Lebens sei und dass ich alles, einfach alles tun würde, um sie zurückzugewinnen.

Mutter Elsa sah mich mitfühlend an und legte tröstend einen Arm um meine Schulter: "Wenn du sie liebst, musst du sie gehen lassen", sagte sie, "sie kann in deiner Welt nicht glücklich sein. Mit zunehmender Sorge haben wir beobachten können, wie all die Leichtigkeit und Fröhlichkeit, die ihr Wesen ja ausmachen, einem großen Ernst und einer ungewohnten Verschlossenheit gewichen sind. Alle meine Versuche, mit ihr darüber zu reden, sind gescheitert. Als sie dann kam und weinend gestand, dass sie nicht bei dir bleiben kann, haben wir verstanden, ohne dass viel Worte gemacht werden mussten. Ich appelliere also an dich und bitte dich, erspare ihr deine Überredungskünste und lasse sie gehen."

Mutter Elsa fügte noch an: „Ich wünsche ihr so sehr, dass sie ihre verlorene Fröhlichkeit wieder zurückbekommt und dass sie wieder ein eigenes Leben führen kann."

Elsa hielt mir weiter liebevoll und mitfühlend vor Augen, wie sehr sich Florentine für mich und mein Leben verbiegen musste und wie schwer es ihr gefallen war, sich anzupassen und meine Sicht auf das Leben zu verstehen und diese auch zu teilen.

Meine Gedanken überschlugen sich. Ich hatte urplötzlich das Gefühl, dass sich ein Vorhang öffnete. Ich verstand zunehmend, was ich Florentine abverlangt hatte. Und mir wurde tatsächlich klar, welche Opfer meine Liebste auf sich genommen hatte um uns Gemeinsamkeit zu ermöglichen. Ja, es war so, sie hätte sich praktisch aufgeben müssen, um allen Erwartungen zu genügen, die von allen Seiten, von meiner Familie, meinen Freunden und auch meinem beruflichen Umfeld in sie gesetzt wurden.

Auch von mir! Das musste ich reuevoll eingestehen. Ich hatte dieses zauberhafte Naturkind herausgerissen aus ihrer heilen Welt und wollte sie mit Gewalt in meine Welt verpflanzen, in der sie verwelken musste, ohne dass sie oder mich Schuld daran träfe.

Unser beider Leben war einfach nicht zueinander passend, dass musste ich todtraurig eingestehen.

Wie ein Häufchen Elend saß ich in der Ebelingküche und mein Herz war tonnenschwer, weil ich die Hoffnungslosigkeit eingestehen musste, wo ich doch eigentlich Liebesglück ertrotzen wollte.

Als dann nacheinander alle Ebelings in der Küche eintrudelten, machten es deren wortlose Umarmungen für mich nicht leichter, mich zu fassen. Paulines Angebot, bei ihnen zu übernachten und erst morgen wieder nach München zurückzufahren, weil mein offensichtlich jammervoller Zustand sie dauerte, lehnte ich ab, denn in Florentines Umfeld zu bleiben, würde ich jetzt einfach nicht aushalten.
So verabschiedete ich mich von Flo, von Paula, Sebastian und Vater Ebeling, besonders aber von Mutter Elsa, von jedem einzelnen von ihnen, wohl ahnend, dass dies wohl ein Abschied für immer sein würde.
Laut schluchzend fuhr ich langsam zurück nach München. Ich wusste tief in meinem Herzen, dass es vorbei war; in meinem Leben würde es Florentine nicht mehr geben.

Daheim angekommen saß ich lange vor dem geöffneten Schrank mit Florentines Garderobe. Sie hatte alles was ich ihr gekauft hatte dagelassen, Kleider, Schuhe, Schmuck und auch Handtaschen. Paula hatte mir übermittelt, dass ihre Schwester nichts davon behalten könne. Sie würde mich bitten, diese wunderschönen Sachen zurückzugeben, oder an meine Schwester oder an Illa weiterzuverschenken. Sie selbst würde es nicht über sich bringen, etwas davon zu tragen. Lediglich ein Jadeherz, mein allererstes Geschenk an sie, würde sie gerne behalten, es sei denn, ich würde es zurückfordern.

Ich vergrub mein Gesicht in die kostbaren Stoffe von Florentines Kleidern und wollte einfach nur weinen und trauern über mein verlorenes Glück. "Es tut so weh", dachte ich immer wieder. Ich konnte kaum glauben, dass mein Herz je wieder leicht sein würde, und Lachen wieder vorkommen könnte in meiner Zukunft, die mir ohne Florentine leer und freudlos erschien.

Aber wie das so ist mit den inneren Wunden, mit der Zeit lässt man Heilung wieder zu und Normalität erobert wieder den Alltag. Wo ich mich zunächst meiner trostlosen Stimmung hingegeben hatte, wich dieses dumpf-traurige Gefühl nach einigen Wochen wieder der gewohnten Routine. Allerdings hatte ich zunächst wenig Sinn für die Vergnügungen der alten Zeiten. Mir erschien alles so seicht, so wenig wichtig, dass ich mich mehr denn je in meine Arbeit vertiefte und auch wieder kleine Geschäftsreisen auf mich nahm.

Meine Eltern wunderten sich über den großen Arbeitseifer, den sie in einer derart extremen Form gar nicht von ihrem jüngsten Sohn gewohnt waren, und der in ihren Augen besorgniserregende Züge annahm. Besonders meine Mutter machte sich Sorgen um mein seelisches Wohlergehen. Niemand aber thematisierte die Trennung von Florentine.

Wenn die Kinder gelegentlich nach ihr fragten, trieb mir das immer noch die Tränen in die Augen und ich vermutete, dass meine Eltern alle Familienmitglieder gebeten hatten, sie möglichst nicht mehr zu erwähnen.

Meine Schwester hatte dann irgendwann den Mut, mich von meiner früheren Verlobten Leonie zu grüßen, die wohl davon gehört hatte, dass ich nicht mehr in meiner Liebesgeschichte gefangen sei. Sie hatte aber, dem Vernehmen nach seit einiger Zeit auch einen Freund. Sie ließ mir dennoch ausrichten, dass sie sich mir noch immer freundschaftlich verbunden fühle und dass sie mir mein seinerzeit unfaires Verhalten nicht nachtrage.

"Leonie", dachte ich reuevoll, "ihr habe ich besonders weh getan, und sie ist es, die mir offenbar großmütig verziehen hat und mir sogar ihre Freundschaft anbietet. Ich sandte ihr also Grüße zurück und nahm ihr Angebot, sie gelegentlich auf einen Kaffee zu treffen, gerne an.

Wie vertraut sie mir noch war und wie gerne ich sie noch immer hatte, empfand ich deutlich, als wir dann einige Wochen später im Residenz-Café beisammensaßen. Nein, ihr mein wehes Herz auszuschütten, hatte ich weder das Bedürfnis, noch die Absicht. Dafür ließ ich mir von ihr den neuesten Klatsch aus unserem gemeinsamen Freundeskreis berichten. Es tat einfach gut, dass ich erstmals wieder lauthals lachen konnte, als Leonie mir in ihrer amüsanten Art berichtete, wer es aktuell mit wem trieb und wer eben nicht mehr und warum nicht.

"Die Erde hat mich wieder", dachte ich leicht belustigt, "alles hat eben seine Zeit und es stimmt tatsächlich, dass die, als oft so gnadenlos empfundene Zeit letztendlich doch Mitgefühl mit den Wunden, besonders mit den inneren Wunden ihrer Opfer hat und sie lindert oder gar heilt."
Langsam nahm ich also wieder am gesellschaftlichen Leben Münchens teil, das ich so lange gemieden hatte. Und ich stellte befriedigt fest, dass ich wieder freudig aufgenommen wurde in der Welt der Schönen, der Reichen, der vermeintlich Wichtigen und auch der gänzlich Belanglosen.
An Florentine dachte ich dennoch an jedem Tag, und das bei unzähligen Gelegenheiten. Wehmütig zwar, aber nicht mehr so schmerzvoll, wie in den ersten Wochen, nachdem sie mich verlassen hatte.

Ich brachte es allerdings nicht über mich, in meiner Wohnung, die ja so lange auch unsere gemeinsame Wohnung gewesen war, wieder Gäste zu empfangen oder fröhliche Feste zu feiern, wie es in den längst vergangenen Zeiten, nämlich vor Florentine, üblich gewesen war. Auch vermochte ich es nicht, mich von Florentines Kleidern zu trennen. Ich war völlig ratlos, wie ich mit diesen Kostbarkeiten, die ich mir an keiner anderen Person als an ihr vorstellen konnte, verfahren sollte. Hoffte ich vielleicht ganz heimlich, in einem verborgenen Winkel meiner Seele, dass meine Liebste unverhofft zu mir zurückkehren würde?

183

Ich fragte mich auch oft, ob sie wohl noch an mich dachte? Doch, ja, ich wusste, dass ich für sie genauso wichtig gewesen war, wie sie für mich. Voller Sehnsucht erlaubte ich mir in vielen Momenten einen Blick zurück und holte mir einen Splitter von dem verlorenen Glück zurück in mein Bewusstsein.

Ja, es war Liebe gewesen, es ist immer noch Liebe und das würde wohl immer so bleiben. Aber ich musste endgültig einsehen, dass es vorbei war.

Ich wollte dankbar sein, dass ich ein so intensives Gefühl, eine so bedingungslose Glückseligkeit, wie ich es an ihrer Seite kennen gelernt hatte, überhaupt erleben durfte.

Wo immer auch meine Liebste jetzt sein würde, sie musste doch spüren, mit welcher Intensität ich noch immer an sie dachte.

Aber es kam tatsächlich der Tag, an dem ich an sie denken konnte, ohne dass es schmerzvoll an meinem Herzen zog. Ich dachte dann zärtlich an sie und lächelte versonnen und irgendwie gerührt, bis, ja bis mich der Schock meines Lebens traf:

In dezenter Vorfreude, die ich mir wieder und immer öfter wieder erlaubte, war ich mit Freunden zum Lunch verabredet. Ich fuhr die Prinzregentenstraße entlang und musste an einer Ampel halten, die Rot zeigte. Etwas abwesend blickte ich auf den Bürgersteig und mir sprang plötzlich von einer Litfaßsäule ein überlebensgroßes Werbeplakat direkt in mein Blickfeld.

Das leuchtende Foto darauf trug unverkennbar das Konterfei meiner Florentine. Es nahm mir regelrecht den Atem und ich hatte das Gefühl, dass auch mein Herz stehen blieb.

Lautes Hupen zwang mich zur Weiterfahrt. Aber auch an anderen Litfaßsäulen und einigen Plakatwänden, an denen ich nun, alarmiert und elektrisiert vorbeifuhr, blickten mir die Jadeaugen meiner Florentine mitten in mein Herz.

Bei der nächsten Möglichkeit parkte ich mein Auto unvorschriftsmäßig und lief ein Stück zurück um diese Fotos, mit denen anscheinend die gesamte Stadt zugepflastert war, näher in

Augenschein zu nehmen. Außer mir standen noch andere Passanten bewundernd vor einem auffallenden Plakat, auf dem Florentine für eine internationale Modefirma posierte.

Unten, in der Ecke des Plakates machte ich den Namen des Fotoateliers aus, dem diese Knallwerbung zu verdanken war. Ich las schockiert den Namen meines Freundes Lorenzo.

Wutentbrannt wählte ich auf dem Handy seine Telefonnummer. Als er sich meldete, ließ ich ihn gar nicht zu Worte kommen: "Du Verräter" schrie ich in den Hörer, "du hast Florentine dazu gebracht, deine dreckigen Angebote anzunehmen! Und ihr hattet nicht einmal den Anstand, mich von dieser unsäglichen Aktion zu unterrichten".

Beschwichtigend versuchte Lorenzo, mir das Unerklärliche zu erklären. Ich brüllte ihn einfach nieder, setzte mich wieder in meinen Wagen und knallte den Hörer auf die Ablage.

Wie von Sinnen raste ich durch die Stadt ins Büro zu meinem Freund Lucas. Der reagierte erschrocken und hatte alle Mühe, einen Kunden abzuwimmeln, mit dem er gerade eine Geschäftsbesprechung führte.

Zornbebend konnte ich mich kaum so lange beherrschen, bis der Klient das Büro meines Freundes verlassen hatte.

"Sie ist eine falsche Schlange, wie konnte sie mich nur so täuschen? Und ich bin auf ihr naives Getue hereingefallen", brach es hemmungslos aus mir heraus.

Verständnislos versuchte Lucas, mich zu beruhigen: "Von wem sprichst Du, was ist denn Schlimmes passiert?", fragte er besorgt.

Noch immer schreiend beschrieb ich Florentines, fast panische Aversion, die sie angeblich gegenüber Fotografen und deren verlockende Angebote hatte und mit denen sie laufend von Agenturen und Modefirmen überhäuft wurde. Ihr waren ja tatsächlich immense Summen geboten worden, um sie für Werbekampagnen oder Fotostrecken zu gewinnen. Immer aber hatte sie

185

abgelehnt, hatte mir glaubhaft versichert, dass es für sie nie und nimmer in Betracht käme, solchen hirnlosen Tätigkeiten nachzugehen.

"Und nun", wetterte ich weiter, "jetzt hat sie sich regelrecht prostituiert und ihre auffallenden Fotos hängen überall in der Stadt"!

"Gemach, mein Freund", sagte Lucas in seiner ruhigen Art, „jetzt sprich erst einmal mit diesem Lorenzo, der ja wohl der Urheber von dem ganzen Schlamassel ist. Sicherlich kann er dir erklären, wie es zu diesen unerwarteten Auftritten kommen konnte".

Nachdem ich mich einigermaßen gefasst hatte, fuhr ich, noch immer zornbebend, in meine Firma. Dort saßen mein Vater und meine beiden Geschwister in meinem Büro über aufgeschlagenen Modejournalen, von denen einige, um dem Ärgernis noch die Krone aufzusetzen, ganzseitige Fotos von Florentine veröffentlicht hatten.

Bei ihnen saß bereits mein sogenannter Freund Lorenzo, der ihnen mit weitausholenden Gesten Erläuterungen zu den Bildergalerien gab, die vor ihnen lagen.

"Du kommst mir gerade recht", schrie ich ihn an, "dir habe ich ja zu verdanken, dass ich gerade durch die Hölle gehe und dass ich mich vor der ganzen Stadt und auch unserer Branche gegenüber lächerlich mache, denn es dürfte ja hinreichend bekannt sein, dass dieses "Model", das ja angeblich nie eines sein wollte, zu mir gehört hat".

Mein Vater mit seinem besonnenen, ja auch nüchternen Wesen orderte erst einmal für uns eine Runde Cappuccino bei meiner Sekretärin und forderte uns auf, in Ruhe über alles zu sprechen. Er bat Lorenzo, zu berichten, wie es zu den Fotos gekommen sei und forderte vor allem mich auf, meine Emotionen zu zügeln und mich zu beruhigen.

Lorenzo, der bei meiner Schreierei zusammengezuckt war, erinnerte mich nun daran, dass er in der Vergangenheit, wie ich ja selber wüsste, mehrfach versucht hätte, Florentine dazu zu bewegen, einer Fotokarriere zuzustimmen. "Sie hat unverständlicherweise immer nur abgewehrt und sogar mehrfach ärgerlich erklärt, dass sie völlig andere Pläne habe. Dabei waren ihr riesige Chancen in Aussicht gestellt worden." „Ich habe ja schon bei den ersten Fotos mit ihr erkannt, welch ein Rohdiamant sich mir dabei zeigte. Und fast jeder der Modeheinis, denen ich ihre Fotos gezeigt habe, ist vor Entzücken darüber regelrecht im Kreise gehüpft und wollte unbedingt mit ihr arbeiten. Das allerdings ist nur zu verständlich, denn die Kameras lieben diese Florentine. Sie ist ja in Natur schon bildhübsch, aber auf Fotos ist sie einfach umwerfend, ist sensationell und man kann die Augen kaum von ihren Bildern wenden!"

Um seinen Worten noch mehr Gewicht zu verleihen, wies er auf den Stapel Fotos, den er vor uns aufblätterte. "Jeder Schuss ist ein Treffer" lamentierte er, "das ist ja wohl kaum zu bestreiten." Mein Vater nickte bekümmert: "Ja, aber wie ist es dennoch dazu gekommen, dass Florentine ihren Entschluss geändert hat? Sie erschien mir eigentlich eher ernsthaft und nicht wankelmütig in Bezug auf ihre Entscheidungen."

Lorenzo hob seine Schultern, ließ sie wieder abrupt fallen und sagte, dass er selber überrascht gewesen sei, als Florentine kürzlich in seinem Studio aufgetaucht sei und ihn gefragt hätte, ob sein Angebot, sie erfolgreich zu vermarkten, noch immer gelte. "Als mein Gesicht wohl ein großes Fragezeichen war, brachte sie hervor, dass sie kurzfristig eine große Summe Geldes bräuchte und es wäre hilfreich, wenn ich ihr dazu verhelfen könnte."

Lorenzo sagte ehrlich, dass er sich vor Freude kaum hatte fassen können. Ihm war sofort klar, dass er mit diesem Model auch die eigene Karriere in die erste Liga der Modefotografen katapultieren könnte.

Lorenzo beschrieb dann, wie er, bewaffnet mit einigen Fotos von

Florentine, persönlich bei den großen Agenturen, aber auch in den wichtigsten Modehäusern vorstellig geworden ist. Dazu wäre er einige Tage ununterbrochen unterwegs gewesen, denn er wollte das allerbeste Angebot herausfinden. Wie er vermutet hatte, war das Interesse an dieser außergewöhnlichen Schönheit groß, und gleich mehrere der großen Modehäuser wollten sich diesen strahlenden Hingucker, der sich so auffallend auf den Fotos präsentierte, sichern. "Dabei überboten sich die Firmen gegenseitig" erinnerte sich Lorenzo zufrieden. „Wie Florentine es sich gewünscht hatte, machte eine internationale Modefirma, die sich sofort für dieses „Gesicht des Jahres" entschied, für einen großen Betrag das Rennen."

Wie Lorenzo es versprochen hatte, konnte tatsächlich eine bedeutende Summe, wie sie Florentine vorschwebte, erzielt werden. Allerdings wollte sie sich auf eine längere Vertragsbindung nicht einlassen. Sie verpflichtete sich erst einmal nur für diese eine Kampagne. Auf seinen Vorhalt, dass langfristig tatsächlich riesige Gelder fließen könnten, hätte sie nur gelächelt, und gesagt: "schau´n wir mal!"

"Hat sie gesagt, wofür sie das Geld braucht?" fragte ich verstört, "es ist so gar nicht ihre Art, so geschäftlich zu denken und auch noch so knallhart zu verhandeln."

"Mehr kann ich nicht sagen, mehr weiß ich nicht", erwiderte Lorenzo selbstzufrieden, "ich war froh, dass ich mit ihr diesen wichtigen Auftritt im Kasten hatte. Und es hat bisher schon genug Wirbel um sie gegeben. Jedenfalls ist diese Kampagne für das Modehaus jetzt schon ein Riesenerfolg und ich werde seither von Angeboten nur so überschüttet, was einzig auf die Wirkung dieses interessanten und bildschönen Jahrhundertgesichts von Florentine zurückzuführen ist."

Völlig verständnislos versuchte ich den Aufruhr in meiner Seele zu sortieren: Sollte ich mich in Florentine tatsächlich derart getäuscht haben? War ihre Zurückhaltung, ihre Bescheidenheit, ihre Panik vor großem Publikum bloße Taktik und nackte Heuchelei gewesen? Oder wollte sie mir mit diesem Aufritt jetzt vielleicht etwas heimzahlen? Wie echt war unsere Liebe überhaupt gewesen? War alles nur Lug und Trug? Meine Gedanken kreisten grimmig in meinem Hirn, und zu dem Schmerz über den Verlust meiner Liebsten kam jetzt auch noch eine ungeheure Wut über ihren "Verrat", der mich jetzt wieder mit voller Wucht traf. Ich hatte das Gefühl, dass sich das ganze Drama, das ich durch die Trennung durchlitten hatte, nun noch potenzierte. Ich konnte mich gegen das Bedürfnis, Florentine meine ganze Verachtung ins Gesicht zu schleudern kaum wehren.

Um mich etwas abzuregen, fuhr ich wieder zu Illa und Lucas. Beide versuchten, mich zu besänftigen. Beide waren sicher, dass Florentine einen triftigen Grund gehabt haben musste, wenn sie sich, so völlig entgegen ihrer bisherigen Einstellung, zu dem Weg in die Öffentlichkeit entschieden hatte. "Vielleicht ist der Bauernhof ihrer Eltern in Gefahr?" mutmaßte Illa, „vielleicht will sie eine drohende Insolvenz abwehren?"
"Nein, das kann nicht sein", wiegelte ich ab, der Hof ist ein Familienunternehmen und steht auf sicheren finanziellen Beinen. Außerdem verfügen die Geschwister über Barvermögen aus Erbschaften."

"Jedenfalls kannst du Florentines Verhalten weder beurteilen, noch verurteilen, ohne ihre Beweggründe zu kennen", konstatierte Lucas nach einigem Nachdenken.

Noch immer angefüllt mit Zorn und bitteren Gefühlen wollte ich nun erst einmal alleine sein und mir darüber klarwerden, ob ich in Sachen Florentine und meinen Rachegelüsten etwas unternehmen wollte oder nicht. Allerdings war mir klar, dass ich in der kommenden Zeit von unzähligen Leuten auf Florentines auffällige Auftritte angesprochen werden würde. Das alleine machte es mir unmöglich, die ganze Angelegenheit einfach verächtlich zu ignorieren, wie ich es kurz erwog.

Daheim angekommen sichtete ich die Botschaften auf meinem Handy. Unterwegs im Auto hatte ich mehrfach gehört, dass ich angesimst worden war.

Es traf mich wie ein spitzer Dolch, als ich sah, dass Florentine es war, die es mehrfach versucht hatte, mich zu erreichen. Das war seit Monaten das erste Mal, dass sie Kontakt zu mir suchte. Florentine bat in einer WhatsApp-Nachricht um ein persönliches Gespräch - ich konnte es kaum fassen. Sie wollte mich sprechen! Ich wehrte mich gegen die erste Regung, sie verachtungsvoll abzuwehren, indem ich gar nicht reagierte.

Aber mein Bedürfnis wütend und enttäuscht auf sie loszugehen, überwog. Ich wollte sie meine ganze Verachtung spüren lassen, ihr sagen, dass ich mich von ihr hintergangen fühlte und sie sollte wissen, wie sehr ich meine großen Gefühle für sie bereue. Nachdem ich innerlich heftig gewütet hatte, entschloss ich mich dann doch dazu, sie wenigstens einmal anzuhören. Dafür wappnete ich mich mit meiner ganzen Abwehrhaltung, die ich gegen sie aufbringen konnte, und mit all den negativen Gedanken, mit denen ich sie in meiner grenzenlosen Enttäuschung bedacht hatte. Dafür brachte ich es nicht über mich, sie in meine Wohnung einzuladen, in der sie bis eben noch so gegenwärtig gewesen war.

Ich teilte Florentine also ganz geschäftsmäßig in neutralen und knappen Worten einen Termin in meinem Büro zu. Die Zeit bis dahin schwankten meine Gefühle zwischen Schmerz und Enttäuschung, zwischen Liebe und Wut. Ich hoffte inständig, dass ich mich bei ihrem Erscheinen beherrschen könnte, denn keinesfalls wollte ich ihr einen Blick in mein noch immer so wundes Herz gewähren.

Und dann kam doch alles ganz anders. Als Florentine von meiner Sekretärin hereingeführt wurde, stand sie erst einmal befangen an der Tür. Sie war gänzlich ungeschminkt, hatte ihre Haare zu einem Pferdeschwanz gebunden und wirkte wie eine Schülerin. Nichts an ihrem Auftreten glich im Geringsten den glamourösen Fotos, die von den Plakatwänden regelrecht heruntergeknallt waren und die soeben noch mein Gemüt so heftig erhitzten.

Ich spürte, wie mein Ärger einer großen Traurigkeit wich. Resigniert dachte ich, dass ich auf dieses Geschöpf einfach nicht wütend sein konnte. Ich war hinter meinem Schreibtisch aufgestanden und ging auf sie zu, blieb aber in deutlichem Abstand vor ihr stehen.

"Wie konntest du mir das antun?" fragte ich leise.

Florentine sah mich mit diesem intensiven und rätselhaftenBlick an, der mein Herz noch immer bewegte, und sagte stock- kend: "Ich bin hier, um dich um Verzeihung zu bitten. Ich hättevor dem ganzen Rummel kommen müssen, um dir alles zu er- klären. Aber ich selbst war vollkommen überrascht, wie schnellmich die ganze Aktion überholt hat, und dann war es für eine rechtzeitige Nachricht zu spät. Bitte glaube mir, ich hätte mir dasganz anders gewünscht."

Obwohl ich mir so fest vorgenommen hatte, kühl und abweisend zu bleiben und ihr gehörig die Meinung zu sagen, spürte ich doch, wie ihr Anblick mein Herz bluten ließ. Ich wäre am liebsten auf sie zugestürzt, hätte sie schützend in meine Arme genommen und sie getröstet.

"Fall nicht wieder auf sie herein", mahnte mich die Stimme der Vernunft, "alles was sie sagt und tut ist reines Theater. Sie reist doch mit dieser Nummer, das hast du doch gerade schmerzlich erfahren müssen"!

Ich umgab mich also mit höflicher Distanz, peinlich darauf bedacht, mir nicht anmerken zu lassen, wie zitterig und völlig hilflos ich mich innerlich fühlte.

Formell bot ich Florentine an, mir gegenüber auf der Sesselgruppe in meinem Büro Platz zu nehmen. Wehmütig erinnerte ich mich daran, dass sie hier oft gesessen hatte, wenn ich noch Wichtiges zu tun hatte und sie auf mich wartete.

Nun saß sie niedergeschlagen, ja fast zusammengesunken in einem der Sessel und ich sah, dass auch sie mit den Tränen kämpfte.

Ich blickte sie nun auffordernd an und sagte ihr, dass sie sich sicherlich denken könne, dass ich in den letzten zwei Tagen meine eigene Menschenkenntnis, auf die ich eigentlich immer hatte vertrauen können, total in Zweifel gezogen hätte. Der Anblick ihrer Fotos, die mir überall in der Stadt begegnet waren, hätten mir regelrecht den Boden unter den Füßen weggezogen. Und mit einem Anflug von nur mühsam verborgener Verzweiflung fügte ich an: "Das war doch nicht die Florentine, die ich kannte, und so liebte, das war nicht der Mensch, der in der Vergangenheit jedwede Öffentlichkeit möglichst gemieden hatte. Ich werfe mir vor" sagte ich leise und mir versagte dabei beinahe die Stimme, "dass ich mich derart habe täuschen lassen, und dass ich auf die Schauspielerin Florentine komplett reingefallen bin. Und ich war es ja nicht allein, der getäuscht worden ist."

Nun passierte das, was ich so sehr befürchtet hatte. Florentine begann zu weinen. Wie Sturzbäche sprangen ihr die Tränen aus den schönen Augen. Ich war versucht, ihr das nasse Gesicht abzutrocknen und ihr tröstend zu sagen, dass alles gut würde. Immer noch weckte dieses Geschöpf in mir meine sämtlichen Beschützerinstinkte. Und wie dieses Häufchen Elend zusammengekauert auf dem Sessel hockte, hatte sie in der Tat kein bisschen Ähnlichkeit mit dem strahlenden Modestar, der in der Stadt von den Litfaßsäulen herunter die Menschen verzauberte, und dem ich meine innere Hölle verdankte.

Schluchzend, immer wieder unterbrochen von einer erneuten Tränenflut begann Florentine nun zu erklären, wie es zu dem unseligen Auftritt als Model gekommen war: "Ich verstehe dich so gut", versicherte sie mir, "aber ich bin noch genau die Florentine, die du kennengelernt hast. Heucheln und Lügen waren mir doch immer fremd und ich stand und stehe zu den

Dingen, die meine Prinzipien sind. Aber ich habe lernen müssen, dass es Situationen gibt, die alle Prinzipien in Frage stellen und alles über den Haufen werfen können, was man soeben noch vehement verteidigt hat."

Florentine sah mich mit einem wehen Blick an, der mein Herz zum Schmelzen brachte, als sie sagte: "bitte glaube mir, dass ich dem Leben als Model heute noch genauso fern bin, wie in unserer gemeinsamen Zeit. Aber ich brauchte dringend Geld und hatte mich nach langen Überlegungen entschlossen, dafür die Quelle zu nutzen, die sich mir ja zig-mal geboten hatte. Ich wollte es wenigstens versuchen, auf diese Weise an die immense Summe zu kommen, die ich brauchte. Dein Freund Lorenzo hat mir diese schließlich mehrfach in Aussicht gestellt und er hat nicht aufgehört, mich, auch nach unserer Trennung, immer weiter zu belagern. Florentine sah mich ernst an und fuhr fort: „Ich habe keine andere Chance gesehen, in kurzer Zeit so viel Geld auftreiben zu können, wie ich es benötigte. Nun muss ich erleben, welche Konsequenzen meine Zustimmung hat und dass ich damit leben muss, jetzt von so vielen Leuten verkannt und völlig falsch eingeschätzt zu werden". Florentine stockte und berichtete nach kurzem Schweigen weiter: „ich fühle mich nun total belästigt und wie verfolgt."
Weinend bedeckte sie ihr Gesicht mit den Händen und nahm dankend die Box mit Papiertaschentüchern entgegen, die ich ihr reichte, und die ich immer in der Schreibtischschublade habe. Sie trocknete die Tränenflut bis sie wieder sprechen konnte.
"Ich darf kaum noch die Florentine sein die ich immer war. In der Uni schauen mich meine Kommilitonen mit anderen Augen an als zuvor, auch die Dozenten nehmen mich nicht mehr ernst. Ich fühle mich wie Freiwild und habe nur den einen Gedanken, nämlich, mich zurückzuziehen und mich vor allen und von allem zu verstecken." Ich sah Florentine an und mir ging durch den Sinn, dass ich jedem ihrer Worte Eins zu Eins Glauben schenkte. Ich glaubte ihr. Jedes Wort.

193

Es blieben jedoch noch so viele Fragen offen und ich wartete auf weitere Erklärungen. "Aber du hättest dich doch nicht derart der Öffentlichkeit ausliefern müssen", wandte ich ein, "in der Zeit mit mir hattest du doch immer rundweg abgelehnt, solche verlockenden Angebote anzunehmen. Und wofür um Himmels Willen brauchst du so viel Geld?"

"Das ist sicherlich nicht so ganz einfach zu erklären", setzte Florentine fort, "es geht schlicht und einfach um eine echte Liebesgeschichte". Mich durchzuckte ein brennender Schmerz. "Eine Liebesgeschichte, gleich nach unserer Beziehung?" Ich wies mich innerlich zurecht: "und wenn schon" dachte ich, „Eifersucht darf ja nun nicht mehr meine Sache sein."

Aber Florentine öffnete die Faust, die sich in meiner Magengegend zusammengeballt hatte, schnell wieder. Sie erzählte, dass sie, als sie aus meiner Wohnung und aus meinem Leben die Flucht ergriffen hatte, erst einmal nicht wusste, wohin mit sich. Dass ich ihr nach Urmenau nachreisen würde, war ihr klar. Und sie wollte, verunsichert und traurig wie sie war, erst einmal mit sich alleine sein, um überhaupt wieder zu sich zu kommen, sich selber wiederzufinden. So buchte sie kurzerhand einen Flug nach Ägypten und reiste zu Mustafa auf die Pferdefarm, nach- dem sie vorher telefonisch angefragt hatte, ob sie dort willkom-men sei. Sie hat dann Mustafa gebeten, mich nicht davon zu benachrichtigen, dass sie sich dort aufhielt. Als sie ihn fragte, ob sie eine Weile auf der Farm bleiben könne, erlaubte dieser ihr tatsächlich, gerührt von ihrem Schmerz, dass sie dort als Pferdeknecht arbeiten könnte. Es war für die ägyptischen Arbeiter zwar ungewohnt, dass eine junge Frau sich an der Stallarbeit beteiligte und auch vor schwerer körperliche Arbeit nicht zurückschreckte, aber in schmutzigen Arbeitsklamotten und unter der Kappe, die ihre leuchtenden Haare verbarg, war sie ja kaum der Blickfang, der sie von den Stalljungen unterschied. Dazu stand sie unter dem Schutz von Mustafa und ihrer Familie, sodass ohnehin niemand es wagte, ihr zu nahe zu treten.

Florentine berichtete weiter, wie liebevoll sie in Ägypten von der ganzen Familie aufgenommen worden war, und durch Schwerarbeit und den Kontakt zu den Pferden wieder langsam zu in eine Art von seelischer Normalität zurückfinden konnte, die sie so dringend suchte.

Sie fühlte sich, als sie dort eingetroffen war, innerlich in tausend Stücke zerrissen und war kaum eines klaren Gedankens fähig gewesen. Sie war zu dieser Zeit absolut nicht in der Lage, geradeaus zu denken. Sie wollte einfach nur über nichts nachgrübeln und dazu sollte ihr die Arbeit helfen. Besonders aber war es dann ihr Lieblingsfohlen Meraltargo, der ihr dabei half, ihr blutendes Herz zu heilen.

"Ich habe alles falsch gemacht", brachte sie weiter unter Tränen und Schluchzen heraus. "Ich war so zerstört, im Inneren so verletzt, so außer mir, dass ich mich von Tag zu Tag mehr an das Araberfohlen anschloss und ihm jeden Tag meinen ganzen Schmerz anvertraute. Und von Tag zu Tag wurde mir klar und klarer, dass ich es nicht schaffen würde, einfach von ihm wegzugehen. In meiner Trauer um meine verlorene Liebe wollte ich wenigstens ihn in meinem Leben festhalten. Aber ich konnte ja nicht einfach bei ihm bleiben und ihn auch nicht mitnehmen, denn nie im Leben würde ich den Preis aufbringen können, den Mustafa mir auf meine Frage hin noch einmal lächelnd nannte."

Florentine stockte und nahm, das war ihr anzusehen, ihren ganzen Mut zusammen. Sie sah mich voll an und sagte leise:
"Der Gedanke daran, Meraltargo zu erobern, ließ mich nicht mehr los. Ich dachte, dass ich ohne dich nie mehr glücklich sein könnte. Der kleine Hengst aber weckte in mir wieder Lebensmut, den ich gänzlich verloren geglaubt hatte. Ich konnte und mochte mir einfach nicht vorstellen, dass ich mich auch noch von ihm trennen sollte".
"Und dann wolltest du das Geld verdienen, das Mustafa für ihn aufruft?"

Mit gesenktem Blick nickte sie und gestand, dass sie lange überlegt habe, den ungeliebten Einsatz in Kauf zu nehmen, wenn sie dafür den wunderschönen Rappen erstehen könnte.

"Aber was sagt denn deine Familie zu so einer abenteuerlichen Idee?", fragte ich kopfschüttelnd.

"Als ich aus Ägypten zurückgekommen war, konnten meine Leute ja mein Elend sehen. Ich konnte nicht aufhören zu weinen. Ich war ihnen dankbar, dass keiner von ihnen mir sagte, dass man den Ausgang meiner "münchner Liebesgeschichte" wohl geahnt hätte. Vielmehr wollten mich alle immer nur trösten."

Florentine hatte sich aufgerichtet und ich sah wieder die stolze junge Frau, nicht mehr das kleine, schutzlose Mädchen, das mir erlaubt hatte, in ihre verletzte Seele zu sehen.

„Ich bat meinen Vater um eine Unterredung und berichtete ihm von Meraltargo". „Weil ich ihm so leidtat, wollte er sicherlich alles tun, um mich wieder ein wenig glücklicher zu sehen. So erklärte er sich auf meine Bitte hin gleich bereit, mit mir zu Mustafa zu fliegen und mein Lieblingsfohlen kennenzulernen."

Ich fragte erstaunt nach, ob ich richtig verstanden hatte, dass nämlich Vater Ebeling mit seiner Tochter nach Ägypten gereist war, um das junge Pferd zu kaufen.

Florentine schüttelte den Kopf: "nein, davon konnte keine Rede sein. Mir zuliebe war mein Vater aber bereit, Meraltargo kennenzulernen. Er wusste ja von mir den unerschwinglichen Preis für ihn, Aber er ahnte nicht, welche abenteuerlichen Pläne in meinem Kopf herumtobten. Ich wollte aber unbedingt wissen, wie mein Vater generell zu diesem kleinen Araberhengst stand. Und wie ich es geahnt hatte, war er von ihm so angetan, wie ich.

Aber da ein Kauf absolut außerhalb unserer finanziellen Möglichkeiten lag, diskutierten wir darüber gar nicht erst."

Florentine ballte nun ihre Hände zu Fäusten und stieß trotzig hervor: "und den Rest kennst du!"

"Ja, und den Rest kenne ich", erwiderte ich niedergeschlagen. Florentine sah mich an und ich sah sie an. Das Bedürfnis, sie in meine Arme zu reißen war übermächtig. Ich wusste, auch sie war in diesem Moment völlig wehrlos. Die Bedeutung dieses Augenblickes war uns beiden klar. Die Liebe war es, die Liebe flammte noch immer auf, wenn wir ihr denn freien Lauf lassen würden. Ich selber zog die Reißleine und sagte heiser: "und das alles hättest du mir nicht ins Gesicht sagen können?"

Florentine schloss die Augen und schüttelte den Kopf: "doch, genau das hatte ich vor. Die ganze Aktion mit Lorenzo hätte ich mir natürlich anders gewünscht. Keinesfalls wollte ich, dass du so unvorbereitet die unseligen Fotos überall hängen siehst."

"Hast du wirklich so viel damit verdient, um den Rappen zu kaufen?" fragte ich, nicht wenig erstaunt.
"Nein, soviel nicht, aber viel. Die ganze Familie hat dann zusammengelegt und Mustafa ist uns preislich sehr entgegengekommen, auch weil er meine Liebe zu dem Fohlen gesehen hat. Und nun reisen mein Vater und ich nach Hurghada, um Meraltargo in zwei Tagen nach München zu fliegen und ihn dann nach Urmenau zu transportieren."

"Na, dann hast du ja, was du wolltest" erwiderte ich sarkastisch, "Glück also wiederhergestellt, so schnell geht das mit dem Vergessen."

Erschrocken griff Florentine nach meiner Hand und sah mir bittend in die Augen: "Sage mir, ob du das wirklich glaubst." Ich wagte nicht, meine Hand zu bewegen. Ich schüttelte den Kopf und sagte: "nein, das glaube ich nicht wirklich. Nichts zwischen uns war Irrtum. Ich weiß es."
Ich zog meine Hand weg und mir saß ein ganzer Tränenstrom hoch in der Kehle. Aber ich wusste auch, dass es kein Zurück gab. Wir hatten einander verloren und würden unser Leben lang

Sehnsucht nacheinander haben. Ich nach ihr und sie nach mir. Auch das wusste ich.

Florentine stand auf und nahm ihre Tasche. Ich schickte mich an sie zum Abschied in meine Arme zu nehmen. Sie aber ging einige Schritte rückwärts zur Tür und sagte nur ganz schüchtern, dass sie mir so sehr zu danken habe. Für alles und für die schöne Zeit und überhaupt. Und sie wünsche mir alles Glück dieser Welt. Das brachte sie nur unter Tränen heraus, stürzte zur Tür hinaus und rannte die Treppe hinunter.

Ich machte einen, machte zwei Schritte und zwang mich dann dazu, stehen zu bleiben. Mein ganzes Wesen strebte danach, ihr hinterherzulaufen, hinterherzurufen: "Bleib!"
Müde ging ich stattdessen ans Fenster und sah, wie Florentine über die Straße lief. Auf der anderen Straßenseite parkte ein Auto, dem Florentines Jugendfreund Lars entstieg und die Autotür für sie öffnete. Tröstend legte er seinen Arm um ihre zuckenden Schultern und geleitete sie zu dem Beifahrersitz.
Bevor sie die Autotür schloss hob sie noch einmal den Kopf und unsere traurigen Blicke trafen sich.

Mit allen Sinnen erfasste ich den scharfen Schmerz, der durch meinen ganzen Körper fuhr. Nur zu gegenwärtig war mir noch die Erinnerung an den unerwartet süßen Schmerz, den ich bei Florentines erstem intensiven Blick gespürt hatte, als sie dereinst spöttisch lachend in mein Auto geguckt hatte.
Wehmütig sah ich jetzt ihrem Auto nach und hatte plötzlich die Vision, wie Florentine und dieser Lars gemeinsam hinter ihrem Häuschen mit ihren drei Kindern spielten.

"Ja, dachte ich, sie wird ihr Leben führen, wie es für sie richtig ist. Und sie ist klüger als ich, weil sie es dem fremden Leben vorzieht, das ich für sie gestalten wollte."
Ungehemmt ließ ich meine Tränen nun freien Lauf. Ich weinte

laut und keuchend und dachte, der Schmerz in meiner Brust würde nie vergehen. Aber ich spürte auch irgendwie Erleichterung. Ich wusste, es ist endgültig vorbei. Und die inneren Wunden werden aufhören zu bluten. Irgendwann.

Als ich mich einigermaßen gefasst hatte, rief ich Freund Lucas an und fragte, ob er mir in meiner Not beistehen könnte. Hilfsbereit, wie er immer war, wenn "es brannte", verabredete er sich bereitwillig mit mir in unserer Lieblingsbar.
"Wie groß ist sie denn, die Not?", fragte er mich gleich bei seiner Ankunft mitfühlend.
"Ach weißt du, ich möchte mit dir eigentlich das Leben feiern", antwortete ich ihm zu meinem eigenen Erstaunen lächelnd, gegen die noch immer aufsteigenden Tränen ankämpfend.

Und mein Schmerz? Den werde ich verschließen mitsamt allen den Erinnerungen an Florentine und die schönste Zeit in meinem Leben. Ganz fest in den hintersten Winkel meines Herzenswerde ich sie verbannen, die Gedanken an Florentine.
Wenn, ganz gegen alle inneren Widerstände, dann doch mal Erinnerungssplitter durch meine Gedanken blitzen, werden auch diese intensiven Jadeblicke durch mein Gemüt geistern und ich werde kurz wehmütig schlucken. Ich schließe dann für einen Moment meine Augen, mein Herz lächelt über die Traurigkeit, die aufsteigen möchte, hinweg und ich werde daran denken, dass es mehr war als nur Chemie.
Viel mehr!

Weitere Romane von Susi Ischli

SEHNSUCHTSFADEN
Gibt es ein Rezept für gelungene Partnerschaften? Liebende sind ja grundsätzlich der Auffassung, dass ein großes Gefühl ausreicht, um charakterliche und soziale Unterschiede auszugleichen. Oft will es dennoch nicht gelingen, die tiefen Gräben zu überbrücken, die sich unversehens auftun. Aber manche Menschen scheinen das Geheimnis zu kennen, wie man liebevoll zueinander findet, auch wenn die Voraussetzungen für eine harmonische Beziehung von außen betrachtet, ungünstig, ja oftmals sogar gänzlich unmöglich scheinen.
Diese Geschichte erzählt, wie man es lernen kann, den Partner, die Partnerin zu verstehen und die Verschiedenartigkeit, die bereichert, statt zu entzweien, als großartiges Geschenk zu betrachten. Dafür gibt es wohl tatsächlich so eine Art Code, der wie ein Schlüssel den Zugang zu dem geliebten Wesen ermöglicht, das in einer anderen Welt zu leben scheint und das soeben noch ein einziges Rätsel war. Und dann öffnen sich wie durch Zauberhand die noch eben verschlossenen Wege zu der Seele des anderen und alles ist plötzlich ganz einfach …
Erhältlich bei AMAZON

NOCH
Dieser Roman ist in Arbeit. Er handelt von schmerzvoll erlebter Vergänglichkeit einer großen Liebe, der das eigene Alter und das Kopfkino, das sich einfach nicht abschalten lässt, nicht erlauben, sich miteinander zu verwirklichen.
Aber es geht in dieser Geschichte auch um Einsicht in schicksalshafte Fügungen und an Beständigkeit von verlorenen Gefühlen, die man eigentlich verdrängt und fast vergessen hatte. Und dann kann es passieren, dass aus dem zögerlichen NOCH ein NOCH-immer werden kann.
Erhältlich bei AMAZON